킬링 클럽

이ㅅ

제우미디어

킬링클럽
KILLING CLUB
이시카와 도모타케 지음 | 주승현 옮김

목차

Killing Club

k

나는 나방에게 말을 걸었다. 얼마 전 저녁에 있었던 일이다. 그는 전구에 들어가 자기 몸을 불태우려 하고 있었다. 나 참 너희들은 어째서 이런 무모한 짓을 하는 거지? 라고 나는 물었다.

그게 관습이야. 우리 나방한테는 말이지.

저게 전구가 아니라 양초의 불꽃이었다면 지금쯤 너는 볼썽사납게 타고 남은 찌꺼기가 되어있을 거라고. 생각이라는 게 없는 건가.

있고말고 라고 그는 말했다.

하지만 때때로 생각하기가 싫어져. 형식대로 사는데 질려서 아름다움을 동경하고 흥분에 몸을 애태우지. 불꽃은 아름답지만 너무 가까이 다가가면 목숨을 잃는다는 것은 알고 있어. 하지만 그래서 뭐 어쨌다는 거지. 한순간 행복을 느끼고 아름다움과 함께 불타 사라진다. 근근이 삶을 이어나가다가 완전히 질려서 자신의 일생을 꾸깃꾸깃 뭉쳐 내던져 버리는 것보다는 그편이 훨씬 나아. 인생 따위 그런 거야. 그러니까 찰나의 한순간이라도 아름다움과 하나가 되어 사라지는 쪽이 목숨을 질질 끌며 살아가는 것보다는 나아. 마음 편하게 살다가 마음 편하게 죽는다. 그것이 우리가 살아가는 방식이지. 인간과 비슷해. 옛날 옛적에 너무 고상해지는 바람에 삶을 즐길 수 없게 되기 전의 인간과 말이야.

내가 반론하기 전에 그는 달관하여 몸을 던졌다. 시가 라이터 위에.

나 자신의 소망은 그와 다르게 행복은 절반. 수명은 두 배.

그렇지만 나한테도 애타게 원하는 것은 있다.

그가 그 몸을 남김없이 불태우고 싶다고 바란 것과 같은 정도로.

돈 마키스(Don Marquis)

『아치와 메히타벨(Archy and Mehitabel)』

프롤로그

남자의 뒷모습을 바라보며 길을 걷고 있었다. 말이 없는 남자. 그렇지만 결코 과묵한 건 아니다. 자로 치수를 잰 것처럼 정말 필요한 이야기만 하는 사람이라서 대화를 하는 것처럼 느껴지지 않는 것이다. 앞에 가는 남자의 말에는 정서라는 것이 없고 기호에 가깝다. 그것이 원인인지는 모르겠지만 목소리도 어딘가 쓰여진 글을 읽는 자동 음성 같았다.

남자와 같이 다니게 된 것은 바로 얼마 전. 엄밀히 말하면 어제부터다.

나는 살인 사건 현장에서 수상한 사람을 목격했다.

그리고 눈앞에 있는 남자는 그 살인범을 찾는 역할을 맡게 되었다.

다시금 남자에 관해 생각했다.

마음만 먹으면 누구한테서도 사랑받는 사람이 될 수 있을 것이다. 피부를 움직이는 법을 배워 웃는 얼굴을 효과적으로 사용하고 상대의 미묘한 사정을 눈치채서 그에 맞춘 목소리를 낸다. 그것만으로 충분하다.

아니 입꼬리를 미세하게 올리는 것만으로도 상대는 미소라고 받아들일 것이다. 설령 눈동자가 증오로 불타고 있다고 하더라도 평범한 인간은 그걸 알아차리지 못한다.

표정을 만드는 것 따위 손쉬운 일이다.

다만 사소한 것 하나 계산적으로 행동하게 프로그래밍된 로봇 같은 남자의 표정도 나쁘지 않다.

그건 그것대로 매력적이다.

숨기면 괜히 더 알고 싶어지고 결과적으로 흥분하는 것과 비슷한 감각일 것이다.

아이코는 남자에게 친근감을 느꼈다. 그 결과 같이 다니게 되었다.

제1장

킬링클럽

1

"저기 괜찮은 일이 있는데."

고양이처럼 눈을 가늘게 뜬 치사가 갑작스럽게 화제를 바꾸었다. 조금 전까지 서투른 표현을 잔뜩 써 가며 눈앞에 있는 케이크가 얼마나 맛있는지를 표현하던 새된 목소리와는 달리 지금 꺼낸 말은 마치 짓궂은 장난을 떠올린 어린아이 같은 음색이었다.

치사는 흘러내린 머리카락을 귀 뒤로 넘겼다. 그것 자체로 빛이 나고 있는 것 아닐까 싶을 정도로 아름다운 머리카락이다. 머리카락 한 올 한 올까지 신경 쓸 수 있을 정도로 상당한 재력을 가지고 있는 것 같다. 굳이 잡지를 보고 미소를 연습하지 않아도 될 정도로 미소가 자연스럽다. 아마도 평소에 웃음이 넘치는 공간에서 지내는 것이겠지. 벽이 하얀 커다란 집에 사는 이미지가 쉽게 상상된다. 한편 아이코는 콘크리트가 그대로 드러난 상자 같은 차가운 집에서 자라 전신에 어두운 기색이 스며들고 말았다. 그래서 검은 옷을 입어야 마음이 침착해진다.

치사가 하도 졸라서 30분 정도 가게 앞에서 줄을 선 뒤 겨우 손에 넣은 약간 어려운 이름의 케이크다. 확실히 겉보기는 좋았지만 그렇게까지 맛있지는 않았고 집에서 단백질바를 먹는 게 낫다고 느껴질 정도였다. 이런 것에 800엔이라니 사기다. 그렇게 생각하며 아이코는 되물었다.

"괜찮은 일이라니?"

"꼭 비밀로 해야 해."

뭔가 있는 듯 이상하게 뜸을 들인다. 아이코는 짜증이 얼굴에 드러나기 전에 재빨리 입을 움직였다.

"비밀?"

"그래. 그리고 이걸 듣고 나면 반드시 내 말에 따라야 해."

억지 같은 말 하지 마 라는 반론을 집어삼키고 고개를 끄덕였다.

"실은 말이지." 치사는 주위를 신경 쓰는 것처럼 시선을 이리저리 돌린 뒤 다시 아이코를 봤다.

"치요다구에 괜찮은 클럽이 있는데."

"……치요다구?"

"그래."

"클럽이라면 춤추는 거?

"아니래도."

웃으며 부정한 치사는 회원제 모임이 진행되는 장소라고 설명했다.

사교계 같은 것인가 하고 상상하며 아이코는 고개를 갸웃했다. 츄오구 긴자라면 또 모를까 치요다구는 융통성 없는 정부 기관이나 황궁이 떠오르는 장소다. 클럽이라는 단어는 어울리지 않는 느낌이 들었다.

"살짝 비밀 클럽 같은 건데 말이야. 거기서 말이지 서빙 아르바이트가 있는데 해보지 않을래? 마침 빈자리가 생긴 모양이야."

서빙이라.

내심 낙담했다. 수지가 맞는 아르바이트는 아닌 것 같고 재미도 없을 것 같다.

"아 그래도 시급은 좋아."

아이코의 이런 속마음을 눈치챈 것인지 감정이 얼굴에 그대로 드러나 버린 것인지는 모르겠지만 치사는 빠른 어조로 덧붙이고는 손가락 두 개를 세웠다.

긴 손가락을 본 아이코는 살짝 입을 일그러뜨렸다.

시급 2천 엔은 그럭저럭 괜찮은 아르바이트일지도 모르지만 서빙은 자기한테 어울리지 않는다.

"2만 엔이야."

치사가 득의양양한 표정으로 말한다. 2천 엔으로 착각한 것을 비웃는 듯한 느낌이었다.

"……2만? 하루에?"

"아니. 시급 2만 엔."

그 말에 아이코는 눈이 휘둥그레졌다. 서빙이라는 것이 자기가 상상한 대로라면 확실히 괜찮은 일이다. 아니 지나치게 괜찮을 정도다.

경계심과 호기심이 주도권을 다투며 엎치락뒤치락한다.

"치사도 그 일 하고 있어?"

"나는 말이야, 그 가게에서 호스티스를 하고 있어. 서빙이 호스티스가 되는 것도 가능하지만 그래도 그건 잘 없는 일이지."

순간 주저하는 듯한 침묵이 흘렀다.

"일단 호스티스는 서빙보다도 약간 시급이 좋아."

치사는 손을 들고 엄지와 검지 사이에 작은 공간을 만들었다. 저 공간에 대체 1만 엔 지폐 몇 장이 들어가는 걸까.

사교적이고 밝은 치사와 그런 그녀의 반대에 있는 아이코. 호스티스라는 건 보통 돈을 끌어내기 위해 미소를 띠고 교성을 내는 직업이다. 자신은 불가능할 것이다. 그렇게 생각하니 확실히 자신한테는 서빙이 맞는다. 조용히 요리나 마실 것을 옮기고 곧바로 자리를 뜬다. 커뮤니케이션은 하지 않아도 돼서 편하다.

새삼스럽게 다시 봐도 아이코와 치사는 정반대인 존재였다. 파스텔 컬러 옷을 입은 치사에 비해 아이코는 다른 색과 섞이지 않는 검은 옷을 즐겨 입는다. 단, 블랙 패션도 고딕 패션이 아니다. 귀에 건너편이 보일 정도로 커다란 피어싱을 뚫지도 않았고 혀나 아래쪽에 피어싱을 달지도 않았다. 그저 검은 옷을 고르고 그걸 입는다. 검은색은 날 진정시킨다.

치사는 천진난만하며 구김살 없는 미소를 띠고 있었으나 수상쩍은 일이 틀림없다. 그렇지만 망설일 필요는 없었다.

"그거 해볼게."

"정말? 다행이다~. 아이코라면 분명 좋아할 거야."

치사는 손바닥을 맞대며 호들갑스럽게 기뻐했다. 문득 다단계일까 하는 생각이 뇌리를 스쳤지만 그때는 억지로라도 탈출하면 된다. 허투루 29년이나 살아오지는 않았다. 다양한 세계를 엿봐 왔고 위험도 헤쳐 나왔다. 어느 정도의 일이라면 처리할 수 있다. **컨트롤도 가능하다**.

다시금 치사를 봤다. 상당히 행색이 좋아 보였다. 몸에 걸친 것은 고급이고 표정에도 자신감이 넘친다. 젊은 나이에 걸맞지 않은 씀씀이였다.

본가가 돈이 많거나 후원자라도 있는 것일까. 혹은 고급 창부 일이라도 하고 있는 건가 하고 상상했었는데 전부 아니었던 모양이다. 아니 호스티스로서의 서비스 내용에 따라서는 창부의 가능성은 남아 있다.

치요다구의 비밀 클럽에서 서빙하고 시급 2만 엔. 다섯 시간이면 10만 엔이다. 이틀 만에 평범한 회사원 월급이 된다.

당연히 위험한 일일 것이 분명하다. 바로 그래서 아이코는 하자고 결심했다.

프리랜서 기자의 숙명일까.

일 내용을 조금 더 자세히 듣고자 질문했지만 치사는 그 이상의 정보는 드러내고 싶지 않다며 거부했다.

어쩔 수 없이 시급과 관련된 이야기를 깊게 파고들기로 했다.

주 2회 이상 근무에 시간은 저녁 7시부터 새벽 1시까지. 교통비는 나오지 않지만 시급 2만 엔이라면 택시를 타고 퇴근해도 전혀 문제없다.

아이코는 프리랜서 기자 수입과 클럽에서의 수입을 머릿속에서 합쳤다. 제법 생활이 좋아지겠다는 생각이 들었다.

아이코는 프리랜서 기자 일을 하고 있지만 그걸로는 충분한 벌이를 얻을 수 없어서 카메라맨 일도 하고 있었다. 카메라의 렌즈가 향하는 대상은 연예인이나 정치가 유명인의 불륜 같은 스캔들이다. 요컨대 파파라치다. 알려지고 싶지 않은 사실을 사진이나 동영상에 담아 그걸 돈으로 바꾼다. 칭찬받을 만한 장사는 아니지만 미디어에 흘러 들어가면 시청자는 그것들을 오락으로 바라보고 제멋대로 분개하며 얄팍한 정의감을 만족시킨다.

다만 증거를 확보하는 건 끈기가 필요한 작업이다. 혼자 미행하기 때문에 상당히 긴장하게 되고 체력도 필요하다. 그렇지만 추적 능력에는 자신이 있었고 실적도 충분했다.

고생해서 찍은 사진을 계약을 맺은 잡지사에 가지고 갈 때도 있지만 그 수는 그렇게 많지 않았다. 해외 셀럽 사진은 고가에 매매되기 때문에 파파라치가 많지만 일본 연예인 수준으로는 충분한 수입은 되지 않는다.

그래서 아이코가 잘하는 방식은 직접 거래다. 사진이 찍힌 본인들에게 데이터를 매수케 한다. 공갈이라 받아들여질지도 모르는 행위고 실제로 공갈이라고 하면 공갈이긴 하지만 대부분 비즈니스라는 태도로 대하면 응하는 경우가 많았다. 물론 비즈니스니까 계약서를 주고받으며 돈을 받은 시점에서 모든 데이터를 건넨다. 이거라면 잡지사가 꺼릴 만한 기삿거리도 돈이 된다. 2세 탤런트의 스캔들은 부모를 교섭 상대로 삼으면 자릿수가 바뀌는 경우도 드물지 않다.

가장 고가에 사주는 사람에게 파는 것은 당연하다.

다만 기삿거리가 없는 기간은 수입이 없어서 적금을 깨며 생활하고 있었다. 그리고 그 적금 잔액도 불안해지기 시작한 참이었다. 지금은 때마침 하던 일도 마무리되어 다음 기삿거리를 모으는 중이었다.

아이코는 서빙 아르바이트를 받아들이기로 했다. 내일 오후 6시 반에 도쿄역에서 기다리고 있으면 안내인이 데리러 와준다는 설명을 들었다.

고개를 끄덕인 아이코는 찻잔 바닥에 남아 있던 홍차를 전부 마셨다.

다음 날 오후 6시 25분.

치사와의 약속대로 도쿄역 마루노우치 중앙 출구를 나와 역 건물에서 기다렸다. 평일의 비즈니스 거리답게 회사원으로 보이는 여성의 모습이 많다. 11월치고는 날이 쌀쌀해서 얇은 코트를 입은 사람도 드문드문 보였다.

아이코는 검은 가죽 재킷 주머니에 양손을 집어넣고 천장을 올려다봤다. 금속 기둥이 돔을 받치는 것처럼 되어 있고 자동차 바퀴 같은 8각형이 이쪽을 노려보고 있었다. 8각형 귀퉁이에는 각각 날개를 펼친 하얀 독수리가 조각되어 있었다.

주머니에서 손을 빼서 손목시계를 확인했다.

6시 반. 그렇게 생각한 것과 동시에 뒤에서 목소리가 들려왔다.

"카야마 아이코 씨죠?"

뒤돌아보니 머리를 짧게 깎은 남자가 서 있었다.

이 사람이 치사가 말했던 안내인인가.

요즘 세상에 맞지 않는 더블 정장을 입고 있지만 묘하게 잘 어울렸다. 나이를 알 수 없는 외모였다. 30대로도 70대로도 보인다. 메이지 시대에 마차를 타고 파티장으로 가던 도중 죽어서 도쿄역에서 지박령이 된 사람이 이렇게 눈앞에 나타났다. 이 설명이 딱 들어맞는 듯한 남자다.

"오래 기다리셨습니다. 이쪽으로."

남자는 그렇게 말하고는 대답을 기다리지 않고 걷기 시작했다. 이상한 느낌이 들긴 했지만 잠자코 뒤를 따라갔다.

역 앞 로터리. 빌딩들이나 거리를 오가는 자동차에서 어두워진 하늘을 비추는 빛이 쏟아지고 있다. 하얀색, 빨간색, 파란색, 녹색, 노란색. 다양한 색깔을 지닌 빛이 서로 자기 존재를 주장하며 어지럽게 뒤섞여 있었다.

"이쪽입니다."

남자가 걸으면서 말했다. 그 앞에는 검게 칠해진 렉서스가 다른 차들을 위협하는 것처럼 세워져 있었다. 남자의 분위기로 봐서 센추리라도 운전해서 왔으려나 싶었는데 렉서스라니 서빙 아르바이트 지원자를 마중 나오는 차로서는 지나칠 만큼 훌륭하다.

남자는 뒷좌석 문을 열고는 서서 기다리고 있었다. 눈썹을 치켜세운 아이코는 잠자코 따라 차에 올라탔다. 처음 타는 차종이었는데 시트의 탄력이 딱 좋다.

자동차가 천천히 움직였다. 바깥 세계와 동떨어진 공간에 있는 듯이 잡음은 들리지 않는다. 낮은 엔진 소리만이 지배하는 세계.

차 안으로 시선을 이리저리 옮겼다. 위험은 감지되지 않는다. 즉, 안전하다는 말이다. 현재까지는 내가 예측할 수 있는 범위 내의 일만이 일어나고 있다.

팔걸이에는 디스플레이가 내장되어 있었다. 조작해 보니 아무래도 마사지 기능이 달린 모양이다. '상체'를 선택하자

공기주머니가 부풀어 오르고 쪼그라드는 듯한 감촉이 등을 타고 전해졌다.

'그렇게까지 기분 좋지는 않네.'하고 생각하면서 머리에 떠오른 의문을 운전석에 앉은 남자에게 던졌다.

"어떻게 저라는 걸 아신 거죠?"

그 물음에 남자는 질문을 곱씹어 보는 듯 뜸을 들이더니 사전에 들었던 특징이 위아래 올 블랙이었기 때문이라고 대답했다.

아이코는 아래쪽을 보며 자기 복장을 확인했다. 상의도 스키니 바지도 검은색. 게다가 겉옷뿐만이 아니라 속옷까지 검은색을 착용하고 있었다. 단발로 유지하고 있는 머리카락은 한 번도 물들인 적이 없고 새까만 색이다. 확실히 특징이라고 하면 특징이다.

"옆에 있는 그것을 열어 주십시오."

남자가 백미러 너머로 뒤쪽을 보면서 말했다. 아이코가 앉은 좌석 옆에는 은색 서류 가방이 있다. 아까 전부터 신경 쓰였는데 일부러 지적하지 않았다. 지금 처한 상황으로 봐서 가령 안에 권총이 들어 있어도 이상하지 않고 마약이 들어 있더라도 놀라울 게 없다. 서빙이라는 이름의 운반책이 떠올랐다. 시급 2만 엔이라면 그쪽이 더 납득할 수 있다. 치사한테 속은 건가 하고 생각하며 서류 가방을 여니 검은 안대가 들어 있었다. 맥이 빠졌다.

"절 더 까맣게 만들 생각인가요?"

안대를 들면서 물었다. 실크의 부드러운 감촉이 기분 좋다. 이거라면 시부야 스크램블 교차로 한가운데에서도 숙면을 취할 수 있을 것 같다.

"이후 일하시는 동안에는 집에서부터 클럽까지 제가 바래다 드리겠습니다. 그리고 차에 타고 있는 동안에는 안대를 착용해 주셔야 하겠습니다. 즉……."

"즉, 제가 이동 경로를 알게 되는 걸 원하지 않으니까 안대를 하라는 말이군요."

자동 음성 같은 어조로 설명하는 남자의 목소리를 가로막고 아이코가 말했다.

"그 말대로입니다." 남자는 앞쪽을 보며 말했다.

"이 클럽은 비밀 유지를 중시하고 있어서요."

"그렇다고 해서 매번 마중하러 나오고 바래다준다니 제법 통이 크네요."

어제 치사가 교통비는 나오지 않는다고 말했던 건 마중 나오고 바래다주는 차량편이 붙기 때문이라는 건가. 확실히 교통비는 필요 없다.

이상한 이야기다. 가는 곳을 숨기는 거라면 좀 더 좋은 방법이 있을 터다. 게다가 서빙은 한 사람이 아닐 것이다. 모든 사람에게 이런 대응을 한다면 돈이 너무 많이 든다. 대형 버스로 수송하는 편이 효율적이다.

모든 사람에게 이런 대응을 하는 명확한 목적이 있는 것일까. 그게 아니면 아이코가 특별히 준비된 서빙 담당이고 그래서 이렇게나 호들갑스러운 대응을 받고 있는 것일까.

고민해 봤자 의미가 없다고 생각하여 한숨을 내쉬었다.

문득 솟아오른 의문.

"어째서 오늘은 마루노우치까지 오게 한 거죠?"

한 박자의 침묵.

"일하는 모든 분께 처음에는 반드시 마루노우치로 오게끔 하고 있습니다."

"왜죠?"

"이유는 없습니다. 그것이 관례입니다."

대답이 안 되고 있지만 이게 진짜 대답일지도 모른다.

"어쨌든 이런 고급 자동차로 마중 나오고 바래다주는 데 경비를 들일 정도로 장소가 알려지면 사정이 곤란하다는 거군요."

무언의 긍정 뒤 남자는 백미러 너머로 시선을 향했다.

"일하는 분께는 치요다구의 어딘가 라고만 알려드리고 있습니다. 하지만 신용할 수 있는 분께는 차량편 제공을 멈추고 직접 오시게끔 하는 경우도 있습니다. 절대로 발설하지 않는다는 신뢰를 얻은 분에게만 말씀드리는 입구를 통해 오시게 됩니다."

"……신뢰받지 못하는 사람에게 차량편이 제공되고 신뢰받으면 자기가 직접 오라는 말인가요?"

우스운 이야기다. 신뢰받지 않는 쪽이 편하지 않은가.

"그 장소에 자신의 의지로 갈 수 있다는 명예가 있습니다."

남자의 말투에서 약간 종교적인 냄새를 느꼈다. 무시하고 창밖을 봤다. 조금 전부터 정처 없이 달리고 있는 느낌이 든다. 동의가 얻어질 때까지 목적지에 갈 생각은 없는 것 같다.

"이걸로 됐죠?"

안대를 낀 아이코가 말했다. 3초 정도 간격을 두고 나서 문제 없습니다 라는 답변이 돌아왔다. 그리고 안대를 끼고 있는 동안에는 대화를 해서는 안 된다고 덧붙였다.

아이코는 천천히 심호흡을 했다.

시각을 빼앗긴 대신에 청각이 몹시 민감해진 것처럼 느껴진다. 미세하게 들리는 엔진 소리. 아스팔트 위에서 타이어가 마찰하는 소리. 남자의 운전이 능숙한 것인지 아니면 자동차 성능인지 흔들림이 거의 없다. 간신히 우회전이나 좌회전을 인식할 수 있지만 예민하게 느끼려 해봤자 장소를 특정할 수 있는 정보는 수집할 수 있을 것 같지 않았다.

어떻게 생각해도 아이코가 처한 상황은 기묘하다.

역시 치사한테 속은 것 아닐까 하는 의구심에 사로잡힌다. 치사와는 피트니스 센터에서 어쩌다 만나게 된 관계다. 알고 지낸 건 3개월 정도로 둘 다 우연히 29살이라는 공통점밖에 없다. 말하자면 타인이다. 성격도 정반대라고 할 정도까지는 아니지만 딱 맞는 것도 아니다. 어느 한쪽이 정나미가 떨어져 버리면 끝나 버리는 그런 약한 관계다.

안대를 벗으면 남자들한테 둘러싸여 있을지도 모른다는 불안감이 뇌리를 스친다. 가능성이 없다고는 단정할 수 없어서 위험을 감지한 시점에서 도망치자. 프리랜서 기자 일을 통해 기른 위험 감지 능력과 위기 회피 능력이 있으면 대부분의 일은 극복할 자신이 있었다.

아랫배가 욱신거렸다. 이제부터 보게 될 일을 기대할 정도의 여유는 아직 있다.

10분 정도 지났을까. 몸이 약간 앞으로 기울었다. 내리막길을 내려가고 있는 것 같다. 그렇게 생각한 것과 동시에 몸이 도로 등받이로 밀렸다. 자동차가 정차한 것은 분명한데 그 후 묘한 진동이 났고 엉덩이가 스멀스멀했다. 미세한 기계음. 엘리베이터로 내려가고 있는 듯한 감각.

이제부터 무슨 일이 일어나는 것일까.

하강이 멈췄다.

"이제 안대를 벗으셔도 괜찮습니다."

남자의 목소리에 따라 안대를 벗었다. 곧바로 뒷좌석 문이 열렸다.

"내려 주십시오."

남자의 말대로 했다. 자기 다리로 서자 가벼운 현기증을 느꼈다. 자기가 정말로 서 있는 것인지 아니면 떠 있는 것인지 알 수 없어 혼란스러웠다.

그 원인은 방 전체가 하얀색으로 칠해져 있었기 때문이다. 바닥도 천장도 벽도 하얗다.

하얀 세계.

차 바깥에 다른 남자가 서 있었다. 새하얀 옷을 입은 남자는 옷 위로도 알 수 있을 만큼 강건한 육체를 지니고 있었다. 운전석을 흘낏 쳐다봤다. 조금 전까지 운전하고 있던 남자는 마치 인형이 되고 만 것처럼 꿈쩍도 하지 않았다. 실이 전부 끊긴 꼭두각시 인형 같다. 육체를 두고 영혼만 뽑혀 나간 것 같다.

아이코는 눈을 가늘게 떴다. 하얀색이 눈에 자극적으로 들어왔다. 너무 새하얘서 방의 크기를 인식할 수가 없다.

소리는 없다. 정적이 지나친 탓인지 귀를 손가락으로 누르고 있는 듯한 압력을 느꼈다.

꿰매 붙인 것처럼 입을 한일자로 굳게 다문 하얀 옷의 남자는 가격을 매기는 듯한 시선으로 쳐다본 뒤 아무런 감상도 말하지 않고 걷기 시작했다.

따라오라는 것일까.

아이코는 한순간 주저했지만 뒤를 쫓았다.

일정한 속도로 걷는 남자. 허리 근처에 권총을 넣어 둔 듯 불룩한 흔적이 보인다. 이곳이 정말로 일본일까 생각하자 남자가 갑자기 멈춰 섰다. 그리고 하얗게 칠해진 손잡이를 잡고 당겼다.

문이 나타났다.

이렇게 표현할 수밖에 없을 정도로 벽과 문의 경계를 인식할 수 없었다.

문 너머에는 어두운 복도가 뻗어 있었다. 하얀색이 반전되어 검은색이 된다. 마치 오셀로 게임 같다.

남자는 나아가라고 말했다. 아무래도 하얀 옷 남자가 안내하는 건 여기까지인 모양이다.

문을 지나 걸어가면서 왠지 모르게 이 세계의 규칙을 이해한 느낌이 들었다.

다들 역할에 철저하며 역할 이상의 일은 하지 않는다.

운전만 담당하는 남자. 조금 전 하얀 옷의 남자는 하얀 방에서 내방자를 선별하고 있는 것이리라고 짐작했다. 요컨대 보안이다.

하얀 방에는 그 밖에도 출구나 입구가 있을지도 모른다고 생각해 탐색해 보고 싶다는 충동을 느꼈다.

어둑어둑한 복도 끝에 또 다른 남자가 서 있었다.

역시 이곳은 철저하게 역할 분담을 하고 있다는 확신을 얻었다. 그렇다고 쳐도 고작 서빙 아르바이트를 상대하는 데 이만한 수고를 들이다니 제법 잘난 클럽이구나 하고 생각했다.

기다리고 있던 남자와 눈이 마주쳤다. 살이 통통하게 오른 남자의 눈동자는 강아지처럼 동글동글했다. 입 밖으로 꺼내서 말하진 않았지만 빨리 오라고 말하는 듯한 느낌이 들어 걷는 속도를 높였다.

남자가 서 있는 장소는 어두운 복도가 끝나는 경계 지점이었다.

"네가 새로 온 서빙인가."

눈앞까지 가자 통통한 남자는 잘난 듯이 상체를 젖혀 위를 올려다보며 말했다. 아이코의 키는 170cm. 그걸 감안하면 남자는 20cm 정도 작다. 아이코가 굽이 높은 부츠를 신고 있어서 더욱 키 차이가 눈에 띄었다.

남자는 얼굴 생김새도 포함해서 나폴레옹 보나파르트를 방불케 했다. 당장이라도 '심사숙고해라. 하지만 행동할 때가 오면 생각하는 것을 멈추고 전진해라' 같은 어처구니없는 말을 꺼낼 것 같았고 하루 세 시간밖에 자지 않아도 괜찮다며 허세를 부릴 것처럼 보이기도 했다.

"뭔가 즐거운 일이라도 있는 건가."

웃음이 새어 나오고 있었던 모양이다. 억지로 표정을 굳게 다잡았다.

"없습니다. 각하."

기묘한 표정을 띤 남자가 흥 하고 콧방귀를 뀌었다.

"어떤 녀석이 오려나 싶었는데 그냥 얼빠진 녀석이었군. 커다란 여자는 싫다. 아무리 봐도 아름답지 않아."

남자는 그렇게 말하고는 먹이라도 숨기고 있는 것처럼 살이 이중으로 겹친 턱을 떨며 웃었다. 아이코는 마음속으로 이 남자를 백돼지라 이름 붙이기로 했다. 백돼지의 복장은 하얀 와이셔츠에 검은 조끼. 슬랙스도 검은색이고 이참에 덧붙여 말하자면 나비넥타이도 검은색이다. 녀석의 체형은 끔찍하지만 그래도 모양새는 그럴듯하다. 원단이나 봉제가 좋은 것 같다.

"그럼 곧바로 일을 시작하도록 하겠다."

그렇게 말한 백돼지는 자신을 치프라고 칭했다. 피그가 아닌 거냐 싶어서 아이코는 낙담했다.

"……치프로군요."

그렇게 보이지 않았지만 순순히 눈앞에 있는 백돼지를 치프라 부르기로 했다.

"이름은?"

"서빙입니다."

역할에는 역할로 대답한다. 그러자 치프는 혀를 찼다.

"아니. 본명."

"아, 카야마 아이코입니다."

치프는 이름에 터무니없는 비밀이 숨겨져 있기라도 한 듯이 복창했다.

"그러면 여기서는 아이코라고만 이름을 대라. 그 이상의 정보도 그 이하의 정보도 스스로는 말하지 않는다. 하지만 질문을 받으면 반드시 대답한다. 하나를 물어보면 하나를 대답한다. 10가지를 물어보면 10가지를 대답한다. 11가지나 대답할 필요는 없고 9가지로는 대답이 부족하다. 과부족 없도록. 알았나?"

치프는 그렇게 딱 잘라 말한 뒤 곧바로 일 지도를 하겠다고 말했다.

"지도라니 뭔가요."

치프는 어이없다는 표정을 지었다.

"……서빙 아르바이트로 이곳에 온 걸 기억하고 있나?"

아이코는 고개를 끄덕였다.

"그러면 그 서빙 일에 관한 지도밖에 없지 않나."

치프의 목소리에 짜증이 배어 나왔다.

유난이라는 생각이 들었다. 서빙 같은 건 주문을 받고 옮기는 것뿐일 텐데.

마음속을 꿰뚫어 본 모양인 치프는 큰 한숨을 내쉬었다.

"뭐 지도라고 해도 쟁반을 들고 술을 옮기는 것뿐이니까 원숭이라도 할 수 있는 내용이다. 내가 보기에 너는 아슬아슬하게 인간인 것 같다만 교양은 없어 보이는군. 그러니 쟁반을 드는 법부터 가르치겠다. 그 가르침에 순순히 따라 줘야겠다. 그것이 아이코 널 위한 일이다."

단정적으로 말한 치프는 얼굴을 부풀리고는 따라와라 라며 몸을 홱 돌려 걷기 시작했다.

어두어둑한 복도가 이어졌고 이윽고 막다른 길에 다다랐다.

"이 앞이 탈의실."

빨간 문을 턱으로 가리킨 치프는 언더스로 자세로 무언가를 던졌다. 짤랑거리는 소리와 함께 날아온 것을 잡아챈 아이코는 쥐었던 손을 펼쳤다.

'25'라고 적힌 네임 태그에 열쇠가 달려 있었다. 하얀 밴드도 달려 있다.

"그 번호가 붙은 사물함을 써라. 서빙 유니폼이 들어 있으니 그걸로 갈아입도록. 갈아입기 전에 반드시 샤워할 것. 향수 같은 향기를 내는 물건을 뿌리는 건 금지다. 헤어 왁스를 바를 경우에는 향이 없는 것을 써라."

"유니폼이라는 건 어떤 건가요."

"질문이 많다."

나무라는 듯한 목소리다.

불만을 느꼈다. 사전 정보 없이 이런 이상한 공간에 끌려온 것치고는 질문이 적은 편이라고 생각했던 아이코는 조금 억울했다.

치프는 살이 쪄서 둥글어진 어깨를 으쓱였다.

"이곳은 보는 바와 같이 평범한 가게가 아니다. 그건 알고 있겠지."

동의를 나타내기 위해 고개를 끄덕였다.

"아이코도 누군가의 소개로 여기서 일할 수 있게 된 거겠지만 소개만으로 일할 수 있을 정도로 보안이 무르지는 않다.

이곳에 오기 전에 충분한 조사를 한 뒤에 이렇게 받아들여진 거다. 즉, 현시점에서는 합격이라는 거지. 유니폼이 어떤 것인가 같은 바보 같은 질문을 해서 노여움을 사는 일은 피하도록."

치프는 팔짱을 끼고 코로 숨을 내쉬었다.

"……충분한 조사라고 해도 이 일을 소개받은 건 어제인데요."

"사전에 조사해서 GO 사인이 나왔으니까 권했다는 거다."

치프는 넌덜머리가 난 듯한 표정을 지었다.

"그런 건가요."

내키지 않는 대답을 했다. 즉, 어제 치사한테 소개받은 시점에서 치프가 말한 충분한 조사를 거쳤다는 것인가.

"탈의실에 들어가면 안쪽에 샤워실이 있으니까 우선은 거기서 더러움을 씻어내라. 그러고 나서 유니폼을 입고 다 갈아입으면 샤워실 옆에 있는 문 앞에서 기다리고 있어라."

어째서 샤워를 해야 하는지 질문하려고 했으나 치프가 손으로 가로막았다.

"샤워를 하는 이유는 청결하게 할 것. 그것 말고는 없다."

"아름다운 몸에 버터는 바르지 않아도 되는 건가요."

"……버터?" 치프는 의아한 표정을 띠었다.

"어쨌든 얼른 준비해라. 덧붙여서 휴대전화는 두고 가라. 물론 녹음기기류도 반입 금지."

그 말을 남기고 가려 해서 아이코는 치프를 불러 세웠다.

"저쪽의 옆에 있는 파란 문은 뭔가요."

빨간 문 오른쪽을 가리키며 물었다.

"남자 탈의실. 들어가고 싶으면 들어가도 상관없다."

한쪽 눈썹을 치켜세운 치프는 손을 내젓고 가버렸다.

아이코는 어깨에서 미끄러져 떨어질 뻔한 숄더백을 다시 어깨에 걸치고 빨간 문을 열어 안으로 들어갔다.

매우 넓은 방에 200개 정도 되는 사물함이 죽 늘어서 있었다. 사방의 벽 중 한쪽 면이 거울로 되어 있고 천장 부근에 대량으로 설치된 조명이 눈부셨다. 달리 사람의 모습은 없다. 방음이 되어 있는지 소리가 일절 나지 않았다. '휑뎅그렁한 곳'이라는 말은 적당하지는 않지만 이 공간을 설명하는 말로 묘하게 와닿았다.

사물함 수로 봐서 종업원은 여성만으로도 세 자릿수는 있다는 말이 된다. 이런 인원수를 수용할 수 있는 공간이 치요다구에 있는 건가 하고 의문스럽게 여기며 숫자가 적힌 플레이트를 쳐다보고 '25'번 사물함을 찾아냈다. 샤워실 바로 옆이었다.

하늘하늘한 장식으로 꾸며진 유니폼이 들어 있지 않기를 기도하면서 사물함을 열었다. 옷걸이에 검은 조끼와 슬랙스 그리고 하얀 와이셔츠가 걸려 있었다. 펌프스도 있다. 본 느낌으로는 자기 발 크기에 딱 맞아 보인다. 이것도 충분히 조사한 결과인 걸까.

선반에는 하얀 배스 타월과 핸드 타월이 있다. 친절하게도 새 비누까지 놓여 있다. 빨간 암염 같은 색깔이었다. 위쪽 선반 위에는 나무 상자가 있어서 그걸 열어 보니 나비넥타이가 들어 있었다.

평범한 유니폼에 일단 안심한 아이코는 신고 있던 부츠를 사물함에 넣고 가죽 재킷, 반소매 티셔츠, 스키니 바지 순서로 벗었다. 마지막으로 속옷을 벗고 나서 목욕 세트를 손에 들고 사물함 문을 잠근 뒤 샤워실로 향했다. 밴드가 달린 열쇠여서 왼팔에 찼다.

하얀 타일이 깔린 샤워실에 들어가자 칸막이로 나누어진 공간이 좌우로 늘어서 있었다. 아래쪽에 10cm 정도의 틈이 있어서 누군가가 있으면 금방 알 수 있다. 하지만 아무도 없다. 소리가 나지 않는 샤워실이라는 건 정말이지 꺼림칙하다.

맨발로 타일을 밟으며 주위를 둘러봤다. 감시 카메라 같은 것은 없는 듯하다. 아니 있다고 하더라도 몰래카메라라면 찾아내기가 어려울 테고 알몸 정도는 촬영 당했다고 해서 눈에 쌍심지를 켜거나 하진 않는다.

어디로 갈지 고민하다가 앞쪽에서 세 번째 오른쪽 부스에 들어갔다.

은색 샤워기에서 따뜻한 물이 나와 몸을 적신다. 샤워 부스 안이 김으로 가득 채워졌다. 턱을 들었다. 시선이 전구에 부덮혔다. 그 전구 옆 타일에 묘한 디자인이 새겨져 있었다.

처음에는 나비인가 싶었는데 자세히 보니 나방이었다.

나방이 전구 주위에서 날갯짓하는 것처럼 보인다. 정교하게 만들어진 나방.

"악취미네."

그렇게 중얼거린 아이코는 빨간 비누를 집어 그걸로 몸을 꼼꼼하게 씻은 뒤 따뜻한 물로 흘려보냈다. 배스 타월로 물기를 닦고 샤워실을 나왔다. 그리고 준비되어 있던 유니폼을 입었다. 소름이 돋을 정도로 몸에 딱 맞았다.

거대한 거울로 온몸을 확인한 뒤 설명받았던 대로 샤워실 옆에 있는 문을 열고 나왔다.

어둑어둑한 복도를 나아가 끝에 있는 문을 열었다.

눈앞에 나타난 것은 의외로 주방이었다. 호텔 같은 커다란 주방. 호텔 주방을 실제로 본 적은 없지만 어쨌든 많은 인원의 요리를 만드는 데 충분한 설비를 넣을 수 있는 거대한 공간이었다.

셰프 코트를 입은 사람들이 바쁘게 일하고 있다. 커다란 솥을 들여다보는 여성. 거대한 프라이팬으로 무언가를 볶고 있는 50대 정도의 남성. 많은 접시에 요리를 담는 젊은 사람. 보이는 것만으로도 30명 정도의 사람이 있었다.

고기나 생선을 자르고 찌거나 굽고 있다. 불에 그슬리는 향기. 피 냄새. 거기에 펼쳐지는 모든 것이 식욕을 자아낸다.

"왜 그러지? 얼른 와라."

치프의 짜증 섞인 목소리. 어느샌가 가까이에 서 있었다. 주방으로 가는 데 탈의실을 지나지 않는 루트도 있는 건가. 구조를 전혀 모르겠다.

"멍청하긴. 움직임이 둔하다."

욕을 먹었다. 하지만 목소리가 높아서 혼나는 느낌이 들지 않는다. 소프라노 파트를 맡게 된 듯한 음역의 소유자로 위엄이라는 것이 전혀 느껴지지 않았다. 나무 술통 같은 몸에서 나오는 것치고는 애교가 넘치는 음색이다.

주방 안쪽에 있는 문을 열고 안으로 들어갔다.

그곳은 중앙에 책상만 있는 작은 방이었다.

"몸단장은 끝났겠지."

온몸을 점검하는 듯한 시선으로 쳐다본 치프는 코를 킁킁거리며 아이코의 몸 냄새를 맡았다. 역시 인간의 피부를 어디선가 조달해온 백돼지라고 생각했지만 표정에는 그걸 드러내지 않았다.

"어울리나요."

"조금 전에는 야만적인 동물을 보고 있는 것 같았지만 약간이나마 인간에 가까워졌군." 치프가 히죽 웃고는 계속해서 말했다.

"곧바로 일 내용을 설명하겠다. 아이코는 쟁반을 들고 게스트에게 마실 것만을 가져다드린다."

'만을'에 힘을 주어서 말했다.

"먹을 것은요?"

아이코가 물었다.

"마실 것을 옮기는 것에만 전념하면 된다."

치프는 화난 듯이 말하고는 책상 위에 놓인 둥근 쟁반을 아이코에게 건넸다. 그리고 손가락 세 개로 받치고 들 것과 손목을 바깥으로 향하고 들도록 설명했다. 아이코는 그걸 문제없이 해냈다. 어째서인지 치프는 불만스러워 보였다.

"만일을 위해 말해 두겠지만 너가 옮기는 잔은 세상에 하나밖에 없는 것들뿐이니까 절대로 떨어뜨리지 말 것. 그리고 만에 하나라도 게스트에게 엎지르는 일이 없도록 조심해라."

치프의 새된 목소리와 어울리지 않게 얼굴은 경고를 나타내고 있다. 부조화다.

"물론 엎지르는 일은 없을 것입니다. 손이 흔들리지 않는 것이 제 특기니까요."

열의가 담기지 않은 대답에 치프는 불만스러운 표정을 지었다.

"어설픈 실수는 하지 마라. 절대로."

다시 한번 강조했다. 그 눈동자에 미세한 공포심이 떠올라 있는 듯한 느낌이 들었다. 주의를 주는 사람이 무서워하고 있다. 이상한 일이었다.

"만약 실수하면 어떻게 되나요."

묻지 않을 수 없었다.

아이코의 물음에 치프는 살짝 망설이더니 입을 열었다.

"그런 일은 있어서는 안 된다. 알겠지?"

그렇게 말한 뒤 지금 발언을 지워버리려는 것처럼 헛기침을 했다.

"그리고 서빙 담당이 지녀야 할 마음가짐에 대해 설명하겠다. 서빙은 아무것도 보지 않고 아무것도 듣지 않는다. 하지만 동시에 모든 것을 봐야만 하고 모든 것을 들어야만 한다."

어디선가 들은 적 있는 구절이네 하고 생각하며 고개를 끄덕였다.

치프는 계속하여 말했다.

"이곳을 절대로 발설해서는 안 된다. 또한 이곳에 오는 게스트에 관해 알려고 해서는 안 된다. 여기서는 눈에 띄지 않게 무대 뒤편에 존재하는 인간이어야 하고 이곳에는 존재하지 않는다. 실수는 곧 죽음이라고 생각할 것. 내 말을 명심해둬라."

진지한 눈빛으로 쳐다봤다. 아이코는 눈을 돌리지 않고 고개를 끄덕였다. 이건 평범한 아르바이트가 아니다. 이곳에 오는 것만으로도 정보를 숨기고 싶다는 강한 의지가 느껴졌다. 정보가 공연히 드러나는 것을 경계하고 있다.

주위에 새어나가길 원치 않는다. 돈과 위험이 고여 쉰 냄새가 난다. 몸 한가운데가 욱신거리기 시작했다.

"말한 대로 하겠습니다."

실수는 하지 않는다. 치프의 '죽음'이라는 말은 미심쩍기는 하지만 적어도 그에 상응하는 페널티가 부과될 것이다

"좋다. 오늘은 견학이다."

치프는 살짝 표정을 누그러뜨린 뒤 아이코를 데리고 주방으로 돌아가 다른 복도로 나아갔다. 이 장소의 구조가 어떻게 되어 있는지 궁금하지만 아무렇지 않은 척 치프 뒤를 따라갔다.

걸음 수로 15걸음. 다시 문이 있다. 차 한 대가 충분히 지날 수 있을 만한 크기다. 소재는 흑단으로 세세한 장식이 되어 있다.

"킬링 클럽에 온 것을 환영한다."

치프는 의미심장한 시선으로 보며 말했고 천천히 문을 열었다.

아이코는 숨을 삼켰다. 그리고 온몸에 소름이 돋아 전기가 흐른 것처럼 솜털이 곤두선 것을 느꼈다.

눈앞에 나타난 것은 넓고 커다란 플로어였다.

조명 사용 방식이나 색 사용은 런던의 로열 오페라하우스에 가깝지만 넓이는 2배 이상, 아니 더 클 것이다.

천장이 높고 방 가장자리가 아득히 멀게 보인다. 휘황찬란한 옷을 입은 수많은 사람과 돔 모양의 천장이 눈에 띈다. 중앙 천장에는 거대한 샹들리에가 있어서 빛을 화려하게 반사

시키고 있다. 몇 미터나 될까.

바닥에는 빨간 융단이 깔려 있어 피바다를 상상케 했다.

불규칙하고 다양한 소리 속에 음악이 흐르고 있다는 것을 깨달았다.

차이콥스키의 서곡『1812년』. 투명하게 들려 라이브 연주인가 싶었는데 악단은 보이지 않는다. 아무래도 상당한 돈을 들여 음향 설비를 갖춰 놓은 모양이다.

컬러풀한 의상을 입은 사람들이 공간을 가득 채우고 있다. 살구색, 자두색, 오렌지색, 블루베리색. 보고 있는 것만으로도 식욕을 돋운다.

침을 삼킨 아이코는 상상을 아득히 뛰어넘는 상황에 놓여 그저 압도당하고 있었다.

"이곳에는 다양한 사람이 있다. 게스트, 호스티스, 서빙, 바텐더, 카지노 딜러. 여러 사람이 이곳의 유지 운영에 관여하고 있지." 치프는 계속해서 말했다.

"여기서 가장 높은 사람이 게스트. 그 외에는 단순한 무대 장치다. 너도 나도."

휘황찬란한 세계를 쳐다보며 치프가 말했다.

"……킬링 클럽이라는 게 이 장소의 이름인가요?"

불량한 이름이라고 생각하며 물었다.

"'힘을 과시하고 싶다면 살인을 할 것이 아니라 막대한 돈을 벌어라'."

그렇게 말하며 천장 부근에 있는 말을 가리켰다. 철을 굽혀 만들어진 글자가 적혀 있다.

"If you want to prove your strength make a killing in stead of killing."

"킬링에는 살인이라는 의미말고도 큰돈을 번다는 의미가 있다. 이곳은 후자에 뛰어나고 그중에서도 선택받은 성공한 사람이 모이는 곳이다. 세상을 움직이는 인간들이 온갖 달콤한 맛을 누리고 돈을 쓰는 그런 장소다."

치프가 즐거운 듯이 말했다.

묻고 싶은 것이 잔뜩 있었다. 하지만 지금은 머릿속 메모장에 글자를 휘갈겨 써나가는 것만으로도 고작이었다.

아니 글자를 쓰는 작업도 멈추고 말았다. 눈앞의 광경을 머릿속에서 처리하지 못하고 멍해져 있었다.

그날은 서빙을 하지 않고 주위를 돌아봤다. 그 후 치프의 안내를 받아 하얀 방으로 돌아가 안대를 찼고 남자가 운전하는 차를 타고 집까지 돌아왔다. 차에서 내리려는 아이코에게 남자는 종이 한 장을 건넸다. 거기에는 아이코의 가족이나 친척의 이름 현주소 직업 등과 같은 개인정보가 나열되어 있었다.

모든 걸 장악하고 있다는 명확한 협박이었다.

이건 무슨 의미인가요 하고 아이코가 시치미를 떼자 남자는 킬링 클럽에 관한 건 누구에게도 말해서는 안 됩니다 라고만 대답했다. 그리고 다음에는 혼자서 출근해도 좋다는 것과 다른 출입구의 존재를 구두로 설명받았다.

설명을 끝낸 남자는 열쇠를 건네고 소형 기계로 손바닥 정맥을 스캔했다.

아무래도 아이코는 빠르게도 신뢰를 얻어낸 모양이다.

2

킬링 클럽에 근무하고 닷새째를 맞이했다.

아이코는 유라쿠쵸역에서 황궁 쪽을 향해 걸었다. 공사 중인지 폐쇄된 채로 방치된 것인지 알 수 없는 한 구역으로 향했다. 사전에 설명받은 인기척이 없는 고가도로변의 다소 후미진 곳의 모퉁이에 위치하여 아무도 일부러 이곳에 들어가려고는 하지 않을 그런 공간이다. 물론 사람의 모습은 없다. 거기에 녹슨 철문이 있었지만 아무런 표시도 없어 벽과 구분할 수 없을 정도였다.

운전사한테 건네받은 열쇠를 써서 안으로 들어갔다. 문이 닫히자 자동으로 잠겼다.

통로로 쭉 가다 보니 곧바로 다음 문에 도착했다. 정맥 인증으로 그걸 열었다.

긴 계단을 다 내려가 어둑어둑한 복도를 나아갔다.

똑바로 뻗은 복도는 아니다. 외길이었지만 막다른 길이 몇 군데나 있었다. 킬링 클럽 위치를 알 수 없도록 교란시키려는 의도가 있을 것이다. 그게 아니면 단순히 도쿄 지하에 묻혀 있는 다양한 것들을 피하기 위해서일지도 모른다.

10분 정도 잰걸음으로 걷자 또다시 문이 나타났다.

그곳을 빠져나오자 하얀 방이 눈앞에 펼쳐졌다. 벽과 바닥 그리고 천장도 새하얘서 공간의 크기를 파악할 수가 없다. 유일하게 스킨헤드 남자가 좌표처럼 존재할 뿐이었다. 이 남자도 온몸에 하얀 정장을 입고 하얀 장갑을 꼈으며 하얀 구두를 신고 있다. 얼굴만은 피부색을 노출하고 있어서 얼굴만 붕 떠 있는 것처럼 보였다. 첫날에 차를 타고 이곳에 왔을 때 있던 남자와는 다른 사람이었다.

검은색 옷으로 몸을 감싼 아이코는 이곳에서는 이질적인 존재이다.

눈썹이 없는 남자의 얼굴이 지나가도 좋다고 말하고 있다. 아이코는 매번 하얀 방에서 이 남자와 마주치고 있었다. 킬링 클럽의 보안 역할을 담당하는 것이겠지만 계속 여기에 있는 것인지 그게 아니면 대기실 같은 것이 있는지는 의문이었다.

"항상 힘들겠네."

남자 옆을 지나쳐 가면서 말했다.

"그렇지도 않다."

예기치 못한 대답. 쉰 목소리가 미세하게 웃고 있는 것처럼 들렸지만 표정을 볼 수는 없었다.

하얀 방의 출구인 하얀 문을 통과했다.

그러자 갈색 카펫이 가득 깔린 복도로 나왔다. 중견 이하 호텔에 있는 듯한 단단하고 질이 안 좋은 카펫. 킬링 클럽의 게스트가 들어가지 않는 장소는 그렇게까지 돈을 들이지 않는 모양이다.

벽에 표찰이 붙어 있다. 오른쪽에 'M' 왼쪽은 'L'이라고 적혀 있다.

아이코는 왼쪽으로 돌았다. 문을 열자 첫날과 같은 탈의실에 도착했다. 방에 설치된 문 개수는 일곱 개. 일곱 개 중 하나가 지금 지나온 복도로 통한다. 다른 여섯 개는 확실하지 않다. 가장 큰 문은 킬링 클럽으로 통하는 문이다.

옷을 벗고 샤워를 하며 비누로 몸을 씻었다. 시선을 들어 조각된 나방이 전구 주위를 나는 모습을 확인했다. 몸을 닦고 서빙 유니폼으로 갈아입은 뒤 플로어로 향했다.

일을 시작하고 나서 딱 하나 환멸을 느낀 것이 있었다.

신변의 위험을 느끼는 순간이 없다는 점이다. 한 시간에 시급 2만 엔을 주는 것치고는 너무 평범한 일이었다. 마실 것을 나르고 빈 잔을 치우고 또다시 옮긴다. 그저 그것뿐이다. 물론 걸을 때의 자세나 마실 것을 건넬 때의 동작에 관해서는 치프한테 철저히 교육받았으나 그렇게까지 어려운 일은 아니었고 곧바로 순응할 수 있었다.

치프의 이야기로는 이곳은 성공한 사람 중에서 선택받은 인간만이 모일 수 있는 클럽이라고 했다. 게스트는 화려한 차림을 하고 세련된 미소를 띠고 있다. 대다수는 남성이고 정장이나 턱시도를 입고 있었다. 여성도 제각기 다른 드레스로 몸치장을 했다.

나흘간 게스트의 모습을 관찰했다.

호스티스와 같이 술을 마시는 사람. 이야기를 나누는 사람. 일본에서 위법인 바카라 도박에 열중하는 사람. 마약인 해시시를 즐기는 사람. 오로지 혼자 술을 마시는 사람. 술은 대충 마시고 호스티스와 함께 '별실'로 사라지는 사람. 즐기는 방식은 갖가지인 모양이다.

킬링 클럽에서 일할 때의 규칙 중 하나로 다른 종업원과 업무 외의 대화를 해서는 안 된다는 것이 있었다. 치프에게는 누구와도 이야기할 권한이 있는 듯하지만 비슷한 처지인 사람끼리는 업무 중에는 물론이고 탈의실에서 얼굴이 마주쳐도 목례 정도만 하고 있다. 이를 어겼을 경우의 페널티가 있다는 말은 듣지 못했고 아이코가 치사와 이야기해도 나무람을 들은 적은 없었지만 다른 모두는 그걸 지키고 있다. 말하지 않는다는 간단한 것을 어겨서 이런 꿀 같은 일자리를 놓치고 싶지는 않다고 누구나가 생각하고 있는 모양이었다.

이상하게 생각했다. 빈자리가 나서 아이코는 채용되었다. 즉, 그만둔 사람이 있다는 것이다. 어째서 빈자리가 나온 것일까. 이런 좋은 일을 그만두는 사람이 있는 것인가. 생각해도 해답이 나올 리 없는 의문이지만 흥미를 돋웠다.

그리고 하나 더 신경 쓰이는 것.

검은 정장을 입고 검은색에 가까운 남색 넥타이를 맨 남자 몇 명이 항상 플로어를 순회하고 있었다. 느긋한 동작으로 걸으면서 주위 상황을 넌지시 보고 있다. 그들은 다들 한결같이 눈을 내리까는 자세로 시선을 마주치지 않도록 하고 있다. 그러면서도 신경을 집중해서 주위 상황을 파악하고 있는 듯했다. 문제 대처 요원이라고는 하지만 이 공간에서는 이질적인 존재였다.

〈아이코 새로운 게스트다.〉

왼쪽 귀에 꽂은 이어폰에서 치프의 목소리가 들려왔다. 치프는 거대한 모니터가 몇 개나 있는 방에 틀어박혀 서빙 알바생들에게 지시를 내리고 있었다. 클럽 내의 상황을 파악하고 적절하게 서빙 근무자를 움직이고 있었다. 그 덕분인지 영업에 문제는 없었다. 보기와는 달리 치프는 제법 우수한 모양이다.

아이코는 눈앞에 있는 게스트에게 샴페인 잔을 건네고 치프에게 대답한 뒤 주방으로 돌아갔다.

주방은 한창 공격받고 있는 참호 같았다. 주방에는 갖가지 수송 수단을 총동원하여 전 세계의 식재가 모여들었고 일류 셰프가 조리하여 게스트에게 대접하고 있었다.

셰프들 사이를 주방 보조와 상차림 담당이 왔다 갔다 한다.

맛있는 냄새에 군침을 삼켰다. 오늘은 여러 가지로 바빴기 때문에 늦잠을 잤고 출근 전에 단백질바 하나를 먹은 게 다였다. 주방 벽이 녹색인데 피스타치오로 만들어진 것이라 착각할 정도로 배고팠다.

"자, 빨리 이걸 옮겨."

조끼를 입은 바텐더가 짜증이 난 기색으로 말했다. 킬링 클럽에서는 바 스페이스와 주방에 바텐더를 배치하여 술이 끊임없이 제공되도록 하고 있었다.

〈지금 손에 들고 있는 것을 16번 테이블에 있는 게스트에게 건네라.〉

다시 이어폰에서 치프의 목소리가 났다.

〈그 돌로 만들어진 맥주잔은 독일 일류 맥주 브랜드 호프브로이 것으로 게스트가 아끼는 것이니 실수라도 떨어뜨려서 깨뜨리지 않도록 조심해라.〉

"알겠습니다."

아이코는 'HB'라는 각인이 새겨진 돌 맥주잔을 쟁반에 올리고 플로어로 갔다.

이야기하며 걷는 사람과 부딪치지 않도록 주의하며 중앙 부근에 있는 16번 테이블에 도착했다.

"오래 기다리셨……."

여느 때처럼 맥주잔을 손으로 잡아 테이블에 내려놓으려

했을 때 남자와 눈이 맞았다.

말문이 막혔다.

삼베 재킷을 걸친 남자는 프리랜서 저널리스트로 이름을 떨친 아오야기 유스케였다. 많은 TV 프로그램에 출연하여 문화인으로서의 지위를 확립한 사람이었다. 아이코의 본업은 프리랜서 기자였기에 가끔 인터뷰 기사를 쓰기도 한다. 아오야기한테는 몇 번인가 자택으로 취재를 간 적이 있었다. 나이는 60세. 그런 것치고는 피부에 탄력이 있어 젊은 느낌이 든다.

아는 사람과 만날 거라고는 생각하지 않았다. 아오야기의 얼굴에 주의를 빼앗겨 버린 아이코는 실수로 손이 떨리고 말았다.

돌 맥주잔이 테이블 위에서 쓰러질 뻔했다. 곧바로 다시 잡아 세우기는 했으나 맥주의 절반 정도가 아오야기의 바지에 쏟아졌다.

순간적으로 좌우에 있던 호스티스가 몸을 빼고 진지한 표정으로 아이코를 쳐다봤다. 그 눈동자의 대부분은 놀라움이었지만 조소와 연민도 섞여 있었다.

16번 테이블이 침묵에 휩싸였다.

"……이건 재미있는 여흥이군."

제일 먼저 목소리를 낸 것은 아오야기였다. 좌우에 있던 호스티스가 아오야기의 젖은 슬랙스를 물수건으로 닦았다. 하지만 아오야기는 자기가 하겠다고 부드럽게 말하고는 재킷 안주머니에서 손수건을 꺼내 젖은 곳을 닦았다. 얼굴을 숙이고 있어서 표정은 또렷하게 볼 수 없었지만 웃고 있는 듯했다.

"이 돌 맥주잔은 말이지." 아오야기는 침착한 목소리로 말했다.

"내가 대학을 졸업하고 나서 2년간 세계를 떠돌았을 때 독일 부랑자한테서 받은 거야. 길가에 쓰러져 있던 부랑자를 발견했을 때 그는 빈사 상태였어. 아마도 여러 사람한테 폭행당했던 거겠지. 땀이 흐른 듯 머리에서 턱까지 이어진 피는 말라 있었지만 상당한 출혈량이었어. 한쪽 눈이 짓뭉개진 것처럼 보이기도 했고 얼굴 형태가 찌그러져 있었어. 원래의 얼굴이 아니라 외부에서 가해진 힘으로 생긴 변형이었지. 쇠파이프나 그런 종류의 물건으로 얼굴을 구타당했을 거야.

거칠게 호흡하던 그는 아직 간신히 뜨여 있는 한쪽 눈으로 날 보더니 웬걸 술을 마시고 싶다고 말하더군. 독일어가 아니라 영어였어. 나는 그를 구할 생각은 없었지만 그의 앞에 있는 동전이 든 돌 맥주잔…… 이 맥주잔인데 이게 꼭 갖고 싶어진 거야. 그가 돈을 얻는 수단인 맥주잔은 그의 생명줄이자 과장되게 말하면 목숨 그 자체로 보였어.

그래서 맥주 한 잔과 컵을 바꿀 수 있냐고 물었지. 남자는 그러자고 했어. 나는 근처에 있던 펍에서 500mL 병맥주를

65센트에 사서 남자가 있는 곳으로 돌아와 맥주를 그에게 줬지. 남자는 그걸 한 모금 마시고는 신음을 내는가 싶더니 숨이 끊어지고 말았어. 딱 살펴본 느낌에 오래는 못 버틸거라고 생각했지만 모처럼 사 왔으니까 조금 더 마셔 주길 바랐는데 말이지. 뭐 일단 약속은 지켰으니까 돌 맥주잔을 받아서 지금도 이렇게 소중히 쓰고 있는 거야. 참고로 맥주잔 안에는 86센트가 들어 있었으니까 나는 21센트를 벌고 돌 맥주잔을 손에 넣은 거지. 마치 지어낸 것처럼 딱딱 들어맞는 이야기지만 인간의 영혼은 21g이라고 해. 신기하게 딱 맞지. 더더욱 이 맥주잔을 좋아하게 되었어.

그런데도 하필이면 이렇게나 소중히 여기는 맥주잔을 쓰러뜨리다니."

TV의 인기 해설자 같은 알아듣기 쉬운 어조로 말한 아오야기는 희미하게 미소를 띠었다.

"그뿐만이 아니야. 나는 이곳에 한껏 멋을 부리고 오기로 정해 뒀어. 내가 입고 있는 옷도 신발도 다 내 돈으로 산거라고."

아오야기의 시선을 받은 아이코는 소름이 돋았다. 그 동공에는 어두운 힘이 소용돌이치고 있었다. 습기가 가득한 어두컴컴한 지하실을 연상케 하는 눈동자. 꺼져 가는 불꽃을 바라보는 듯한 냉담한 눈꼬리.

멀리서 치프가 황급히 다가오는 것을 알 수 있었다.

살벌한 분위기를 맛보면서도 아이코는 미소를 띠었다.

자연히 입이 움직였다.

"실은 친구와 내기를 하고 있었습니다."

"……내기?"

의아한 표정을 띠는 아오야기를 보고 아이코는 고개를 끄덕였다.

"킬링 클럽 안에서 제일이라고 생각되는 사람을 젖게 만들면 제 승리라는 내기입니다. 젖게 만드는 방법은 자유. 지면 저녁을 사기로 되어 있습니다. 최근 근처에 델리*가 생겼는데요. 그곳의 샌드위치가 맛있다고 해서. 아 델리의 어원인 델리카테세(Delikatesse)는 독일어로 '맛있는 것'이라는 의미라고 합니다. 돌 맥주잔도 독일에서 손에 넣으셨다고 하셨죠. 이건 저도 맛있는 음식을 손에 넣을 수 있다는 징조일까요."

상대를 곤혹스럽게 한다. 곤혹은 순종을 낳는 가장 손쉬운 수단이다.

아이코의 말을 들은 아오야기는 의외라는 듯한 표정을 짓고 있었으나 눈을 깜박인 뒤 천천히 일어섰다. 그리고 내용물이 살짝 남아 있는 돌 맥주잔을 손으로 들고 아이코의 머리에 맥주를 끼얹었다.

눈이 휘둥그레진 아이코를 신경 쓰지 않고 아오야기는 지나가던 서빙 종업원의 쟁반에서 와인 잔을 빼앗아 아이코의

* 가공육 프라이, 샐러드, 샌드위치 등을 파는 점포인 델리카테센(Delikatessen)의 약칭.

가슴에 뿌렸다. 와이셔츠가 핏빛으로 물들었다.

아오야기는 갑작스럽게 웃음소리를 냈다.

"실은 말이지, 나도 아는 사람과 내기를 했는데 이 클럽에서 가장 재미있어 보이는 여자를 젖게 만든다는 내기 말이야."

비꼬는 듯한 미소에 어디까지나 아이코는 예의 바른 태도를 유지했다.

"남자야 어쨌건 여자를 젖게 만드는 방법으로서는 그다지 스마트하다고는 할 수 없겠네요."

"계속 지껄여봐."

거칠게 내뱉는 듯한 목소리였지만 아오야기는 유쾌해 보였다. 한바탕 웃고 난 뒤 입꼬리가 휘어진 상태로 진지한 표정으로 되돌아갔다.

"재미있는 여자군. 지루함을 잊을 수 있었어. 조금 이르지만 이렇게 젖어 버린 이상 옷을 벗어서 말려야만 하겠네."

오른손 손목에 찬 에르메스 팔찌의 위치를 조정한 아오야기는 왼쪽에 있던 호스티스의 허벅지에 손을 올려놓았다. 그러면서도 눈은 계속 아이코를 물끄러미 쳐다보고 있었다.

"천천히 있다 가세요."

아이코의 말에 재차 미소를 띤 아오야기는 호스티스와 함께 자리를 떴다.

치프가 머리를 깊숙이 숙이며 사죄했다. 그걸 무시한 아오야기는 검은 옷 남자에게 에스코트를 받으며 개인실로 사라졌다.

치프한테 끌려가 일단 오늘은 퇴근하게 된 아이코는 샤워를 하고 나서 사복으로 갈아입었다. 그리고 치프의 지시대로 취조실 같은 방에 틀어박혀 혼자 앉아서 기다리게 되었다. 콘크리트 벽에 중앙에는 테이블이 있고 의자 두 개가 서로 마주 보게 놓여 있다. 방의 벽 한 면이 유리로 되어 있었다. 아마 매직미러일 것이다. 이곳이 경찰서라면 이해하지만 어째서 클럽에 이런 방이 있는 것일까.

이제부터 일어날 수 있는 일과 도망 수단을 동시에 생각하고 있자 문이 열렸다.

치프인가 싶었는데 나타난 것은 다른 남자였다.

검은 정장에 검은색에 가까운 남색 넥타이. 이대로 장례식에라도 출석할 수 있을 것 같다. 플로어에서 본 검은 옷 남자들과 같은 차림이었다. 사회인치고는 머리가 약간 길어서 젊어 보이지만 차분하게 가라앉은 표정을 생각하면 나이는 30대 후반 정도일 것이다.

말없이 남자는 아이코 맞은편에 있는 의자에 앉았다. 그리고 팔걸이에 팔꿈치를 올리고 왼손을 턱 밑에 댔다. 머리를 손으로 받치는 듯한 자세가 되었다.

검은색보다도 더욱 검은 동공이 이쪽을 바라보고 있다. 그 검은색을 아이코는 아름답다고 느꼈다. 인간을 아름답다고 생각하는 건 오랜만의 일이다. 그건 독을 지닌 인간 특유의 아름다움이다. 독은 독 밖에 되지 않는다. 다만 위험은 매혹으로 변화하기 쉬운 법이고 그것이 흥분으로도 이어진다.

"조금 전의 일 말인데." 남자는 오선보를 손으로 훑으며 음표를 확인하는 듯이 신중하게 말했다.

"능숙한 대응이다. 단순함과 자신감 그리고 공감이 갖추어져 있어."

"감사합니다."

묘한 칭찬 방식이라고 생각하면서도 솔직하게 감사를 표했다.

남자는 눈을 가늘게 떴다.

"그런 변명으로 살아날 수 있을 거라고 생각했나."

"……글쎄요. 모르겠습니다."

애매한 대답을 한 아이코를 보고 남자는 미간의 주름이 깊어졌다.

"확신이 있어서 한 대응이 아니었던 건가."

"그건." 아이코는 일단 한번 말을 끊은 뒤 다시 입술을 움직였다.

"그때 그 상황에서는 최선의 수단이라고 생각했습니다."

"최선의 수단이라."

음미하는 것처럼 남자는 되풀이했다.

"어째서 최선이라고 생각했지."

"어째서일까요. 느낌이라서 모르겠습니다."

"……그런가."

왜인지 남자는 납득한 듯했다.

아이코는 거짓말은 하지 않았다.

아오야기의 바지에 맥주를 쏟은 것은 돌이킬 수 없는 실수다. 사과해서 그칠 일이 아니라는 건 아오야기의 눈을 보면 알 수 있었다. 사죄는 오히려 불에 기름을 끼얹는 듯한 일이었을 것이다.

그때의 대응은 순간적으로 나온 것이었다. 생각해서 나온 것이 아니다. 이러한 것은 자연히 나오는 법이다. 어릴 적부터 그랬다.

그 순간에서 최선의 수단을 생각해냈다. 그런 확신이 있었지만 근거가 있는 건 아니었다.

재미있는 여흥이라는 아오야기의 말을 듣고 자연히 떠올렸던 것이라 논리정연한 설명은 불가능하다. 하지만 그렇게 대응하면 용서받을 것이라고 직감했다.

"좋은 판단이었다." 남자는 나직이 중얼거렸다.

"게스트는 화가 나지는 않았다. 그런 실수를 범한 녀석은 본래라면 그냥은 끝나지 않는다. 게스트가 용서해도 킬링 클럽이 용서하지 않는다. 다만 이번에는 조용히 넘어가자는 결정이 나왔다."

누가 결정한 것인가. 그렇게 물으려 했지만 말로는 하지 않았다. 물어 봤자 대답해 주지 않을 것이다.

남자의 시선을 느꼈다. 그 눈동자에 아이코는 몸이 달아오르는 감각을 느꼈다. 쾌감에 가깝다. 얼굴도 자기 취향이었다. 젖어 가는 것을 알 수 있다.

"본론으로 들어가지." 남자는 팔짱을 꼈다.

"너는 킬링 클럽의 게스트가 어떠한 종류의 인간인지를 알고 있나."

방이 매우 건조했다. 아이코는 마른 입술을 혀로 적셨다.

"성공한 사람 중에서 선택받은 인간이 모인다고 들었습니다."

"누구한테서."

"치프한테서 들었습니다."

"큰 틀에서는 맞지만 정확하지는 않다."

감정이 담기지 않은 잔잔한 목소리는 무척 알아듣기 쉬웠다. 귀에도 기분 좋게 울려서 언제까지고 듣고 싶다는 생각이 든다.

"이곳은 사회적으로 성공한 사이코패스가 모이는 장소다."

남자는 막힘없이 말했다.

"……사이코패스."

옛날부터 자주 듣는 말이었다. 영화나 드라마에서 본 바로는 살인 괴물로 그려지는 경우가 많다. 공감 능력이 없고 냉혈한이며 사람의 목숨 따위 아무렇지 않게 생각한다.

남자는 그제야 자세를 바꾸어 팔짱을 끼고 테이블 위에 올려놓았다.

"사이코패스 즉, 반사회성 성격 장애라고도 하는 사람들과는 달리 게스트는 세상이 만들어 낸 이미지와는 차이가 있는 존재다. 네가 생각하는 듯한 그런 이미지와도 다르다. 이곳에 있는 건 성공한 사이코패스다."

아이코는 눈을 가늘게 떴다. 말은 간단했지만 무슨 말을 하는 건지 잘 이해할 수 없었다.

남자는 계속해서 말했다.

"사이코패스는 악이 아니다. 그들은 겁이 없고 자신감이 넘치며 카리스마와 비정함을 함께 갖추고 있고 한 가지에 집중할 수 있는 존재다. 그들이 꼭 폭력적인 건 아니다. 오히려 너희들이 상상하는 듯한 '위험지대'(이너 시티)에 있는 사이코패스는 불과 한 줌 정도지. 그들은 무자비하게 죽이니까 그 점이 집중적으로 조명되어 알려진 것뿐이고 성공한 사이코패스는 '위험지대' 녀석들과는 정반대 지점에 있는 존재다."

남자는 아이코의 표정을 확인하는 듯한 시선을 보낸 뒤 예를 들어 라며 뒷말을 이었다.

"사이코패스적인 자질은 녹음 스튜디오에 있는 믹싱 콘솔 조정 레버 같은 거라고 설명하는 학자가 있다. 모든 레버를 최대로 올려 완성한 사운드트랙은 도저히 쓸 수 없지. 하지만 그 사운드트랙을 항목별로 평가하면 몇 가지 항목은 다른 사운드트랙보다도 뛰어나다. 조금 전에 내가 말한 공포의 결여 집중력 정신적으로 강인함을 갖춘 인간이라면 매우 우수한 외과 의사가 될 수 있다. 요컨대 레벨을 조절할 수 있다는 게 중요한 거다.
게스트들은 사이코패스라는 것을 행운이라 여기고 있다. 믹싱 콘솔을 잘 조정하고 있는 그들은 사이코패스라는 기질 덕분에 성공했다고 분석하고 있지. 그들은 사이코패스 중에서도 선택받은 상위 1%라고 자부하며 슈퍼 리치인 사이코패스로서 세상에 군림하고 있다. 그리고 이 킬링 클럽이라는 모임으로써 조정 레버가 떨어져 나가지 않도록 튜닝하고 있는 것이다. 정확한 통계는 아니지만 전체 사이코패스 중 성공한 사이코패스가 1%고 '위험지대' 녀석들도 1%다. 나머지 98%는 손이 닿는 범위 내의 인간을 컨트롤하거나 상처입히는 것만으로도 만족하는 범재지."
설명 내용에 관해서는 이해가 되기 시작한 아이코였으나 커다란 의문이 여전히 머리를 떠나지 않았다.
그걸 내뱉었다.
"……어째서 저한테 그런 이야기를 하는 거죠."
이곳에 온 지 얼마 되지 않은 자신한테 킬링 클럽의 비밀을 이야기하는 게 너무나도 불가사의했다. 내부 사정을 몰랐다면 눈치채지 못했을 것이다. 그걸 일부러 알려주는 이유를 알 수 없었다.
남자는 팔짱을 풀고 손가락 10개가 확실히 존재함을 나타내는 것처럼 손등이 위로 가도록 테이블에 올려놓았다.

"너는 마음에 든 거다."

"누구한테 말인가요."

"이곳의 책임자다."

"책임자?"

그렇다 라며 남자는 고개를 끄덕인 뒤 이어서 말을 꺼냈다.

"메히타벨."

머릿속에서 되새겼다. 분명 영어권에서는 여성의 이름이다.

남자는 살짝 미소를 띠고 츠지마치라고 자신을 소개했다. 마치 메히타벨이라는 이름을 지워 버리려는 것처럼 목소리를 약간 크게 내며 포장하려는 것 같았다.

츠지마치.

아이코는 자신의 기억에 새겨 넣기 위해 입술만을 움직였다.

츠지마치는 천천히 일어섰다.

"이번에 너는 목숨을 건졌다. 하지만 다음에는 위기를 벗어날 수 있을지 어떨지 알 수 없다. 부탁이니까 성가신 사건은 일으키지 마라. 다음 주가 끝날 때까지 킬링 클럽에서 일어난 성가신 사건에 대처하는 건 나니까 말이지."

"……당번제인가요."

"그래."

어깨를 으쓱이며 대답한 츠지마치는 인사 한마디도 없이 방을 나가고 말았다.

그와 교대하듯이 치프가 나타나 5분 정도 끈질기게 주의를 주었지만 그뿐이었다. 오늘처럼 실수하면 목숨은 없다고 말했던 것치고는 질책 이외의 훈계는 없었고 곧바로 풀려났다.

구불구불한 길을 순서대로 되돌아가 바깥으로 나왔다.

살을 에는 듯한 차가운 공기에 아이코는 몸서리를 쳤다. 바깥은 그대로였다. 복잡하고 외설적인 세계. 세련되지 않은 인간들이 활보하고 있다. 시키는 대로 움직이는 것밖에 하지 못하는 사람들. 하루하루를 쫓기며 살아가고 가식적인 웃음을 지으며 꿈틀거릴 뿐인 존재.

다음 날 월요일.

서빙 종업원으로 다시 킬링 클럽에 간 아이코는 마실 것을 옮기는 사이사이 츠지마치의 모습을 찾아다녔다. 하지만 플로어가 넓어서 특정 인물을 찾아내는 건 지극히 어려웠다. 딱 한 번 눈으로 볼 수 있는 위치에서 발견하긴 했으나 서빙 일에 쫓기느라 이야기는커녕 눈을 마주치지조차 못했다.

다음 날도 성과가 없어서 초조함이 쌓였다. 그래도 서빙 일은 수행해 냈다. 성공한 사이코패스가 모이는 클럽. 어떤 사람한테서든 돈 냄새가 난다. 하지만 서빙 일을 하고 있을 때는 차이를 눈치챌 수 없었다. 교묘하게 숨기고 있는 것일까.

킬링 클럽에서의 근무를 끝내고 집으로 돌아간 아이코는 6시간 정도 자고 난 뒤 지금 쓰고 있는 미국 폭탄 테러 사건의 문장을 작성했다. 나름대로 권위가 있는 잡지의 연재 기사였다. 인터뷰 형식으로 진행되기 때문에 질문하는 쪽에 예비지식이 전혀 없다면 인터뷰 자체가 성립되지 않는다. 그 때문에 몇 가지 전문 서적을 사고 인터넷으로 자료를 찾았다. 그중에서 재미있었던 것이 테러 조직이 작성한 홈페이지다. 거기에는 자택 부엌에 있는 물건으로 폭탄을 만드는 방법이 자세히 기재되어 있었다. 그리고 시판 약으로 만들 수 있는 주머니에 들어갈 정도의 소형 폭탄 소개도 있다. 이게 인터뷰에 도움이 되리라고는 도저히 생각되지 않았지만 흥미로운 내용이었다. 시험 삼아 다음에 만들어 볼까.

오후. 피트니스 센터로 갔다.

한 시간 정도 러닝머신에서 땀을 흘리고 근육을 단련하기 위해 근력 트레이닝을 한 뒤 중간에 휴식을 취하고 실내자전거에 탔다.

"안녕."

말을 거는 목소리에 뒤돌아봤다.

치사였다.

파란 운동복을 입은 치사는 옆에 있는 실내자전거 안장에 걸터앉았지만 페달을 움직이려고는 하지 않았다. 아무래도 이야기를 하고 싶은 듯하다.

"요전에 말이지……."

딱히 흥미 없는 화제가 이어졌다.

치사의 이야기를 흘려들으며 다른 것을 생각했다.

츠지마치처럼 검은 옷을 입은 남자 종업원은 킬링 클럽에 몇 명 정도 있을까. 치사의 옆얼굴을 보며 그걸 질문해 봤다.

"……검은 옷을 입은 사람?" 치사는 천장 근처로 시선을 돌리며 말했다.

"아아 문제가 발생하면 대처해 주는 사람들 말이구나. 몇 명 있는지는 모르는데 왜?"

그 물음에 아이코는 한순간 주저했다.

"요전에 츠지마치라는 사람과 이야기를 했어."

"츠지마치? 이름 같은 건 몰라."

그 대답에 낙담했다. 한숨을 내쉰 것과 동시에 치사가 다시 말을 꺼냈다.

"하지만 그 사람들은 분명 당번제로 근무하고 있어서 문제가 발생하면 그때 당번인 사람이 그 문제에 대처하는 거지? 킬링 클럽에서 문제가 일어나는 일은 거의 없지만 말이야. 아 그게 아니면 또 맥주 쏟아보는 게 어때?"

치사가 웃음을 지은 뒤 시계를 보고는 황급히 스튜디오로 향했다. 아무래도 요가 프로그램에 출석하는 모양이다.

요전에 실수한 것이 알려져 있었던 건가. 약간 겸연쩍은 느낌이 들었다.

귀에 이어폰을 끼운 아이코는 페달의 강도를 무겁게 설정했다.

아이코가 저널리스트인 아오야기 유스케의 시체를 발견한 것은 다음 주 일요일의 일이었다.

3

시부야 경찰서 취조실에서 풀려난 아이코는 신센역을 향해 혼잡한 인파 속을 걷고 있었다.

사흘 전에 아오야기 유스케의 시체를 발견하고 나서 경찰서에 간 건 두 번째였다.

취조를 맡은 형사가 물어본 내용은 저번과 거의 같았다. 아마도 저번에 이야기한 내용과 모순이 없는지를 확인하기 위해서겠지만 아이코의 이야기에 모순점은 없었고 한 시간도 되지 않아 풀려났다.

시부야역에서 멀어질수록 지나다니는 사람의 수가 줄어든다. 시각은 오후 7시. 집에 있는 소형 냉장고 안에는 물 정도밖에 없어서 밖에서 저녁을 대충 해결해야겠다 싶어 뭘 먹을지를 생각하며 고개를 들었다.

발이 멈췄다. 만나고 싶었던 얼굴이 눈앞에 있었다.

예상치 못한 만남이었기에 어떻게 반응하면 좋을지 알 수가 없다.

"용건이 있다."

쌀쌀맞은 목소리로 말한 것은 킬링 클럽의 츠지마치였다. 상복을 방불케 하는 검은 정장에 검은색에 가까운 색을 띤 남색 넥타이. 요전에 만났을 때와 같은 차림이다.

숨을 쉬는 것도 잊고 가만히 서 있던 아이코는 수면 위로 얼굴을 내밀었을 때처럼 숨을 크게 들이쉬었다. 산소가 결핍된 뇌가 깜짝 놀라 가벼운 현기증이 났다.

"들리지 않은 건가." 츠지마치는 짜증이 난 듯이 미간을 찌푸렸다.

"따라와라."

일방적으로 말한 츠지마치는 갓길에 세워 뒀던 차를 턱으로 가리켰다.

애스턴 마틴의 V8 밴티지. 왠지 모르게 연골어류인 가오리가 연상되는 형태였다. 아이코는 묵묵히 조수석에 올라탔다.

엔진에 시동을 걸자 수소가 몸을 부르르 떠는 듯한 진동이 전해져 왔다. 츠지마치는 액셀을 밟는 것과 동시에 핸들을 꺾었다.

"시부야 경찰서에서 받은 취조는 어땠지."

예상 밖의 질문에 반응이 한순간 늦어졌다. 츠지마치는 비난하는 듯한 시선을 보냈다.

"대답해라. 취조에서 질문받은 내용 말이다."

혼잣말하는 듯한 성량. 아이코는 츠지마치의 옆얼굴을 봤다. 코가 높고 단정한 용모였다.

"아오야기 씨에 관한 거예요."

"그건 알고 있다. 구체적인 내용을 묻는 거다."

명령 어조에 반감을 느꼈지만 반발할 생각은 없었다.

낮은 차체에서 거리를 올려다보며 입을 열었다.

"사흘 전 일요일에 아오야기 씨한테 불려서 자택에 갔는데요. 최초 발견자가 된 경위랑 그때의 상황에서 수상한 점은 없는지 등을 질문받았어요. 수상한 남자를 봤다는 것도 이야기했어요."

핸들을 쥔 츠지마치의 얼굴을 봤다. 놀란 기색은 티끌만큼도 없다. 아무래도 취조 내용은 알고 있는 모양이다.

"아오야기 유스케가 살해당한 날. 그날은 어째서 자택에 불려갔지."

"취재를 하고 싶다고 말했어요. 킬링 클럽에서 있었던 사건 때문에 어쩌면 받아줄지도 모른다며 밑져야 본전이라고 연락했더니 곧바로 OK 답변이 왔죠. 아오야기 씨 최근에는 취재를 잘 안 받아줬는데 놀랐어요."

"무슨 취재를 할 생각이었나."

기복이 없는 목소리. 감정을 일체 읽어낼 수가 없다.

"아오야기 씨에 관한 개인적인 것은 아니고 코멘트를 받고 싶었던 거예요. 그 사람의 이름이 붙는 것만으로도 기사에 가치가 생겨나니까요."

그런 건가 하고 츠지마치는 중얼거렸다.

아이코는 지금 처한 상황을 의아하게 여기면서도 설명을 계속했다.

아오야기한테서 취재 승낙 연락을 받은 아이코는 놀라면서도 그의 마음이 변하기 전에 그날 일요일에 약속을 잡아내고 아오야기한테 코멘트를 받기 위해 적절한 취재 기사를 몇 개 골라 약속한 오후 8시에 시부야구에 있는 아오야기의 자택을 방문한 것이다.

10년 전에 이혼한 아오야기는 호화로운 단독 주택에 혼자서 살고 있었다. 과거에 딱 한 번 방문한 적이 있는 아이코는 길을 헤매지 않고 도착하여 인터폰을 눌렀지만 대답이 없었다. 전화를 걸어 봤지만 받지 않았다. 한 번은 돌아가려고 했으나 집에는 불이 켜져 있었고 현관문도 열려 있었다. 그래서 안으로 들어갔다.

"무단으로 들어간 건가."

아이코는 고개를 끄덕였다.

"아오야기 씨는 나이가 많았으니까 방에서 쓰러져 있는 게 아닐까 하고 생각했어요. 이걸로 목숨을 구한다면 아오야기 씨에게 은인이 될 수 있으니까 말이죠."

그 발언에 츠지마치는 엷은 미소를 띠었다.

"그리고 죽은 아오야기를 발견한 건가."

"네. 빨간 비말 같은 것이 현관 벽에 묻어 있었으니까요. 시큼한 냄새에 빨간 비말이 피라는 걸 곧바로 알았어요. 피는 현관에서부터 복도 안쪽으로 이어져 있었고 그걸 따라갔더니 거실에서 아오야기 씨를 발견한 거예요."

"그리고 두개골이 열린 시체를 발견한 거군."

아이코는 고개를 끄덕였다. 역시 츠지마치는 상황을 파악하고 있다.

"현관 벽에 묻어 있던 것이 피라는 것을 안 시점에서 경찰에 신고해야겠다고는 생각하지 않은 건가."

지극히 당연한 질문이었다.

아이코는 고개를 가로저었다.

"살인 현장 최초 발견자 같은 건 바란다고 해도 좀처럼 될 수 없는 거니까 그것만으로도 기삿거리가 돼요."

빨간 신호에 차가 멈추자 츠지마치가 품평하는 듯한 시선을 보냈다.

"뭔가 알아차린 점은?"

"아오야기 씨가 죽은 상태였고 피가 한 방울도 안 남은 것 아닐까 싶을 정도의 출혈량 말고는 특별히 없네요."

츠지마치가 핸들을 강하게 쥐었는지 가죽을 죄는 소리가 들려왔다.

"죽은 사람을 관찰할 여유가 있었던 거군."

그 말에 아이코는 반응하지 않았다.

신호가 파란색으로 바뀌고 자동차가 주위를 위협하는 듯한 소리를 내며 출발했다.

"사망 추정 시각은 네가 시체를 발견했다고 여겨지는 시점보다 10시간 전. 지문도 발자국도 없다. 현관에 설치된 방범 카메라 영상에 수상한 사람은 찍히지 않았다. 8시에 방문한 너를 제외하고."

어떻게 츠지마치가 그런 사실을 알고 있는 것일까.

"어째서……."

"조사해 본 바로는." 츠지마치는 아이코의 말을 가로막았다.

"방범 카메라는 현관의 지붕 위에 설치되어 있었다. 도로에서 현관까지 가는 길을 오가는 사람을 촬영하는 각도지. 혈흔으로 봐서 아오야기는 현관으로 들어온 인간한테 정면에서 찔리고 도망가다가 다시 한 번 찔렸다. 두 번 다 치명상은 아니다. 그러고 나서 꼼짝 못 하게 한 뒤 두개골을 잘라 열었다. 평범하게 생각하면 네가 용의자다. 인터폰 영상에도 네 얼굴이 또렷하게 찍혀 있어."

웃음소리가 새어 나오고 말았다.

"제가 범인이라는 말인가요? 제가 찍힌 건 사망 추정 시각으로부터 10시간 뒤죠?"

"일단 한번 침입해서 아오야기를 죽이고 그러고 나서 일단 집에서 나와 10시간 후에 방문하면 된다. 일부러 방범 카메라에 찍히도록 말이지."

"억지 트집이에요. 게다가 10시간 전에 제 모습은 찍혀 있지 않았죠?"

아이코의 말에 츠지마치는 어깨를 으쓱였다.

"이 방범 카메라에 찍히지 않고 현관에 도착하는 건 가능하다. 정원 담을 넘어서 마당에 침입하고 현관으로 가면 된다. 요컨대 이 방범 카메라는 통로를 지나는 사람을 기록하기 위한 것이지. 또한 인터폰에 얼굴 영상이 찍히지 않았던 것도 생각하기에 따라서는 있을 수 있는 일이다. 인터폰이 망가졌다고 말하면서 현관문을 두드리거나 아오야기가 현관문을 활짝 열어 뒀던 것일지도 모르지. 흔적을 남기지 않고 문을 따는 방법도 존재한다. 요컨대 평범한 집에 진심으로 침입하고자 마음먹으면 증거를 남기지 않고도 가능하다는 거다."

"저는 죽이지 않았어요."

"참고로 사망 추정 시각은 네가 인터폰에 찍힌 시간도 포함되어 있다. 추정은 어디까지나 추정이다. 이번 시체는 증거가 적었던 듯해서 말이지. 오차가 생긴다는 거다."

"제가 방문하기 전에 범인이 아오야기 씨의 집에 침입하여 살해하고 그 뒤에 제가 방문한 거예요. 다시 한번 말하지만 저는 죽이지 않았어요."

아이코가 말했다. 츠지마치가 숨을 내뱉는 소리가 들렸다.

"알고 있다. 그러니 이제 넌 시부야 경찰서에 불려갈 일은 없다. 그리고 이제부터는 나와 같이 범인을 찾게 되었다."

"어째서 갑자기……."

"첫 번째로는 내가 킬링 클럽의 문제 대처 요원이자 운 나쁘게도 당번이었기 때문이다. 두 번째로 형사이기 때문이다. 이 두 가지가 내가 범인을 쫓는 이유다. 네가 나와 함께 행동하는 이유도 둘. 네가 최초 발견자라는 것. 그리고 아오야기의 집에서 나오는 수상한 인물을 봤다고 취조관에게 증언했기 때문이다."

그리고 마지막으로 라며 뒷말을 이었다.

"아오야기는 숨이 끊어져 있었다. 다만 사인은 자상이 아니다. 범인은 살아 있는 아오야기의 두개골을 잘라 열고 편도체를 꺼내 갔다. 경찰은 엽기 살인범의 소행이라 여기는 모양이지만 내 의견은 다르다. 편도체는 감정을 관장하는 부위다. 그걸 골라서 잘라갔다는 건 아오야기가 사이코패스임을 알고 있었을 가능성이 있다. 일반적으로 사이코패스는 편도체 활동이 적다는 것이 명백히 밝혀져 있다. 편도체는 도덕적인 판단을 돕는 영역이다. 공포심이 없고 비정한 판단을 내릴 수 있는 인물을 사회에서는 사이코패스라고 정의하고 있지."

"……그건 생각이 지나친 것 아닐까요. 단순한 편도체 마니아일 수도 있다고 생각하는데요. 기름진 콜레스테롤 같은 물건 수집하기를 좋아하는 사람이라든가."

아이코의 지적에 츠지마치는 입가를 일그러뜨렸다.

"지나친 생각인지 어떤지는 사실이 분명히 밝혀지면 알 수 있는 일이다. 어쨌든 킬링 클럽의 안전성은 완벽해야만 한다. 킬링 클럽은 완벽함이 세일즈 포인트고 완벽하지 않게 되면 존재 의의를 잃는다. 때문에 아오야기가 사이코패스라는 사실을 알고서 살해한 인물이 존재할지도 모른다는 가능성이 있는 시점에서 대처하고 그 가능성을 배제 혹은 부정해야만 한다. 게다가 아오야기의 시체에서 사람을 죽이면 천국으로 통하는 문이 열린다고 맹신하는 듯한 광란적이고 강렬한 감정이 드러나 있고 상자 뚜껑을 여는 것처럼 머리를 열어 편도체만을 깔끔하게 꺼내 가는 냉정함을 갖추고 있다. 이건 '위험지대'에 있는 사이코패스의 소행일지도 모른다.

킬링 클럽의 자제심 있는 사이코패스한테는 평범한 인간은 길가의 돌멩이와 마찬가지다. 무해하며 무가치하다고 여기지. 하지만 그들이 유일하게 적으로 간주하는 존재는 테드 번디나 존 웨인 게이시 같은 녀석들이지."

테드 번디와 존 웨인 게이시. 아이코는 목소리를 내지 않고 입술만을 움직였다. 높은 지능을 갖춘 엽기 살인자들이다.

"현시점에서 킬링 클럽의 인간을 노린 범행인지는 알 수 없다. 다만 그 범행이 완전한 우연이라고 단언할 수 없는 이상 내가 움직이는 건 당연한 일이다."

그렇게 말하고는 재킷 안주머니에 손을 집어넣어 사진 세 장을 던져서 건넸다.

"만약 킬링 클럽의 인간을 노리고 있는 것이라면 킬링 클럽의 존재를 알고 있는 인간으로 한정된다고 생각하는 게 타당하다. 거기에 찍힌 세 사람이 용의자다."

용의자?

아이코는 남자 세 명의 사진을 보며 고개를 갸웃했다. 벌써 용의자를 좁혔다는 것인가.

"뒤쪽에 이름과 경력을 써 놨다."

확실히 사진 뒤에 매직으로 글자가 적혀 있었다.

타카세 카즈히코. 코인 브라더즈 사장. 27세.

나카자토 신고. 나카자토 법률사무소 변호사. 33세.

코쿠쇼 아키라. 케이센 대학병원 부교수. 40세.

"타카세는 아오야기와 사이가 나빴다. 나카자토는 아오야기한테 원한을 품고 있다. 그리고 코쿠쇼는 뇌신경외과 의사로 개두술 지식이 있지만 아오야기와는 사이가 좋았다. 킬링 클럽 안에서만 만나는 사이였다는 것 같지만."

"……사이가 좋다?"

"그래. 하지만 친구라고 해서 죽이지 않을 거라는 보장은 없지 않나."

시시하다는 듯이 말한 츠지마치는 뒷말을 이었다.

"네가 목격했다는 사람의 모습은 이 셋 중에 있나."

질문을 받은 아이코는 사진 세 장을 응시했다.

"……이것만으로는 뭐라 말할 수가 없네요."

"이 세 사람은 킬링 클럽에 있다. 잘 관찰해라. 그리고 수상한 인물과의 공통점이 있으면 곧바로 알리는 거다."

"어째서 이 세 사람이 용의자인 거죠."

아무래도 석연치 않았다.

"세 사람을 선정한 건 킬링 클럽의 결정이다. 나는 그걸 확인하는 액터(actor)로 선택됐다. 나는 이 세 사람이 선정된 이유는 모르지만 킬링 클럽이 선택한 것은 절대적이다."

인간은 반드시 죽어서 썩어 없어진다는 진리와 동등한 무게감으로 말을 끝낸 츠지마치는 입을 다물었다. 침묵이 찾아왔다.

아이코가 사는 아파트에 도착한 자동차가 차체를 부르르 떨며 멈춰 섰다.

제2장

사업가

1

지력은 폭력에 굴복한다.

세상이 어떤 허울 좋은 말을 지껄인다 한들 폭력을 지니지 않은 지력은 무능력이지만 반대로 지력을 지니지 않은 폭력이 상대를 제압하는 경우는 간간이 있다. 아니 상당히 높은 확률이라고 말하는 편이 적절하다.

폭력만 지니고 있는 사람은 지력을 지닌 타인을 복종시키면 된다. 지력밖에 없는 사람이 폭력을 지닌 타인을 복종시켜봤자 결국은 잘 풀리지 않는다.

중심에 폭력이 있고 지력은 폭력을 유효하게 활용하는 장치에 지나지 않는다.

슬픈 일이지만 문명국가에서 폭력에만 의존하기는 어렵다. 그렇다고 해서 지력만으로는 강자가 될 수는 없다. 폭력은 교묘하게 숨겨지고 때로 노출된다. 정의라는 패키지에 넣어져 능숙하게 이용된다.

다만 유일하게 무조건적으로 이 세계를 완전히 지배할 수 있는 것이 있다.

지력도 폭력도 아니다.

그건 돈이다. 엔, 위안, 달러, 유로, 프랑, 파운드……. 종잇조각이 인간을 복종시키고 머리를 짓누르며 때로는 불태워 죽인다. 지력도 폭력도 무릎 꿇고 엎드리게 만드는 것.

돈이야말로 힘이다.

그렇기에 인간은 돈을 원한다. 돈을 버는 방법은 제각각이지만 태반의 인간은 착실함이라는 무가치한 미의식에 구속당한 채 부지런히 땀을 흘린다. 적은 돈을 손에 넣기 위해 시간을 소비한다. 목숨을 소모한다.

——적은 돈을 벌어 목숨을 유지하며 그걸로 만족한 듯한 표정을 띠는 녀석들. 그건 그것대로 좋다. 다만 마음속으로부터 경멸한다. 개미들의 덧없는 인생. 짓밟고 싶어진다. 하지만 치하하고 싶다는 마음도 있었다. 작은 존재로 만족하는 하층민. 너희들 같은 양분이 없다면 작물은 자라지 않는다. 기껏해야 작은 행복에 매달리며 계속해서 착취당한 채 죽어가다오. 작물은 선택받은 인간이 수확한다.

타카세 카즈히코는 피던 담배를 재떨이에 눌러 끄고는 다음 담배에 불을 붙여 연이어 피웠다.

7층에 있는 사장실 한쪽 면은 유리로 되어 있어 도쿄의 야경을 볼 수 있다. 그리고 유리로 된 또 다른 한쪽 면에서는 집무 플로어를 내려다볼 수 있었다. 염주처럼 이어져 놓인 컴퓨터와 모니터. 그 앞에 사람이 앉아 기계 일부가 된 것처럼 키보드를 두드리고 화면을 응시한다.

코인 브라더즈.

타카세한테 이 회사는 돈을 낳는 모체였다.

대학에 들어가 금방 여러 회사를 세웠다. 그리고 연쇄 창업자로서 몇몇 미디어에 나와 지명도를 이용하여 회사를 크게 만든 뒤 모든 회사를 그럭저럭 괜찮은 금액으로 매각하는 데 성공했다. 그 자금을 이용하여 대학 졸업 전에 코인 브라더즈라는 회사를 만들고 규모 확대를 계속해 나가고 있다. 이 회사가 타카세의 갈증을 치유해 줄 거라고 확신하고 있었기에 지금까지 육성해 왔던 회사를 미련 없이 매각할 수 있었던 것이다.

이 회사를 일으키고 3년. 영업 이익률은 90%에 육박했다. 미나토구에 세운 50억 엔짜리 빌딩은 다른 건물을 압도하는 크기라고는 할 수 없지만 만족할 만한 모양새는 갖추고 있다.

코인 브라더즈는 가상 화폐 거래소다. 가상 화폐란 가상 사이버 공간에서 통용되는 화폐다. 간단히 말하자면 지폐 같은 물리적 화폐가 아니라 디지털 화폐다. 그래서 손으로 만질 수 없고 데이터로밖에 볼 수 없다. 이곳은 그 데이터를 매매하는 거래소를 운영하고 있다. 거래소 수수료는 0엔이지만 스프레드라는 매매 차익으로 이익을 내고 있다. 100엔으로 사서 곧바로 팔아도 90엔밖에 되지 않는다. 이 차액 10엔이 스프레드다. 이것이 고스란히 회사의 이익이 된다. 수수료는 0엔이라고 강조하고 있지만 이 매매 차익이 실질적인 수수료로 되어 있다. 데이터를 오른쪽에서 왼쪽으로 흘려보내는 것만으로도 돈을 벌 수 있는 구조는 그야말로 거저먹는 것이나 마찬가지였다. 골드러시로 떼돈을 번 것은 실제로 금광을 판 사람이 아니라 금광을 파는 수단인 삽을 판 인간이라는 이야기와 마찬가지 원리다.

다만 수많은 거래소 중에서 코인 브라더즈가 급성장하고 있는 건 독자 화폐인 루프코인이 대박을 터뜨렸기 때문이었다.

비트코인을 비롯한 많은 가상 화폐는 공포·불안·의심의 영어 머리글자를 따서 FUD라고 불리고 있다. 급변동하는 가격이 매력이기도 하고 투기자들은 그걸 선호하지만 급격한 변동에 피로를 느끼는 자산가들도 있다. 그 사람들을 끌어들이기 위해 루프코인은 가격이 변동하지 않도록 설계되어 있다. 원리는 단순하다. 루프코인은 일본 엔의 가치와 동등하다. 그 때문에 루프코인을 한 단위 발행할 때 코인 브라더즈는 100엔의 현금을 담보로 삼고 있다. 1 루프코인이 100엔이라는 것이다. 다른 통화에 연동시키는 페그(peg) 화폐는 가격 변동에 의한 매매 차익금을 벌 수 없다. 다만 루프코인을 이용하면 은행 사이의 송금 수수료는 필요 없고 즉시 해외 송금도 가능하다. 고객의 반은 해외 송금이 필요한 타국 노동자였지만 그 이외에도 구입하는 사람은 많다. 루프코인의 장점은 법정 통화와 연동하고 있다는 점이다. 엔고 달러 약세일 때 루프코인을 달러로 환전하면 약간이지만 차익금을 벌 수도 있다. 로우 리스크 로우 리턴. 평범한 사람에게 어울리는 코인인 것이다.

또한 코인 브라더즈에서 가상 화폐를 구입하기 위해서는 일단 루프코인을 구입한 뒤 그 루프코인을 이용해서만 살 수 있다. 어째서 그런 귀찮은 짓을 하느냐 하면 가상 화폐 구입에 법적 규제를 둔 나라가 있기 때문이다. 그 나라들에서는 자국 통화로 가상 화폐를 구입할 수 없다. 그 때문에 규제가 없는 루프코인을 사고 나서 규제가 걸린 가상 화폐를 구입함으로써 법의 눈을 피할 수 있다.

애초에 루프코인과 일본 엔은 같은 가치다. 엔을 루프코인으로 바꾼다 한들 문제는 없다는 인식을 이용자에게 심어 놓고 있었다.

타카세가 담배를 다 피웠을 때 문을 노크하는 소리가 났다.

문을 열고 나타난 것은 비서인 아키노였다.

"괜찮으실까요."

비서라는 말에 제멋대로 욕망이나 환상을 불러일으키는 것만 같은 뛰어난 용모를 지닌 아키노는 키가 크고 몸의 라인을 내보이는 슬림한 정장을 입고 있었다. 타이츠를 신은 다리가 스커트 안에서부터 뻗어 있다. 다리가 길어서 스커트가 짧아 보인다. 세미 롱 헤어는 부드러운 느낌으로 파마가 되어 있고 살짝 갈색을 띠었다.

“제이 인베스트먼트의 마츠이 님으로부터 약속 연락이 있었습니다.”

그 말을 듣고 타카세는 의자 등받이에서 등을 뗐다. 마츠이는 거대 인터넷 증권 회사의 사장이었다.

아키노는 약속 후보 날짜를 구두로 전했다. 그중에서 타카세는 가장 이른 날을 선택했다.

“장소는 여느 때와 같은 곳이라고 합니다.”

고개를 끄덕인 타카세는 키보드를 두드려 모니터에 스케줄을 표시하고 해당일에 ‘KC’라고 입력했다.

“그 밖에 뭔가 있나.”

말없이 서 있는 아키노를 봤다.

“……아니요. 실례하겠습니다.”

아키노는 쓸쓸해 보이는 표정을 띠고는 방에서 나갔다. 그녀의 모습이 사라진 것을 확인하고 나서 세 개비째 담배를 피우고자 불을 붙였지만 한 모금만 마시고 재떨이에 눌러 껐다.

비서인 아키노를 고용한 건 반년 전. 고용하고 한 달 뒤에는 육체관계를 가졌지만 질려 버렸다. 최소한의 조정 능력이 있으면 비서 같은 건 누구라도 좋다. 심심풀이로 고용한 아키노였으나 시시한 여자였다.

해고하고 다른 사람을 고용할까 하고 한순간 생각했지만 그만뒀다. 비서를 바꿀 필요는 이제 없다.

혼자가 된 공간을 바라봤다.

방 중심에는 체코의 요제프 호프만이 디자인한 직사각형 쿠부스(kubus) 소파가 네 개 놓여 있다. 정사각형 가죽 덩어리를 조립하여 만든 듯한 소파. 디자인을 좋아하는 게 아니라 디자이너인 호프만이 체코 출신이라는 이유로 이 방에 두고 있었다. 체코라는 나라 자체에 흥미는 없다. 다만 체코에서 일어난 '리디체 마을 학살'에 강하게 끌렸다.

리디체 마을 학살은 제2차 세계 대전 중에 일어난 사건으로 나치스 간부인 라인하르트 하이드리히 암살 사건에 대한 보복으로 마을 성인 남성은 전원 살해당하고 여자와 어린아이는 강제 수용소로 보내졌다. 그리고 약 500명 있었던 마을은 공터로 변해 소멸했다. 나치스에 의한 학살은 드문 일이 아니다. 타카세의 마음을 사로잡은 것은 유소년기에 봤던 처형 영상이었다. 아버지는 대학교수로 집에는 역사에 관한 다양한 자료가 갖추어져 있었다. 그중에서 영상을 기록한 테이프를 우연히 발견한 것이다.

영상은 흑백 필름으로 촬영된 것이었으나 타카세는 그 영상에서 사람의 피부색이나 빨간 피 세포가 날아가는 살점의 붉은색을 똑똑히 알아볼 수 있었다.

보안 경찰 부대가 리디체 마을 사람 전원을 한곳에 모았고 그중에서 15살 이상의 남자들이 헛간에 갇혔다. 숫자로는 200명. 그들은 10명씩 밖으로 나가 순서대로 총살당했다. 이

때의 광경이 촬영되어 있어서 나중에 뉘른베르크 재판에서 증거로 제출되었다. 이 영상을 아버지가 가지고 있었고 유소년기에 몰래 본 것이다. 사람이 장난감처럼 질질 끌려 나가 총에 맞는 모습은 재미있었다. 그야말로 장난감이었다. 사람의 죽음이라는 것은 이렇게나 가벼운 것인가 하고 어린 마음에 생각했고 교훈이 되었다. 그건 지금도 변하지 않았다.

타카세는 다시 집무 플로어를 쳐다봤다.

여성 종업원 한 명의 발치를 봤다. 모카신 신발을 신고 있었다. 그것이 묘하게 괘씸하게 느껴졌다.

2

시계를 보니 딱 오후 6시였다.

유리 부분을 엄지로 닦았다. 파텍 필립 창업 175주년 기념 모델인 '그랜드마스터 차임 Ref. 5175'이다. 루프코인 발행 수 3천만 돌파를 기념하여 산 것이다. 시가로 3억 엔 정도 했다.

"오래 기다렸네."

방문을 열고 나타난 마츠이는 느긋한 움직임으로 걸어 소파에 앉았다. 키는 작지만 어깨 폭이 넓어 마치 투우 같은 살집이었다. 50세를 넘었는데도 노쇠했다는 느낌을 전혀 받지 못했다.

킬링 클럽에는 많은 독실이 있다. 호스티스와 즐기기 위한 독실 게스트와 더욱 깊은 교류를 가지기 위한 독실 혼자서 술을 마실 때도 있다. 목적에 따라 만듦새가 다르고 쾌적한 환경이다. 무엇보다 그 독실에서 일어난 일이 바깥으로 새어 나가는 경우는 일절 없다는 것이 이곳의 가치를 높여주고 있었다. 킬링 클럽에서 일어난 일은 전부 숨겨져 누구에게도 알려질 일은 없다.

타카세가 지금 있는 곳은 회의실처럼 만들어진 방이다. 응접세트는 본 적 없는 것이었다. 아마도 주문품일 것이다.

"불러내서 미안하군."

마츠이는 쾌활한 목소리로 말했다. 경제지 등에서는 냉철한 철가면이라 평가되는 마츠이. 그런 그의 표정은 부드러웠다. 그건 타카세도 마찬가지였다. 킬링 클럽에 있는 시간 동안은 마음이 차분하게 가라앉고 온갖 충동의 강도도 낮출 수 있었다.

단순히 바깥 세계가 시시했다. 거의 모든 인간이 구더기처럼 하찮은 존재 같아서 아주 신물이 난다.

이곳저곳에 구더기가 있는 세상을 상상해 본다면 공감을 할 수 있을 것이다. 주위에 구더기가 기어 다니는 세상을 쾌적하게 살아갈 수 있는 인간 따위 없다. 평범하게 생활하는 것도 고통이고 호흡조차 뜻대로 되지 않는다. 구더기를 짓밟아 눈앞에서 없애 버리고 싶다고 생각하지 않는 게 이상하다.

다만 그게 허용되지 않는 게 한탄스럽다.

“사업은 순조로운 것 같군.”

마츠이는 손에 들고 있는 온더록스 글라스를 테이블에 내려놓았다. 호박색 액체가 흔들렸다. 바카라 프레스티지. 아르데코 양식으로 디자인된 무늬는 24K 금을 빈틈없이 발라 새겨져 있었다. ‘명성’이라는 이름에 부끄럽지 않은 만듦새다.

“예. 큰 수익을 내고 있습니다.”

타카세는 고개를 끄덕였다.

현재 루프코인 발행 수로 환산하면 실로 1천 5백억 엔의 일본 엔이 담보되어 있는 것이 된다.

고객이 루프코인을 매매할 때의 차익은 없기에 루프코인 자체의 매매로 돈을 벌어들이지는 않는다. 주된 수입은 루프코인을 사용하여 다른 가상 통화를 구입할 때의 차익이었다.

코인 브라더즈의 사분기 이익은 200억 엔. 홍콩을 거점으로 삼는 세계 최대 규모의 바이낸스 거래소의 이익과 거의 동등했다. 루프코인은 고객을 끌어들이는 판다 역할로도 충분히 기능하고 있다.

“좋은 일이야. 코인 브라더즈는 가상 통화 시장에서 특히 유망한 회사 중 하나지. 시스템 구축을 맡는 우수한 인재도 기르고 있지 않나. 내 회사는 돈을 움직이는 것밖에 능력이 없는 인간뿐이니까 부럽군.”

마츠이는 호박색 액체를 목에 흘려 넣었다. 마츠이가 경영하는 제이 인베스트먼트 주식회사는 온라인 증권업으로 착실한 이익을 얻고 있는 외에 유망한 벤처 기업에 투자하거나 매수하여 자회사로 만듦으로써 수익을 내고 있기도 하다. 마츠이는 뛰어난 수완을 지닌 사업가로 알려져 회사도 급성장하고 있었다.

"그래서 계획은 그대로 진행해도 되는 거겠지?"

마츠이의 눈에 먹잇감을 사냥하는 듯한 빛이 깃들었다.

타카세는 망설임 없이 고개를 끄덕였다.

"물론입니다. 문제없이 진행할 수 있습니다."

그 말에 미소를 띠긴 했지만 만족스러워 보이지는 않았다.

"조각 중 하나가 사라진 게 뼈아프겠지. 복구는 가능한가."

"물론입니다."

그렇게 말한 타카세는 엷은 미소를 띠었다.

마츠이가 말한 조각이란 죽은 아오야기를 가리키는 것이다.

전혀 문제없었다. 대신할 것 따위 얼마든지 있다.

그 후 타카세와 마츠이는 계획의 흐름을 꼼꼼히 확인해 나갔다.

피가 끓어오른다.

사상 최대 금액의 강도 행위를 이제부터 실행하는 것이다. 이만한 심심풀이는 좀처럼 없다.

3

다음 날은 킬링 클럽에 갈 생각이었지만 일정을 변경하여 '아레나'에 가기로 했다.

이케부쿠로역 서쪽 출구에 있는 환락가를 빠져나가 호텔 거리 끝에서 차에서 내린 타카세는 대강 돌아올 시간을 운전사에게 말하고 나서 폐공장 부지로 들어갔다. 이곳은 폭력단의 투기 행위로 인해 기존 공장이 떠났으나 자금을 내던 아파트 업자가 도산한 뒤 이 땅에 여러 폭력단이 얽혀 있었던 것으로 인해 사태가 복잡해져서 손을 대지 못한 채 방치되어 있던 장소였다. 그곳을 '아레나' 주최자인 킬링 클럽이 사들여 중국 마피아한테 운영시키고 있었다.

공장 안으로 들어가 계단을 내려갔다. 계단을 다 내려가자 거기에 튼튼한 철제문이 나타났다.

문 옆에는 스포츠컷으로 머리를 깎은 남자가 의자에 앉아 있다가 타카세의 얼굴을 보고 곧바로 일어섰다.

"오늘도 하고 있나."

"물론입니다."

"리스트는?"

타카세의 말에 남자는 접힌 종이를 내밀었다.

내용을 확인했다. 오늘은 세 팀 모두 중국 마피아들인가. 최근에는 이 조합이 대부분이다. 일본인이 나오는 경우는 거의 없다.

"일본 야쿠자는 몸으로 싸우는 것보다도 경제 활동에 바쁜 것 같습니다."

타카세의 속마음을 눈치챘는지 남자가 빈정거리는 미소를 띠며 말했다. 중국계 미국인인 이 남자는 병역을 마치고 '아레나'에 몇 번인가 출전해 좋은 성적을 거두었지만 오른쪽 눈을 잃고 나서부터 이기지 못하게 되어 은퇴했다. 마지막 시합을 봤는데 사지가 무사히 움직이는 게 신기할 정도였다. 흑사회(黑社會)가 일을 맡기는 돌팔이 의사의 실력이 좋은 걸까.

"벌써 시작한 건가."

"시작했습니다. 첫 번째 시합에서 뒤집어 놓은 걸 청소하느라 애를 먹어서 두 번째 시합은 예정보다 늦어지고 있는 모양입니다."

남자는 그렇게 말하면서 철제문을 열었다. 백열등 빛이 의안 안쪽에 반사되어 빛났다.

남자한테 안내받으며 타카세는 걸음을 내디뎠다.

두 번째 문에는 킬링 클럽이 사용하는 'KC' 문장과 나방 디자인이 새겨져 있다. 그 무거운 문을 열자 둔탁한 소리가 고막에 전해졌다.

담배와 알코올 그리고 체취가 가득한 방 중앙에는 링이 설치되어 있었고 조명이 휘황찬란하게 링을 비추고 있다.

흔히 보는 사각진 격투기 링과는 달리 '아레나'는 링이라는 이름에 걸맞게 철망으로 둘러싸인 원형이었다. 코너로 도망칠 수 없는 구조로 되어 있다.

강렬한 빛 속에서 싸우고 있는 두 남자. 피부는 오일과 피로 젖어 있었다. 글러브를 착용하지 않은 주먹이 상대의 생명을 깎아 내고 있었다. 스테로이드로 부풀어 오른 근육이 움직인다.

링 밑에는 주변을 둘러싸는 것처럼 소파가 놓여 있었고 20명 정도의 관전자가 앉아 있었다.

비어 있는 자리로 안내를 받아 거기에 앉았다. 곧 차가운 칭다오 맥주가 잔과 함께 서빙되었다. 그걸 보고 '아레나'의 운영자가 바뀌었다는 것을 떠올렸다. 전에는 주강(珠江) 맥주였다.

잔에 맥주를 따르고 입을 대며 링에 선 두 남자를 봤다.

흥행 쇼로서의 격투기가 아니라는 것을 한눈에 알 수 있는 표정으로 서로 주먹을 날리고 발차기를 날리고 있다. 죽고 죽이는 싸움이라고 해도 과언이 아니다. 실제로 링 위에서 인생을 끝내는 사람도 적지 않았다.

이걸 보면 UFC도 뻔한 연극처럼 느껴진다. '아레나'야말로 무엇이든 허용되는 싸움이 진행되는 곳이다. 아나볼릭 스테로이드와 같은 근육 증강제는 물론이고 온갖 금지 약물을 섭취하고 시합에 임해도 괜찮은 것으로 되어 있다. 흔히 사용되는 건 정신 자극제다. 메스암페타민(필로폰), 코카인, 디자이

너 드러그도 있다. 이것들을 사용하는 건 이류지만 이걸 사용하여 일류한테 이기는 경우도 있다. 당연히 링 위에서 이겨도 링 밑에서 약물에 지는 녀석들도 있다.

다만 그런 건 관객과는 상관없다. 재미있으면 되는 것이다. 잔혹하다면 더더욱 좋다.

폭력으로 상대의 생명을 빼앗고자 필사적인 모습 역시 아름답다고 생각한다. 꾸미지 않은 순수한 충동, 주먹이 뼈에 접촉하는 둔탁하고 소리, 신음, 아우성, 죽음에 대한 공포, 삶에 대한 집착, 아드레날린과 마약으로 마비된 정신, 노골적으로 드러난 투쟁심.

통제된 사회에서는 쉽게 볼 수 없는 광경이 눈앞에서 펼쳐지고 있었다.

폭력을 보러 타카세는 이곳에 왔다.

폭력을 향한 충동. 그걸 억누르기 위해 가지각색의 심심풀이를 하고 있다. 여기서 관전하는 것도 그 심심풀이 중 하나였다.

어깨를 헐떡이며 숨을 쉬는 링 위의 두 사람은 짐승의 눈을 하고 있었다. 그걸 보고 전신이 쑤셨다. 상대가 죽을 정도의 폭력을 휘두른다. 강렬한 파괴 충동이 끓어 오른다. 타카세의 몸안에도 확실히 그 충동과 동경이 있었다. 그것이 나날이 커져 가는 듯한 감각이 있다. 자극이 필요하다. 몸안에서 꿈틀거리는 것을 억누르는 강렬한 자극을 맛보고 싶다.

두 사람의 모습을 보고 슬슬 막바지이군 하고 생각했다.

상하이 마피아와 푸젠 마피아의 대전. 최근에는 이 패턴이 많다. 드물게 일본 야쿠자에서도 출전하지만 일본에서 태어난 것만으로도 나약한 인간이 되는 것인지 좀처럼 싹수가 괜찮아 보이는 자는 나타나지 않았다.

이곳 '아레나'에서 싸워 이기면 파이트 머니가 들어온다. 일반적인 회사에서 일하는 사람의 2년 치 연봉 정도일까. 하지만 목숨을 잃을 가능성도 있기에 수지가 맞는 금액이라고는 할 수 없다. 그래도 필사적으로 '아레나'에서 싸우는 건 그 앞에 있는 영광을 붙잡기 위해서였다.

라스베이거스에는 일반인이 출입할 수 없는 특별한 흥행쇼가 있고 그곳에 들어가기 위해서는 이렇게 음지 사회가 주관하는 링에 오를 필요가 있었다. 말하자면 이곳은 예선 회장이다.

일본의 '아레나'보다도 미국의 '아레나'가 더 목숨을 걸 만한 가치가 있다. 예선 회장과 구별하기 위해 미국의 '아레나'를 '배틀 필드'라 부르는 자도 있다. 미국은 격이 다르다. 이건 회원 수나 회원 한 명당 벌어들이는 금액이 현격히 다르기에 어쩔 수 없는 일이었다. 5천만 달러 이상의 자산을 가진 사람은 세상에 약 10만 명 있다. 그중 45%가 미국에 있다. 그들이 만든 링은 무척 화려했다. 그곳에 입장할 수 있는 표를 손에 넣기 위해 이곳에서 이겨 올라간다. 그렇게 하면 스폰서가 붙고 미국에서 날뛰어 거금을 손에 넣는 것도 가능했다. 스폰서는 물론 킬링 클럽 회원이다. 여기서 좋은 소재를 발견하여 사들인 뒤 육성시킨다. 고기를 먹이고 메스암페타민을 주사한다. 공포심이 있으면 약으로 그걸 마비시킨다. 그리고 미국의 '아레나'에서 싸우게 한다. 감각적으로는 마주(馬主)에 가깝다.

음지의 흥행 쇼는 양지의 흥행 쇼에서 세계 챔피언이 되는 것보다도 훨씬 수입이 좋다. 킬링 클럽의 인간은 심심풀이에 돈을 아끼지 않는다. 판돈도 양지의 라스베이거스나 마카오와는 비교도 되지 않았다.

아시아인은 몸이 작기 때문에 어떻게 해도 불리해진다. 하지만 민첩함으로 승부를 걸어 이기고 올라가는 파이터가 요 최근 늘어나기 시작해서 아시아인은 배당률이 높은 것도 있고 하여 인기가 높아진 상태였다.

파이터는 이곳에서 싸워 스폰서를 붙이고 커다란 음지 쇼에 나가는 게 목적이었다. 그걸 위해서는 가급적 화려하게 이길 필요가 있다. 이곳에서는 전투력뿐만이 아니라 흥행적인 요소를 가지고 있는 것도 필수 조건이었다.

과거에 세 번 타카세도 파이터를 샀지만 세 명 모두 미국행 티켓을 손에 넣지 못하고 죽었다.

이 구조를 총괄하는 것은 킬링 클럽이었다.

킬링 클럽.

선택받은 인간만이 모일 수 있는 장소. 온갖 향락을 선사해 주고 무료함을 달래 준다. 킬링 클럽은 일본에만 있는 건 아니다. 다만 몇 개국에 존재하는지는 알려지지 않았다. '아레나' 같은 예선 회장이 몇 군데 있는지도 파악할 수 없지만 선진국에는 갖추어져 있는 모양이다.

약간 환호성이 터져 나왔다.

까무잡잡한 피부를 지닌 남자가 턱수염을 기른 남자 위에 걸터앉아 주먹을 내리치고 있다.

폭력이 이어진다. 뼈와 뼈가 부딪치는 둔탁한 소리. 몸속의 공기가 분출되는 소리. 생명이 깎여 나가는 소리.

턱수염을 기른 남자가 움직이지 않는다.

감탄하는 환호성.

수염을 기른 남자가 더이상 움직이지 않자 시합이 종료되었다. 빨간 거품을 뿜고 있다. 삶과 죽음의 경계를 헤매고 있었다. 링에 서서 승리에 취해 있는 남자는 주위의 환심을 사고자 쓰러진 남자의 입을 향해 주먹을 내리쳤다. 그 주먹이 입에 들어가 물고기를 지면에 패대기쳤을 때 같은 소리가 났다. 킬러는 저격할 때 머리가 아니라 입 부근을 노린다고 한다. 뇌를 분쇄하는 편이 확실하지만 두개골은 단단하다. 그 때문에 뇌와 몸을 연결하는 입에서부터 머리를 파괴한다. 즉사는 아닐지도 모르지만 그편이 확실하게 죽일 수 있다.

링에 서서 승리의 함성을 지르는 남자는 원래 킬러였을지도 모르겠다는 생각이 들었다.

쓰러진 남자의 죽음이 확정되었다. 거기서 벨이 울렸다.

아름다움이 부족하다. 심심풀이라 치더라도 낙제점이다.

그다지 좋은 쇼라고는 할 수 없겠다고 생각하며 타카세는 두 병째 칭다오 맥주를 주문했다.

4

사흘 만의 킬링 클럽이었다.

타카세는 가슴 근처를 손으로 털었다.

키튼 정장은 깃털처럼 가볍고 신축성도 있어서 착용감이 좋았다.

마이바흐 GLS를 운전해 치요다구에 있는 팰리스호텔 도쿄를 지나 10분 정도 달리고 나서 비탈길을 내려갔다. 아무도 신경 쓰지 않을 듯한 외관의 낡은 오피스 빌딩 지하 주차장으로 이어지는 길. 이곳이 킬링 클럽의 출입구 중 하나였다.

지하 주차장. 그 안쪽에 한 층 아래로 이어지는 통로가 있었다. 길은 울타리로 막혀 있지만 킬링 클럽에서 건네준 하얀 카드에 반응하여 자동으로 열리는 구조로 되어 있다.

비탈길을 내려가자 다시 주차장이 나타났다. 그곳에 차를 세우고 내렸다. 감시 카메라의 시선을 느끼며 킬링 클럽 입구에 도착했다.

지하로 뻗은 계단을 내려가자 철제문이 맞이해 주었다. '아레나'의 문과 비슷하지만 튼튼함은 비할 바가 못 된다.

간판도 없거니와 문이라고 인식하지 않으면 막다른 곳으로 착각하고 말 정도로 존재감이 없었다.

카드 케이스 안에서 하얀 카드를 꺼내 나방 무늬가 그려진 위치에 댔다. 2초 정도 후 금속음이 나며 잠긴 문이 열렸다.

금고 안으로 들어가는 기분이 들 정도로 두꺼운 문을 지나자 엘리베이터가 한 대 있었다. 그걸 타고 하나밖에 없는 버튼을 눌렀다.

진동도 없이 지하로 내려가 곧바로 멈췄다. 문이 열리자 어둑어둑한 복도가 눈앞에 펼쳐졌다. 그 끝에 또다시 문이 있었다.

잇따라 이어지는 엄중함. 가끔 이 엄중한 경계에 질색할 때가 있다.

안으로 들어가자 새하얀 방이 펼쳐졌다.

벽도 바닥도 천장도 하얗다. 여느 때처럼 새하얀 정장을 입은 스킨헤드 남성이 서 있었다.

"타카세 님. 기다리고 있었습니다. 자 이쪽입니다."

남자는 이명이 들릴 정도로 조용한 정적을 깨고 말했다.

"느긋하게 즐겨 주십시오."

그렇게 말하고는 근처에 있는 문을 열어 인사한 뒤 배웅했다.

타카세는 가볍게 손을 들고 문을 빠져나갔다.

일직선 복도다. 바닥은 레드 카펫. 좌우 벽에는 램프가 같은 간격으로 달려 있다. 모든 램프에 나방 장식이 되어 있었다.

복도를 나아가자 이번에는 목제 문이 나타났다.

이제야 도착했다.

그 너머로 발을 들여놓는다.

세계가 한순간에 변했다.

방이라기보다도 거대한 지하 돔 같은 인상이었다. 중앙에 화려한 샹들리에가 매달려 있었다.

오로지 눈부신 반짝임으로 가득 찬 공간. 화려한 표정과 옷으로 치장한 사람이 오가고 담소를 나누거나 도박을 즐기는 등 제각기 즐거움을 누리고 있었다.

킬링 클럽은 다양한 엔터테인먼트를 공급해 주었다. 그리고 이곳에는 자신을 진심으로 즐겁게 해주는 인간이 있다. 그렇게 생각하는 것만으로도 자연히 웃음이 넘쳐흘렀다.

“타카세 님. 기다리고 있었습니다.” 입구에서 대기하던 남자가 머리를 숙였다. 검은 정장을 입은 남자는 기계 같은 미소를 띠고 있었다.

“자리를 준비해 두었습니다. 이쪽으로 오시지요.”

앞장서서 안내하는 남자를 따라가며 예약도 하지 않았는데 매번 자리가 준비되어 있는 것을 신기하게 느꼈다. 대체 어느 시점부터 자신은 감시당하고 있는 것인가. 이곳의 시스템이 나 운영 방법이 수수께끼였다. 흥미는 끊이질 않는다.

킬링 클럽은 지하에 있다. 이건 틀림없다. 하지만 어째서 이러한 거대한 지하 공간이 이런 도심에 있는지 알 수 없고 어떠한 경위로 이곳에 킬링 클럽이 생겼는지도 알 수 없다.

이곳의 책임자는 '메히타벨'이라 불리고 있지만 한 번도 만난 적이 없다. 국적도 성별도 모른다. 단 하나 알 수 있는 건 책임자가 속한 조직은 강한 힘을 가지고 있다는 사실이다. 기업이나 반사회적 세력 정도의 규모가 아니라 더욱 커다란 것이다.

다만 이것도 추측에 지나지 않았다. 킬링 클럽의 전모를 파악하기는커녕 단서조차 발견되지 않는다.

"이쪽입니다."

앞서서 걷던 남자가 멈춰 서서 반원형 소파로 안내했다.

그곳에 파란 드레스를 입은 치사가 있었다. 파란 롱 드레스는 레이스가 많고 살결이 드러나 있다. 그럼에도 불구하고 천박하게 느껴지지 않는 건 장신구의 힘일지도 모른다. 귀걸이에 목걸이, 머리 장식, 반지. 세세한 것까지 완벽한 차림이었다. 어느 정도 돈이 들었을지 짐작도 가지 않았다.

치사한테서 나이를 들은 적은 없었지만 피부 탄력으로 보건대 30살 미만일 것이다. 미인의 부류지만 킬링 클럽의 호스티스 중에서 특별히 뛰어난 건 아니다. 굳이 따지자면 밑에서부터 세는 편이 빠를 것 같다. 하지만 장단이 맞아서 마음에 드는 여자였다.

서빙하는 사람이 나타나 위스키가 든 온더록스 글라스와 과일을 가져다주었다.

"안녕."

"잘 지내고 있었나."

옆에 앉은 타카세는 크게 숨을 내쉬었다. 보안 관계상 어쩔 수 없는 것일지도 모르지만 킬링 클럽에 도착할 때까지 상당히 많이 걸었다. 그 탓에 종아리가 가볍게 땅겼다. 운동 부족인 건 명백했다.

"나쁘지는 않아."

치사의 대답에 여느 때와 다른 뉘앙스가 포함되어 있었다.

"……뭐지 재미있는 일이라도 있는 건가."

치사의 눈동자를 들여다봤다. 거기에서 즐거워하는 표정을 알아차릴 수 있었다.

"어떠려나."

입가에 손을 대고는 눈을 가늘게 떠서 미소 지었다. 그 눈동자에는 기쁨의 빛이 미세하게 포함되어 있는 것 같았다. 대체 무슨 생각을 떠올린 것일까.

"뭐 됐다."

캐물어도 어차피 입을 열지 않을 거라고 생각했다.

어떤 호스티스가 붙을지는 와 보지 않으면 모른다. 이곳에는 지명제는 없고 그때그때 호스티스가 바뀐다. 몇 명이 일하고 있는지도 뭘 기준으로 배정되고 있는지도 모른다. 명함도 건네받지 않는다.

다만 최근에는 치사가 붙는 경우가 많은 느낌이 들었다.

타카세는 담배에 불을 붙인 뒤 빨아들이고는 천천히 연기를 내뱉었다.

"……치사는 범죄자에 끌리나?"

스스로도 갑작스럽다고 생각할 정도로 아무런 생각 없이 입에서 튀어나온 질문이었다. 어째서 이 질문을 한 건지는 스스로도 알 수 없었다. 다만 치사의 대답을 들어보고 싶어졌다.

치사는 흥미로운 듯한 표정을 띠고는 양 무릎을 이쪽으로 향했다.

"범죄의 종류에 따라 다르겠죠."

"살인이다. 게다가 흉악범이고 사람들에게 비난받는 그런 살인. 미디어나 세상 사람들이 제멋대로 정의감을 휘두르는 그런 대상."

치사는 타카세의 말을 음미하는 것처럼 침묵한 뒤 미소를 지었다.

"평범한 방식으로 죽이는 살인자한테는 흥미 없어."

"……그런가."

온더록스 글라스를 손에 들고 입에 머금었다. 역시 달모어

62년은 좋다.

"평범한 방식으로 죽인다는 건 어떤 거지? 찔러 죽이는 거라든가 목 졸라 죽이는 건가?"

흥미를 느끼며 물어보자 치사는 고개를 살짝 갸웃했다.

"아무리 센세이셔널한 방식으로 죽여도 결국은 평범해."

"……내장을 전부 끄집어낸 뒤 월요일에 버릴 예정이었던 음식물 쓰레기를 몸 안에 가득 채워 넣은 시체를 앞에 두고도 평범하다고 말할 수 있을까."

"그러네." 치사는 고개를 끄덕였다.

"타카세 씨가 말한 방식이 정말로 있었다고 가정하고." 치사는 거기서 한 박자 뜸을 뒀다.

"범인은 자신이 지닌 가치 기준에 따라 행동해서 그게 옳다고 생각하고 내장 대신에 음식물 쓰레기를 넣은 거라고 봐. 그게 이치에 맞는다고 확신하고 있는 거겠지. 평소부터 음식물 쓰레기는 배 속에 넣어 두는 게 자연스럽다고 생각하는 것일지도 모르겠어."

모든 것을 내다보고 있는 듯한 자신감으로 가득 찬 목소리. 치사는 그런 목소리로 말하며 왼손을 타카세의 무릎에 올렸다.

"자신의 욕망을 채우기 위해서 순수한 호기심에 의한 살인도 평범해."

"……그럼 평범하지 않은 살인이라는 건 존재하지 않는군."

치사의 눈이 초승달 같은 모양으로 가늘어졌다.

“아마 나는 공장에서 골판지에 상품을 포장하는 정도로 아무렇지 않게 이루어지는 살인이 평범하지 않은 살인이라고 생각해. 쾌락을 만족시키거나 분노를 해소하는 살인이라는 건 설령 무차별 살인이라고 해도 동기가 있어. 자기중심적인 자아가 있지. 그 자아가 있는 한 살인은 진부한 것이 되고 반대로 자아가 없는 살인은 그것 자체가 예술적이라고도 할 수 있어.”

재미있는 말을 한다고 타카세는 생각했지만 표정에는 드러내지 않았다.

“아오야기를 죽인 녀석은 어느 쪽이라고 생각하지? 평범한 살인범인가 예술적 센스를 지닌 인간인가?”

“그건 모르겠어.”

치사는 젖은 입술을 움직였다. 그것 자체가 살아 있는 물체 같아서 정욕을 자극한다.

“타카세 씨는 아오야기 씨가 죽어서 속 시원했어?”

노골적인 말. 타카세는 그 말을 듣고 몹시 유쾌한 기분이 들었다.

“서로 으르렁거렸던 건 사실이지만 속 시원하지는 않군. 아, 죽었구나 하고 생각했을 뿐이야.”

본심이었다. 빈번히 말싸움을 했던 건 모두 아는 사실이었지만 서로 무료함을 달래기 위해서라는 자각이 있었다. 요컨대 언어유희다.

“그래도 이해관계가 있었으니까 그건 유감이군.”

그 말을 들은 치사는 자세히 듣고 싶어 하는 듯한 표정을 지었으나 결국 질문하지 않았고 타카세도 그 뒤는 말하지 않았다.

사상 최대 금액의 강도 행위를 하기 위해 아오야기한테는 확성기 역할을 맡게 할 생각이었다.

이번 계획에서 확성기는 필요 불가결한 조각이다. 아오야기가 죽음으로써 다른 사람을 찾아야 하는 상황이 되었다.

범인은 아오야기의 허벅지와 어깨를 찌른 뒤 결박했고 산채로 두개골을 잘라 뇌의 편도체를 끄집어냈다. 아무래도 저항할 힘을 약하게 만들고자 입에 독을 넣은 흔적도 발견되었다고 한다. 두개골 절개 방법과 편도체 절제 방법은 익숙한 솜씨였다고 들었다. 다소 조잡한 부분도 있었던 것 같지만 비전문가 같은 느낌을 연출한 프로의 손에 의한 짓이라고 해석하는 것도 가능하다.

타카세는 주위를 둘러보고 이곳에 있는 게스트나 종업원한테 의심에 찬 시선을 보냈다.

편도체가 절제되어 있었다는 사실은 아오야기가 세상에서 말하는 사이코패스임을 범인이 알고 있었고 명확한 메시지를 표명하고 있는 듯한 느낌이 들었다.

감정 정리를 관장하는 편도체에 이상이 있는 원숭이는 공포를 정상적으로 느끼지 못하고 맹독을 지닌 코브라를 붙잡으려 하는 등 위험 행동을 한다고 한다.

단순히 편도체 절제만이었다면 드물지 않은 편도체 컬렉터의 짓일 가능성이 털끝만큼이라도 있다. 다만 아오야기는 편도체를 산 채로 절제당했다. 여기에 명백한 메시지가 있는 것처럼 느껴졌다.

소년 33명을 범한 끝에 고문하여 살해한 존 웨인 게이시가 1994년에 약물 주사로 사형이 집행된 뒤 헬렌 모리슨 박사는 시카고 병원에서 시신 검안을 도운 뒤 작은 유리병 속에서 흔들리는 게이시의 뇌를 자동차 조수석에 싣고 귀가하여 외상 종양 병변 등을 조사하여 평범한 사람과의 차이를 찾아내고자 했다.

결과는 일반인의 뇌와 다른 부분은 무엇 하나 없었다고 한다.

그로부터 도출된 답은 죽은 뇌와 살아 있는 뇌를 비교하기에는 상태가 너무 변화되어 살아 있을 때와는 기능 등이 완전히 다르다는 것이었다. 형광등에 이상이 있다고 해도 불을 켠 상태가 아니면 이상이 있는 걸 알 수 없는 것과 마찬가지다. 죽은 뇌로는 사이코패스의 특징을 알아낼 수 없다.

범인은 살아 있는 상태의 아오야기의 뇌를 열어 편도체만을 잘라냈다. 아오야기가 사이코패스임을 알고 있고 일부러 산 채로 사이코패스를 대표할 수 있는 부분인 편도체를 꺼내 확인했다고도 생각할 수 있다. 지나친 억측일까 싶기도 했지만 직감이 있었다. 타카세에게 직감이란 사물을 판단하는 중요한 요소였다.

범인은 아오야기가 사이코패스임을 알고서 죽였다.

——그 말대로다!

직감이 외친다.

아오야기를 죽인 건 개인적인 원한인가.

——아니다!

사이코패스라는 확신이 있어서 죽인 것인가.

——바로 그거다!

그 확신의 실을 더듬어 가자 내용물을 알 수 없는 불명확한 선물 상자에 다다랐다.

절조 없이 사이코패스를 노린 거라면 괜찮다. 사이코패스의 거의 대부분은 반사회성 인격 장애다. 그들은 '나는 진정한 사이코패스입니다' 라는 명찰을 달고 있는 건 아니지만 주의 깊게 관찰하면 일반인과 구별할 수 있다. 범인은 아오야기가 사이코패스라는 것을 우연히 알아차리고 살해했다.

——아니다!

직감이 부정한다.

아오야기는 사이코패스 중에서도 상위 1%의 선택받은 존재로 사회를 지배하는 사이코패스다. 수완이 뛰어난 지배자다. 그렇게 우연히 사이코패스라고 알아채는 건 불가능하다.

다만 딱 하나 알아낼 방법이 있다. 그건 킬링 클럽의 게스트라는 점이다. 게스트 즉, 상위 1%의 사이코패스.

이 가능성은 성가시다.

아오야기가 게스트임을 아는 자는 마찬가지로 킬링 클럽에 있는 게스트나 이곳에 근무하는 종업원밖에 없을 터다.

킬링 클럽 안에서 생겨난 개인적인 원한을 발산한 것뿐이라면 그걸로 괜찮다. 문제는 범인이 상위 1%의 사이코패스 자체를 노리고 있을 가능성이다. 이 경우 킬링 클럽의 게스트 전원이 살해 대상이다.

대체 누가.

범인을 찾아낼 방법, 사로잡는 법, 처벌 방식.

생각하는 것만으로도 마음이 들뜬다.

군침이 입안을 가득 채운다.

살인자가 섞여 들어온 킬링 클럽은 더욱 자극적인 장소가 되었다. 흥분으로 하반신이 부풀어 오른다.

"있지. 오늘은 어떻게 해서 따분함을 달랠 거야?"

치사의 목소리에 타카세는 제정신으로 돌아왔다.

모나리자 같은 미소. 요염한 표정이었다.

킬링 클럽에는 명확한 룰은 존재하지 않는다. 각자가 좋아하는 방법으로 즐긴다. 모든 것이 자유다. 이곳에서는 살인마저도 허용된다.

"별실에서."

그렇게 말하고는 치사의 어깨를 안았다.

희미하게 바닐라 같은 달콤한 냄새가 콧구멍을 간질였다.

5

거대한 유리를 통과한 햇살이 쓸데없이 커다란 방에 쏟아지고 있었다.

사장실 중앙 부근에 비치된 소파에 앉은 타카세는 도쿄경제신문 머리기사를 봤다.

「코인 브라더즈 정말로 발행량에 걸맞은 엔을 보유?」

기사에서는 코인 브라더즈가 루프코인을 하나 발행할 때마다 100엔을 담보하고 있다는 구조를 설명한 뒤에 현재의 루프 코인 발행 수에서 환산하여 1천 5백억 엔어치가 유통되고 있지만 정말로 코인 브라더즈가 1천 5백억 엔을 보유하고 있는가 하는 의문을 제기하고 있었다.

이 보도에 아침부터 신문사와 고객으로부터의 문의가 쇄도하고 있다.

오전 중에는 경리와 홍보 담당자가 끊임없이 출입하여 지시를 요청했지만 타카세의 대답은 하나였다.

전혀 문제없다.

실제로 문제 없다.

코인 브라더즈 설립지는 영국령 버진 제도. 그곳은 실효세

율이 제로라 택스 헤이븐이라 불리는 조세 회피처다. 그 때문에 세금을 납부하지 않아도 되고 자산 운용 상황이 은닉되어 있었다. 또한 조사의 손길이 미칠 일은 없고 회사 경영 상태를 파악하는 건 불가능에 가깝다.

힘을 지니지 못한 바보들이 아무리 떠들어 봤자 상관없는 일이다.

다만 사회에 난무하는 의혹을 그대로 방치할 생각은 없었다.

타카세는 신문사의 질문에 전화 취재로 대답했다.

"보도는 사실이 아니다. 가까운 시일 내에 반드시 1천 5백억 엔을 보유하고 있다는 것을 증명하겠다."

수화기를 내려놓았다.

녹음기를 재생한 것만 같이 말 한마디 토씨 하나 바꾸지 않았다.

머그잔에 손을 뻗었을 때 문을 노크하는 소리가 났다.

모습을 나타낸 것은 경리 책임자인 키타시바 슌이었다.

키가 작은 키타시바는 가급적 남과 눈을 맞추지 않으려는 것처럼 고개를 숙이는 경향이 있다. 새우등이라 괜히 더 몸이 작아 보인다.

"상황은 어떻지."

"그것이……."

창백한 얼굴을 미세하게 떤 키타시바는 빨갛게 부은 입술을 움직였다. 바로 조금 전까지 칠리소스가 가득 든 타코스를 먹고 입을 닦지 않은 채 온 모양이다.

"조간에는 게재되지 않았지만 알파코인 건에 관해 언급하는 신문사가 있었습니다."

키타시바는 들고 있던 종이를 건넸다. 그걸 보니 인터넷 기사를 카피한 것이었다. 게재된 곳은 도토경제신문이라고 적혀 있다.

내용은 최대의 인지도를 자랑하는 알파코인이 하락한 순간 루프코인으로 알파코인이 대량으로 매수되었고 결과적으로 알파코인이 폭등하는 데 한몫 거들었다는 것이었다. 기사에서는 루프코인이 알파코인의 가격을 조작하였고 폭등 시에 알파코인을 일본 엔으로 바꾸어 이익을 얻은 것 아닌가 하는 의문을 던지고 있었다.

"도토경제신문의 경제부 데스크인 쿠보타라는 남자가 이 기사를 쓴 것 같습니다."

"그런가." 타카세는 기사가 인쇄된 종이를 내던졌다.

"이 기사 어떻게 생각하지?"

그 물음에 키타시바는 아랫입술을 깨물었다. 등을 누군가한테 꼬집힌 것처럼 키타시바의 창백한 얼굴이 고통으로 일그러졌다.

"……어떻게 하면 좋을까요."

"어쩌고 자시고 사실이니까 말이야."

타카세는 표정 하나 바꾸지 않았다.

"알파코인의 가격이 하락하는 타이밍에 신규 루프코인을 대량으로 발행하여 그걸로 가격을 밀어 올리고 일반 투자자 등이 매수하기 시작해서 폭등한 타이밍에 팔아 일본 엔으로 바꾼다. 이것의 어디가 위법이지. 돈의 힘으로 가격을 조작하고 있을 뿐이지 않나. 이 나라는 부유한 사람이 지배층에 있어도 괜찮다고 주장하는 자본주의 국가잖아?"

가상 화폐는 아직 법 정비가 이루어졌다고는 할 수 없다. 그렇기 때문에 돈을 가진 사람이 가격을 자유롭게 조종할 수 있다. 돈을 쏟아부어 가격을 올리는 건 위법이 아니다. 그리고 투자가 집중되어 매수가 매수를 부르는 상태인 와중에 팔고 빠져나가는 것도 금지되어 있지 않다. 요컨대 켕길 것은 없는 것이다.

"하지만……."

말끝이 흐려진다. 당장이라도 불안감에 짓눌려 버릴 것만 같았다.

"뭔가 신경 쓰이는 것이라도 있나."

타카세의 질문에 키타시바는 분명치 않은 태도를 보였다.

"지금 바쁘니까 이후의 대응은 추후에 연락하지."

짜증을 전면에 드러낸 어조로 말하고는 내쫓았다.

혼자가 된 공간에서 타카세는 생각했다.

키타시바는 어디까지 알아챈 것일까.

6

루프코인의 신뢰성과 그걸 발행하는 코인 브라더즈의 수상함에 관해 언급하는 기사는 날로 많아지고 있었다. TV 프로그램에서 다루어질 정도는 아니지만 신문이나 잡지, 인터넷에는 갖가지 억측이 떠돌고 있었다. 그 탓인지 코인 브라더즈에서 일하는 직원들도 불안해 보이는 표정을 짓고 있다. 태연한 건 타카세 한 명뿐이었다.

알파코인 가격 조작 기사가 나오는 것 자체는 전혀 문제없다. 대응이 필요한 건 루프코인 공급량과 그에 걸맞은 일본 엔을 보유하고 있는가 하는 지적 쪽이었다. 도토경제신문이 발행하는 비즈니스 잡지에도 루프코인에 관한 특집이 실려 있었고 여기서도 쿠보타가 코인 브라더즈의 자금에 의문을 제기하고 있었다. 만약 일본 엔 액수에 따른 개수를 발행하고 있다는 게 허위였을 경우 코인 브라더즈는 일본 엔과 같은 가치라 강조하고 있는 루프코인을 제멋대로 발행하여 투자자들한테 팔아넘기고 있다는 말이 된다. 이건 그야말로 일본 엔을 자유롭게 찍어내고 있는 것과 마찬가지라고 지적하고 있었다. 또한 감사법인을 빈번히 바꾸는 것에 무언가 문제가 있다고 하면서 지금도 여전히 감사 법인이 정식으로 들어와 있지 않다는 것도 의혹에 박차를 가한다고 덧붙이고 있었다.

그저께 이번 보도를 무겁게 받아들인 금융청에서 연락이

와서 조사에 들어가고 싶다는 신청이 있었다.

확인 사항은 하나.

루프코인의 발행 근거가 되는 일본 엔이 정말로 보관되어 있는가.

현재의 루프코인 발행 수로부터 환산하면 일본 엔 1천 5백억 엔이 담보되어 있어야만 한다.

이 조사에 타카세는 물론 환영한다고 답했다.

무엇도 숨길 필요는 없다.

유선 전화가 울려 디스플레이를 보니 비서인 아키노한테서였다. 전화를 받으니 금융청 담당자가 왔다는 내용이었다.

사장실로 안내하라고 말하고는 수화기를 내려놓았다.

금융청 담당자는 남자 셋. 각각 특징적인 체형을 하고 있기에 풍선과 바늘, 통굽 구두라 이름 붙이기로 했다.

얼추 인사를 끝내고 직위가 가장 높은 풍선이 입을 열었다.

"그러면 바로 본론으로 들어가겠습니다. 일본 엔을 확인시켜 주셨으면 합니다. 자료에 의하면 루프코인 발행 수는 15억 개. 한 개가 100엔인 교환 비율로 고정화되어 있다고 하니 1천 5백억 엔어치 일본 엔이 필요한 것이 됩니다. 계좌를 보여주실 수 있겠습니까."

"그런 건 없습니다."

시원스럽게 말한 타카세의 그 발언에 풍선의 입이 칠칠치 못하게 벌어졌다. 바늘도 통굽 구두도 같은 표정이 되어 있었다.

"……없다 라는 말은 계좌에 돈이 없다는 말씀입니까."

흐트러진 모습을 보인 것을 창피해하는 것처럼 풍선이 빨개졌다.

"그렇습니다. 없습니다."

단호하게 그리 말한 타카세는 세 남자가 당황하는 모습을 보며 재미있어했다. 설마 이런 대응을 할 거라고는 생각지 않았을 것이다. 세 남자는 다음 말을 잇지 못하는 상태에 빠져 있었다.

주도권을 잡는 방법 중 하나는 상대의 예상을 벗어나는 행동을 하여 당황하게 만드는 것이다. 당황함은 사고 정지를 초래한다. 어떤 뛰어난 자라도 당황하게 되면 거기에 틈이 생긴다. 그곳을 찌르면 되고 사람은 틈을 보인 것만으로도 자기평가를 낮추고 마는 생물이다.

"다만 계좌에는 돈이 없지만 이곳에 있습니다."

그렇게 말하고 타카세는 테이블을 두드렸다.

풍선이 미간을 찡그리며 테이블을 응시했다. 바늘과 통굽 구두도 같은 표정을 띠고는 똑같이 눈을 움직였다. 세 사람이 무선 통신으로 연동하고 있는 것 아닐까 의심이 들 정도였다.

웃음을 참을 수 없어서 타카세는 입가를 손으로 가렸다.

"저는 일본의 은행을 신용하지 않습니다. 어쩔 수 없이 은행을 쓰는 경우는 있습니다만 코인 브라더즈가 루프코인을 발행하는 근거가 되는 일본 엔은 계좌에서 인출하여 회사에서 보관하고 있습니다."

"……여기에 1천 5백억 엔이 있다는 말씀이신지?"

"안내하지요."

타카세는 일어서서 사장실을 나가도록 재촉했다.

복도를 걸으며 뒤를 따라 오는 세 사람에게 말을 걸었다.

"우리 회사는 카운터파티 리스크를 회피하기 위해 갖가지 대응을 하고 있습니다. 계약 파기 대책은 물론 해킹당하지 않기 위한 보안 강화 부정 등이 일어나지 않도록 사내에는 감시 카메라를 다수 설치하였습니다. 외부에서의 침입에도 다양한 대책을 세워 두고 있습니다."

"……그렇습니까."

바늘이 복도 천장에 달린 돔 형태 감시 카메라를 보면서 중얼거렸다.

"물론 프라이버시를 고려해야만 하는 장소에는 설치하지 않았습니다. 화장실이나 탈의실, 휴게실 등은 자유롭게 이용할 수 있습니다."

엘리베이터에 타서 지하 1층 버튼을 눌렀다. 이 빌딩은 지하 1층 지상 7층으로 세워졌다. 그리고 지하 1층에 거대한 금고를 만들어 두었다.

지하 1층으로 내려가자 눈앞에 철문이 나타났다. 타카세는 문 옆쪽 벽에 설치된 박스에 검지를 올려놓았다.

빨간 램프가 파란색으로 바뀌었다.

"이곳에는 보안 장치가 3중으로 걸려 있습니다. 그중 하나가 지문 인증입니다. 제 지문에만 반응하도록 설정되어 있습니다."

첫 번째 문을 빠져나가자 또다시 문이 나타났다. 그 문 옆에도 박스가 설치되어 있었다. 다소 높은 위치에 있는 그것의 바로 앞에 선 타카세는 얼굴을 가까이 가져다 댔다. 소리가 울리고 문이 열렸다.

"두 번째는 홍채 인증. 눈의 홍채는 저만 등록되어 있습니다."

마지막 철문은 정맥 인증이었다. 조금 떨어진 장소에 있는 문은 조금 전의 두 문보다도 상당히 튼튼해 보이는 만듦새였다. 이곳도 타카세만이 통과할 수 있도록 만들어져 있다.

"이 문 앞이 금고 구역입니다."

"이곳에 현금을 운반하는 건 누구입니까."

통급 구두가 질문했다. 점도가 있는 타액이 끈적거리는 소리를 냈다. 불쾌했지만 얼굴에는 일절 드러내지 않았다.

"저와 키타시바입니다. 물론 은행에서 수송할 때는 민간경비회사의 경비를 붙입니다만 건물 안에서부터 금고까지는 저와 키타시바가 운반합니다. 1만 엔 지폐의 무게는 약 1g. 1억 엔 분량을 운반해도 겨우 10kg입니다."

"하지만 1천 5백억 엔 분량이라면 15t입니다."

"한꺼번에 다 옮기는 게 아니니까 말이죠."

어처구니없는 표정을 억누르기 위해 얼굴 근육을 경직시키며 인증 작업을 시작했다.

"공간도 차지하지 않습니까."

"1만 엔 지폐는 76mm×160mm입니다. 이 금고는 1조 엔까지의 1만 엔 지폐를 보관할 수 있습니다."

76mm×160mm. 이걸 위해 사람은 눈빛을 바꾸며 싸우고 때로는 남을 죽인다.

잠금이 풀렸음을 알리는 경고음이 울렸다.

"들어오시죠."

공손한 느낌으로 안에 들어가도록 재촉했다.

세 사람은 쭈뼛쭈뼛하는 느낌으로 발을 들여놓았다.

"어……."

풍선과 바늘과 통굽 구두가 동시에 목소리를 냈다.

"장관이지요. 1천 5백억 엔 분량의 지폐 다발이."

타카세도 금고 안으로 들어갔다.

멍하게 서 있는 세 사람이 타카세를 향해 돌아섰다.

"……하?"

목소리가 새어 나왔다.

세 사람 뒤에 있어야 할 지폐 다발은 없었고 금고는 빈 상자가 되어 있었다.

"……고, 곧바로 경찰을."

타카세는 동요한 목소리로 중얼거렸다.

7

사장실 집무 데스크에 다리를 올린 타카세는 눈앞에 서 있는 키타시바를 봤다. 몸이 부들거려서 당장이라도 쓰러질 것 같았다. 실금할 가능성도 있다. 빨리 방에서 쫓아내야만 한다.

"……사장님 정말로 괜찮을까요."

"괜찮아."

타카세는 한숨을 섞으며 말했다.

"크게 벌 수 있었다고. 나머지는 조용해지길 기다리는 것뿐이다."

금융청 직원을 금고에 안내하여 금고 안이 텅 비어있다는 것이 판명된 이후 많은 경찰관이 출입하고 기자 회견을 하는 등 분주하여 이제야 겨우 한숨 돌린 참이었다.

타카세를 비롯한 코인 브라더즈는 어디까지나 피해자라는 입장이다.

다만 이 건으로 막대한 재산을 쌓은 건 타카세였다. 이건 타카세 본인과 당장이라도 졸도할 것 같은 기색으로 서 있는 키타시바만이 알고 있는 일이다.

"내 계획은 완벽하니까 안심해라."

위로하는 듯한 목소리를 냈지만 눈은 차가웠다.

코인 브라더즈가 루프코인을 발행하기 위해서는 그와 같은 가치라고 강조하고 있는 일본 엔을 보유해야만 한다. 그것이 루프코인의 신용이 된다.

새빨간 거짓말이었다.

루프코인 발행에 엔 담보 따위는 없고 멋대로 발행하고 있었다. 그리고 발행한 루프코인에 가치가 있다고 생각하게 만들어 투자자들로 하여금 이를 매수케 하여 일본 엔을 흡수하고 또한 발행한 대량의 루프코인으로 알파코인을 사들여 폭등한 타이밍에 일본 엔으로 바꾸고 있었다. 이걸 반복함으로써 코인 브라더즈는 거액의 돈을 벌고 있었다.

단지 이대로 코인 브라더즈를 운영하여 안정을 얻는 것은 타카세가 바라는 게 아니었다. 더욱 자극적인 것을 하고 싶다. 그걸 위해 스스로 시한폭탄을 설치하여 가장 좋은 타이밍에 폭파시킨 것이다.

당초의 기폭제는 킬링 클럽의 게스트인 아오야기였다. 발언력이 있고 게다가 사람들에게 인지도가 높아서 적재적소였다. 그러나 아오야기가 죽음으로써 다른 사람을 찾아야만 했다. 도토경제신문의 쿠보타로는 역부족이었지만 익명의 편지 내용을 잘 이해하여 결과적으로 코인 브라더즈를 공격하는 급선봉 역할을 맡아 주고 있었다. 이번에 나온 기사의 실마리는 타카세 자신이 초래한 것이었다.

루프코인 대량 발행으로 일본 엔을 편취한 타카세는 순조롭게 계획을 진행시키고 있었다. 일본 엔 담보에 의심스러운 점이 생겨나고 그 의심이 확신에 가까워지면 투자자들은 앞다투어 루프코인을 일본 엔으로 바꾸려 할 것이다. 그 일본 엔은 코인 브라더즈의 자산에서 내놓아야만 한다. 그걸 회피하기 위해 속임수 연극을 하기로 한 것이다.

금고에 보관해 뒀던 돈을 그대로 고스란히 누군가에게 강탈당했다.

물론 이것에는 금고 안에 1천 5백억 엔이 보관되어 있다는 증거가 필요하다. 그건 간단했다. 지금까지 루프코인을 무진장으로 실컷 발행하여 그걸로 알파코인을 매수함으로써 가격을 조작해 시세가 올랐을 때 일본 엔으로 바꾸었다. 이로써 루프코인 발행량 이상의 이익을 얻을 수 있었다.

본래라면 일본 엔을 보유하고 나서 루프코인을 발행하는 것으로 되어 있었다.

실제로는 루프코인을 발행하고 알파코인으로 돈을 벌어들인 뒤 일본 엔으로 바꾸었다.

어느 쪽이건 은행 계좌에서 1천 5백억 엔이 인출되었다는 것은 의심할 방도가 없고 코인 브라더즈에 보관되어 있었다고 주장할 수 있다.

실제로는 금고가 아니라 조세 회피처의 비밀 계좌에 옮겼다는 사실을 아는 건 타카세와 키타시바 뿐이었다.

어쨌든 1천 5백억 엔이 은행에서 인출되었다고 증명할 수 있으면 되는 것이다. 그 후에는 강탈당했다고 끝까지 우기면 된다.

코인 브라더즈가 피해자라는 구도를 만들어 그 신빙성을 높이는 것에도 여념은 없었다.

빌딩 지하에 있는 단단하고 견고한 금고의 존재. 소중한 돈을 지키는 머리 세 개를 지닌 케르베로스. 지문 인증과 홍채 인증 그리고 정맥 인증이 돌파당한 것이라고 증명해야만 한다.

절차는 만들어져 있다.

손가락이나 정맥, 눈의 홍채를 복사하는 건 어렵다. 다만 판정 프로그램을 속이는 위양성을 만들어 내는 건 가능하다. 일반적인 생체 인증 센서는 80% 일치하는 것만으로도 본인이라고 인식하는 법이다.

지문 인증은 쉽게 말하면 돌출부와 돌출부 사이에 흐르는 전류를 측정하여 지문 패턴을 인식한다. 그 때문에 전도성 실리콘 고무에 지문을 본떠 굳히면 지문 인증은 돌파할 수 있다. 수사 중인 경찰은 손가락을 놓는 장소에 실리콘 고무 소재가 부착된 것을 파악하고 있을 것이다.

눈의 홍채 인증 돌파도 간단하다. 홍채 인증은 인간이 감지

할 수 없는 적외선을 사용하여 홍채 패턴을 얻지만 그 구조는 나약하다. 홍채 적외선 사진을 입수한 뒤 한 종류의 잉크 토너를 사용하여 흑백 레이저 프린터로 인쇄하면 그걸로 충분하다. 생체 활동 인증 기술이 사용된 홍채 인증의 경우에는 승인이 거부되지만 코인 브라더즈의 것은 기본 유닛으로 생체 활동 인증 기술이 탑재되어 있지 않아서 인증이 가능하게 된 것이다.

또한 정맥 인증도 홍채 인증과 원리는 같아서 적외선 사진으로 촬영된 정맥 패턴이 있으면 된다. 투명도가 높은 종이에 레이저 프린터로 패턴을 인쇄한다. 그리고 그 위에서 LED 라이트로 적외선을 보조적으로 비춘다. 정맥 인증 장치에 종이를 바짝 대고 손가락 두 개로 누르면 대부분의 인증은 통과할 수 있다.

홍채와 정맥 종이는 상황에 따라 다른 곳에서 경찰한테 발견시킬 생각이었다.

회사 안에 설치한 감시 카메라가 누군가한테 해킹당해 일정 기간 작동하지 않는 상태였다는 것도 경찰은 파악했을 것이다.

절대적 방어에서 빠져나갈 구멍을 마련함으로써 의심을 피한다. 이렇게나 열심히 보안 대책을 세웠는데도 세기의 대 도둑이 침입하여 도난당했다고 주장한다. 힘이 있는 사람이 주장하면 그건 진리가 된다.

그리고 도둑맞은 것으로 인해 피해자가 된 코인 브라더즈는 한층 돈을 낳는다.

고객에게 배상할 수 없다는 사실이 판명되고 나면 킬링 클럽의 게스트인 마츠이가 경영하는 제이 인베스트먼트가 매수 제안을 한다. 그리고 다양한 이유를 갖다 대면서 약간의 배상금을 지불한 뒤 코인 브라더즈는 파격적으로 싼 매수액에 양도되는 것으로 이야기가 짜여 있었다. 설령 불상사를 일으켰다 하더라도 코인 브라더즈의 가상 화폐 매매 시스템은 우수하다. 제이 인베스트먼트는 싼값에 그걸 매수하고 인재도 거둬들임으로써 가상 화폐 사업에 참여한다.

타카세는 손해 배상을 피하고 코인 브라더즈를 처분한다.

하이 리스크 하이 리턴인 계획이었지만 잘 풀렸다.

눈앞에 있는 키타시바한테도 당근을 먹여 주고 있었다.

키타시바는 지금까지 성실함만이 장점인 기술자였지만 여자와 도박에 빠져 거액의 빚을 안고 있었다. 전부 타카세가 사주한 것이었다. 그런 것인 줄은 꿈에도 모르고 타카세가 뻗은 도움의 손길에 매달렸다. 여자를 안겨 줘서 거기에 빠져들도록 짜고 도박으로 빚투성이로 만든 장본인이 타카세였음에도 불구하고 키타시바는 울면서 감사하고 있었다.

결국 10억 엔 정도 키타시바에게 건네주게 되었지만 그 정도면 싸게 친 것이다. 타카세는 키타시바와 함께 거금을 훔친 것이다.

이 계획은 혼자서 수행할 수도 있었다. 비밀을 아는 사람이 늘어나는 건 그것만으로도 위험이 커진다.

그런데도 공범자를 만든 이유는 단 하나.

만약 경찰이 외부 범행이 아니라 내부에 범인이 있다고 의심했을 경우 키타시바의 범행으로 만들기 위해서다. 요컨대 희생양이 될 보험 역할에 10억 엔을 들였다. 아무리 키타시바가 함정에 빠진 것이라고 주장해도 증거는 아무것도 없다. 키타시바는 빚 때문에 힘든 상태라는 기록도 남아 있기 때문에 의심받을 일도 적다.

1천 5백억 엔에 관해서는 키타시바의 비밀 계좌로 경유시키는 자금 오염을 시켜 뒀다. 경찰이 돈의 흐름을 쫓다보면 키타시바에 맞닥뜨릴 터다.

물론 키타시바의 계좌에서 옮겨진 돈은 타카세의 계좌에 들어갈 때까지 자금 세탁을 하고 있어서 증거는 남지 않는다. 경찰은 절대로 타카세한테까지는 다다르지 못하고 1천 5백억 엔의 돈은 행방불명인 채로 키타시바가 체포될 것이다.

한 번 쓰고 버리는 존재. 불쌍하다.

키타시바도 자신이 쓰고 버리는 말이 되었다는 것을 희미하게 알아차리고 있는 모양이다. 그리고 여자나 빚을 만든 것도 타카세가 사주한 것이라고 눈치챈 것 같다. 계획한 건 타카세였지만 그 늪에 발을 들여놓아 호흡도 마음대로 할 수 없게 된 건 키타시바 자신의 책임이다. 터무니없는 원한이다.

약한 인간은 자신의 죄를 다른 사람의 책임으로 만들고 싶어 한다.

그리고 논리적 사고가 불가능한 상태에 빠져 자기 머리로는 아무런 생각을 할 수 없게 된다.

그렇기 때문에 이렇게 사장실까지 와서 안전을 확인하고 싶을 것이다.

"괜찮다. 우리 둘 모두가 의심받을 일은 절대 없어."

타카세의 말을 들은 키타시바의 눈동자에 한순간 살의가 스쳤지만 타카세는 그걸 무시했다.

다음 날.

타카세가 메구로구 자택에서 뇌가 드러나 사망한 상태로 발견되었다.

그리고 불과 하루 뒤 신주쿠구에서 똑같은 상태의 시체도 발견되었다.

8

신주쿠구에 있는 타워 맨션의 한 방 안 아이코는 가만히 서서 거실에 있는 테이블에 시선을 떨구고 있었다. 눈앞에는 사진이 어지럽게 흐트러져 있다. 전부 타카세 카즈히코의 모습이 찍혀 있었다. 아니 한때 타카세였던 것. 지금은 스테인리

스제 해부대 위에 놓인 살덩어리다.

사진은 다양한 각도에서 촬영되었다. 세부적인 증거를 탐색하는 듯한 클로즈업에서부터 전체를 부감하는 듯한 롱 샷. 가슴에서부터 배에 걸쳐 Y자로 베인 몸. 늑골을 가위로 절단하고 쫙 열어 흉강 내부가 보이는 상태다. 복부 중앙에 있는 절개창. 간장. 위장.

뇌.

눈알이 튀어나올 정도로 눈을 크게 뜬 얼굴. 상반신. 하반신. 두 곳의 자상. 상처 부분 사진은 특히 많았다. 해부 사진도 종류가 풍부하다. 전체적으로 빨간색을 띤 사진이 많지만 생기가 없는 빨간색이다.

"용케 이런 사진을 가지고 나올 수 있었군요."

아이코는 소장(小腸)이 클로즈업으로 찍힌 사진을 손에 들며 중얼거렸다.

"이래 보여도 형사니까 말이다."

츠지마치는 1인용 소파에 앉아 담배를 피우며 시시하다는 듯한 시선으로 쳐다봤다.

아이코는 방 안을 둘러봤다.

이곳에 불려온 건 이번이 처음이었다.

세련된 내부 인테리어와 디자인. 하지만 가구는 거의 없어서 생활 냄새가 전혀 나지 않았다. 주거 환경은 잘 갖춰져 있는데 이곳에 사는 건 상상이 되지 않는다. 이곳에 사람이 살고 있다는 이미지도 떠오르지 않는다. 영화 세트장 같은 신기한 방이었다.

경찰관의 월급만으로는 감당할 수 없을 것 같은 장소. 킬링 클럽에서 어느 정도의 월급을 받고 있는지 물어봤지만 그런 건 알 필요 없다며 거절당했을 뿐이다.

츠지마치는 재떨이에 담배를 짓눌렀다.

"용의자 중 한 명이 살해당했다. 이건 뭘 의미한다고 생각하지?"

"타카세는 아오야기를 죽인 범인이 아니었다는 거예요."

아이코가 대답했다.

츠지마치는 왼쪽 눈썹을 살짝 치켜올렸다. 감정은 읽어낼 수 없다. 포커 게임을 시키면 분명 강할 게 틀림없다.

"살해당했다고 해서 범인이 아니라고 단정할 수는 없다. 예를 들어 아오야기를 죽인 게 타카세이고 타카세는 다른 사건에 말려들었을 가능성도 있다."

"그렇게 따지면 누구든 범인이 되는 거 아닌가요."

반감을 느꼈다.

츠지마치는 표정을 바꾸지 않았다.

"확실히 여러 가지 경우를 생각할 수 있지. 하지만 확실한 것 중 하나는 킬링 클럽의 게스트가 두 사람이나 죽었다는 점이다. 이것이 사실이자 의미하는 것의 전부다."

"그 사실이 어떻게 됐다는 건가요."

질문을 던졌지만 대답은 돌아오지 않았다.

침묵이 방을 지배한다. 담배 연기를 내뱉은 츠지마치는 침묵을 날려 버리는 것처럼 목소리를 냈다.

"아오야기에 타카세. 이 두 사람은 포식자이자 지배하는 측 인간이다. 사고사나 병사는 있을 수 있어도 쉽게 타인한테 살해당했다고는 생각하기 어려워. 킬링 클럽은 그렇게 판단하고 있다."

킬링 클럽이 판단?

재미있는 말이라고 생각하면서 아이코는 입을 열었다.

"하지만 킬링 클럽 내부에 범인이 있다면 이야기는 별개인 거죠."

츠지마치는 고개를 끄덕였다.

"포식자를 사냥할 수 있는 건 같은 포식자다. 게스트가 두 명이나 살해당한 것으로 인해 킬링 클럽의 질서가 흐트러지고 있다. 시급히 대처해야만 한다. 아오야기도 타카세도 칼에 찔린 뒤 억지로 독을 마셔 움직이지 못하게 하고 두개골을 절개당했다. 두 사람을 죽인 건 동일 인물이라고 생각해도 되겠지."

"약물이라니 뭐가 사용된 거죠?"

아이코의 물음에 츠지마치는 탐색하는 듯한 시선으로 쳐다봤다.

"겔세뮴 엘레강스. 마전과의 덩굴성 상록 관목이다. 인도에서 중국 남부에 걸쳐 분포하는 식물로 치사량은 체중 1kg에 0.05mg. 체중 60kg인 사람은 3mg으로 죽는다는 계산이지. 아오야기와 타카세는 치사량 미만의 겔세뮴 엘레강스를 강제로 마셨다고 생각된다. 중독 증상으로는 마비나 현기증 오한, 구토다. 범인은 독을 사용하여 대상이 움직이지 못하게 했다. 다만 상대에게 독을 먹이는 건 쉽지 않다. 게다가 독을 먹었다고 해도 저항하지 못하는 것은 아니다. 범인은 성인 남성이거나 여러 명의 범행이겠지."

분석 결과를 털어놓자 진동음이 방 안에 울렸다. 테이블 위에 놓인 스마트폰이 진동하고 있다. 화면에는 '090'으로 시작하는 번호가 표시되어 있었다.

소파에서 일어선 츠지마치는 무표정한 얼굴로 통화 버튼을 누르고 귀에 댔다.

"무슨 일이지."

물음 뒤 건너편 목소리가 희미하게 새어 나와 들렸다. 남자인지 여자인지 판별은 되지 않았지만 뭔가 일방적으로 이야기하고 있는 모양이다.

잠시 대답하지 않고 있던 츠지마치는 마치 구두점을 찍는 것처럼 알았다 하고 흐름을 끊어 통화를 끝냈다.

"지금 카토리가 오고 있다. 정보를 가지고 온다는 듯하다."

츠지마치는 그렇게 말하고는 넌 어떻게 할 거지 라고 눈으로 물었다. 심해어가 사냥감을 기다리며 숨을 죽인 채 가만히 정지하고 있을 때는 아마도 이런 눈을 하고 있겠지 하고 상상했다.

"만약 방해가 되지 않는다면 같이 이야기를 듣고 싶네요."

"그런가."

턱을 당긴 츠지마치는 테이블 위에 있는 사진을 정리하기 시작했다.

그 모습을 보면서 그저께의 기억을 환기했다.

카토리 케이타는 신주쿠 경찰서 형사과에 소속되어 있다. 나이는 29살. 신주쿠구에서 살해된 남자를 수사하기 위해 수사본부가 설치되었고 카토리는 그곳의 수사원으로 편입되었다. 그리고 경시청 수사1과에서 신주쿠 경찰서로 파견된 츠지마치와 짝을 이루게 되었다. 츠지마치는 표면상으로는 신주쿠 경찰서의 수사본부 일원으로서 사건을 쫓는 입장이 되었고 뒤에서는 킬링 클럽의 사냥개로서 범인을 찾고 있다. 츠지마치가 타이밍 좋게 이번 수사본부에 파견된 것도 무언가 힘이 작용했을 거라는 의심이 들었다.

그저께 카토리는 츠지마치가 있는 곳을 찾아왔다. 그때 처음으로 카토리를 만났는데 앳된 얼굴을 한 잘생긴 청년이었다. 형사의 자질이 갖추어져 있는지는 알 수 없지만 머리가 좋아 보이는 눈을 하고 있었다.

모든 사진을 봉투에 넣은 츠지마치는 혼자 사는 집에는 커보이는 냉장고에서 500mL 탄산수를 꺼내 아이코를 곁눈질했다.

"줄까?"

목이 마르지 않아서 거절했다. 츠지마치는 뚜껑을 연 뒤 꿀꺽꿀꺽 소리를 내며 단번에 절반 정도 마시고 페트병을 테이블에 올려놓았다.

널찍한 물푸레나무 상판을 쓴 다이닝 테이블은 폴트로나 프라우 제품이다. 페라리나 마세라티의 내장재도 전담하고 있는 브랜드로 상당히 값이 비싼 물건이라고 들었다. 가구 기사를 과거에 인터뷰한 적이 있어서 남들보다도 자세히 안다는 자부심이 있었다.

"츠지마치 씨는 수사1과의 형사이시죠."

부드러운 송아지 가죽을 사용한 의자에 앉으며 물었다.

"그게 어쨌다는 거지."

시시한 것을 보는 듯한 시선으로 보며 경멸한다는 듯한 목소리로 말했다.

"형사는 바쁜 줄 알았는데 의외다 싶어서요."

아이코는 담담하게 말했다.

보고 있는 한에서는 츠지마치는 바쁜 것처럼 보이지는 않았다. 살인 사건이 발생하지 않은 평상시라면 이해 못 할 것도 아니지만 지금은 신주쿠 경찰서에 세워진 수사본부에서 살인 사건 수사를 하고 있어야 할 터다. 책이나 TV 드라마의 영향일지도 모르지만 형사라는 직업은 좀 더 조직 사이에 끼어 이러지도 저러지도 못하고 필사적으로 범인을 쫓고 있다는 인상이 있었다.

"여러 타입의 형사가 있다. 나는 비교적 시간적 여유가 있는 형사지."

그 이상의 대답을 할 생각이 없는지 츠지마치는 시선을 돌리고 말았다.

아이코는 어깨를 으쓱이고는 비정상적일 정도로 커다란 창문 앞에 섰다.

시각은 오후 9시.

20층에서 바라보는 경치는 대낮처럼 밝았다.

츠지마치가 탄산수가 든 페트병을 다 비웠을 때 인터폰이 울렸고 곧 카토리가 나타났다.

약간 두꺼운 재킷을 입은 카토리는 슬림한 체격에 스포츠맨답게 짧게 깎은 머리였다.

'상쾌함 도감'이라는 게 있다면 그는 거기에 실릴 수 있을 것이다.

"아 안녕하십니까."

아이코한테 인사한 카토리는 어색한 미소를 띠었다. 어떻게 대해야 할지 모르겠다는 표정이다.

츠지마치는 아이코를 정보상이라고 설명했고 경시청 수사1과쯤 되면 정보상을 끌어들여 수사하는 경우도 종종 있다고 보충 설명했다. 그 이외의 설명은 없었지만 카토리는 그 말을 믿은 모양이었다. 아이코는 겉모습부터가 평범한 회사원으로는 보이지 않는다. 피어싱 개수나 새까만 복장만으로도 지하 세계와 어울리는 겉모습을 하고 있었다.

"실은 신주쿠 사건에 진전이 있어서 말입니다."

그렇게 말하면서 조심스러워하는 기색으로 아이코를 봤다.

"이 녀석은 수사 정보를 절대로 누설하지 않는다. 나는 정보상을 데리고 사건을 해결해 왔고 실적도 알고 있는 대로다. 지금까지 정보가 샌 적도 없으니까 안심하고 이야기해라."

카토리는 츠지마치의 말에 동요하면서도 수긍한 모양이다.

"……다른 살인 사건과의 관련성은 아직 알 수 없습니다만 신주쿠 사건에서 범인이라 생각되는 인물을 목격했다는 사람이 나타났습니다."

"신빙성은 있나."

츠지마치가 묻자 카토리는 고개를 끄덕였다.

"확실합니다. 당시 상황을 분명히 기억하고 있었고 몽타주도 작성되었습니다."

가방에서 파일을 꺼내 테이블 위에 올려놓았다. 아이코는 그걸 들여다봤다. 조금 전에 어지럽게 흩어져 있던 그로테스크한 사진에 비하면 전혀 자극이 없는 초상화였다. 눈이 가늘고 뺨이 말라 홀쭉한 남자였다. 머리카락은 듬성듬성하고 이마는 튀어나온 것처럼 부풀어 있었다.

이런 인물은 모른다.

"40대에서 50대 사이로 파란색으로 보이는 작업복을 입고 있었다고 합니다. 목격자는 익명을 원한다고 해서 전화로만 수사를 진행했습니다. 몽타주 작성도 꽤 고생했던 것 같습니다만 컴퓨터로 메일을 주고받아 어찌어찌 작성할 수 있었다는 모양입니다."

"그 정보 제공자는 일부러 친절하게 메일까지도 보내 준 건가. 그렇게까지 협력적인데 어째서 신원을 알리지 않지."

츠지마치는 미간을 찌푸렸다.

"자기 몸을 지키기 위해 모습을 드러낼 수 없다고 말했다고 합니다. 목격한 것이 알려져서 범인이 자신을 노리는 사태를 우려하는 것이겠지요. 경찰에 신고하면 자신의 정체가 바로 새어나갈 것이라고 했다고 합니다. 참고로 메일은 해외 서버를 경유하고 있어서 추적하는 건 어렵다는 모양입니다."

"경찰의 신용도 바닥에 떨어졌군." 츠지마치는 무표정하게 말을 계속했다.

"신주쿠 사건의 피해자는 자택에서 살해당했다. 그걸 어떻게 목격했다는 거지."

"범행 현장 근처에서 범행 시각에 피로 물든 칼을 들고 있는 인물이 걷고 있는 것을 봤다는 것 같습니다."

카토리의 설명에 츠지마치는 석연치 않아 하는 낌새였다.

"……범행 시각은 대략 새벽 세 시였지. 그런 상황에서 용케 이렇게까지 분명하게 얼굴을 기억하고 있었군."

"마침 가로등 아래라 눈이 마주쳤다고 말했습니다. 목격자의 존재를 알아차리자 그 인물은 황급히 도망쳤다고 합니다. 목격자가 말하는 나이프의 형상과 상처가 일치하고 있어서 수사본부는 거짓이 아니라고 보고 있습니다."

"그것도 새벽 세 시의 가로등 아래에서 한순간에 판별했다는 말인가."

"……그런 것이 됩니다."

목소리가 가늘어졌다. 아무래도 자신감이 흔들린 모양이다.

츠지마치는 손으로 이마를 주물렀다.

"상처나 칼의 형상에 관한 정보는 공개하지 않았었지."

"……물론입니다. 목격자는 남자가 들고 있던 것이 부시 나이프라고 말했습니다. 듣자니 칼에 관해 잘 알아서 상세하게 모양을 설명했다고 합니다. 게다가 그 설명이 상처와 딱 일치합니다."

"우연의 일치라고도 생각할 수 있지만…… 그 정보 제공자는 뭔가를 알고 있다. 이건 틀림없겠지."

험한 표정을 띤 츠지마치는 턱에 손을 올리고는 입을 다물었다.

아이코는 몽타주를 응시했다.

신주쿠 사건이라 불리는 살인 사건의 피해자는 카와사키시에 있는 장례 회사의 사업본부장이었다. 이름은 토츠카 아키노리. 새벽 2시 반이 지난 시각. 바를 나선 토츠카는 신주쿠

5번가에 있는 자택에서 살해당했다. 부근에 있는 방범 카메라를 확인하니 범행 시각에 수상한 인물이 찍혀 있었다. 하지만 어디에도 얼굴이 찍혀 있지 않았고 낙낙한 옷을 입고 있었기 때문에 체형도 알 수 없었다.

"도시가 흉흉하다는 것은 알고 있었는데 이건 이상한 상황입니다."

카토리의 말에 아이코는 동의했다.

요 최근 사이에 살인 사건이 세 건 발생했다.

시부야구에서 살해당한 프리 저널리스트 아오야기 유스케.

메구로구에서 살해당한 코인 브라더즈 사장 타카세 카즈히코.

신주쿠구에서 살해당한 회사원 토츠카 아키노리.

살인 사건이 겹쳐서 이것들을 구별하기 위해 시부야 사건, 메구로 사건, 신주쿠 사건으로 호칭하고 있었다. 카토리의 말대로 이상한 상황이다. 도쿄 도내에서의 연간 살인 인지 건수는 100건을 넘는다. 나흘에 한 건 이상의 살인 사건이 발생하고 있다는 계산이었다. 하지만 대부분이 가족이나 지인에 의한 범행. 이번처럼 가족 이외라고 생각되는 범행에서 이 페이스는 통계적으로도 일반적인 범주에서 벗어나 있다.

뉴스에서도 동일 인물에 의한 범행이라는 의견이 다수를 차지하고 있다. 경찰도 그 선으로 수사하고 있었다.

아오야기. 타카세. 토츠카. 세 사람 모두 출혈성 쇼크사.

그들은 산 채로 두개골이 절개된 흔적이 있었다.

두개골이 절개된 건은 보도되지 않았지만 각각의 사건은 보름도 지나지 않아 발생했다.

"……단 하나 묘한 건 토츠카가 평범한 회사원이라는 점이다."

츠지마치의 중얼거림에 카토리는 의아한 표정을 띠었지만 아이코는 츠지마치가 한 말의 의미를 이해했다.

아오야기와 타카세는 킬링 클럽의 인간이었지만 토츠카는 아니다. 이건 바깥 세상에서는 알 방법도 없는 일이다.

아오야기가 살해되었을 때 킬링 클럽은 세 명의 용의자를 도출해 냈다. 그 용의자들 중 한 명인 타카세가 이번에 살해당했다.

1%의 성공한 사이코패스를 노린 살인.

그중에 부자연스럽게 섞여든 토츠카.

킬링 클럽이나 츠지마치는 필시 혼란스러워하고 있을 것이다.

"몽타주 속 인물은 방범 카메라에 찍혀 있었나."

츠지마치가 묻자 카토리는 씁쓸한 표정을 지었다.

"몇몇 카메라에 수상한 인물이 찍혀 있었습니다만 후드를 뒤집어쓰고 있어서 개인을 특정하는 데는 이르지 못했습니다. 우연인지 아닌지는 알 수 없습니다만 어떤 방범 카메라에서도 얼굴이 찍히지 않았습니다."

"지리를 잘 알고 있고 게다가 방범 카메라의 위치까지 잘 알고 있는 인물이라."

눈을 내리깐 츠지마치는 머릿속에 있는 여러 명의 인격끼리 브레인스토밍이라도 하는 것만 같이 집중한 낌새였다.

"당분간은 몽타주 속 남자를 중요 참고인으로 쫓기로 수사본부에서 결정했습니다. 저희도 유격반으로서 이 녀석을 쫓기로 되어 있습니다."

카토리는 몽타주를 손가락으로 꾹 눌렀다. 그 동작은 진심으로 범인을 증오하고 있는 것만 같았다.

9

킬링 클럽에 출근한 아이코는 일을 하면서 나카자토 신고와 코쿠쇼 아키라를 관찰하는 것에 집중했다. 타카세는 사망했기 때문에 킬링 클럽이 고른 범인 후보는 이 둘로 좁혀졌다.

서빙 담당으로서의 업무 내용은 여전히 마실 것을 옮길 뿐인 단조로운 것이었지만 범인 찾기를 맡게 된 이후로 업무량은 평소의 절반 이하가 되었다. 치프한테는 사전에 이야기가 된 듯 재촉하는 경우도 없었고 일도 거의 배정되지 않았다. 다만 딱 한 번 치프가 불러 세워 대체 뭘 하고 있는 거냐고 물은 적이 있었다. 내용까지 말해서는 안 된다고 생각해서 소소한 게임에 참가하고 있다고 대답해 뒀다.

아오야기 유스케를 죽인 범인은 킬링 클럽 안에 있다고 츠지마치는 말했다. 그리고 킬링 클럽은 용의자를 세 명 제시했다. 아마도 무언가 이유가 있는 것이다. 근거는 모른다.

관찰을 계속했다.

변호사인 나카자토 신고는 남성 몇 명과 이야기하고 있었다. 옷차림이 단정한 스마트한 남성 집단 속에서 쾌활한 태도로 이야기에 몰두하고 있다. 근처에 가서 엿들으니 폭력을 쓰지 않고 얼마나 상대를 굴복시킬 수 있는가를 토론하고 있는 듯했다. 갸름한 얼굴형인 나카자토는 외모가 돋보인다. 눈을 가릴 정도인 긴 앞머리를 이따금 손으로 만지작거리며 항상 입가에 미소를 띠고 있다. 사람에 따라서는 속이 느글거릴 정도인 달콤한 미소에는 어딘지 모르게 다른 사람을 얕보는 듯한 뉘앙스가 내포되어 있었다.

장소를 이동한 아이코는 뇌신경외과 의사인 코쿠쇼 아키라가 보이는 위치에 섰다.

코쿠쇼는 바카라 도박에 열중하고 있었다. 브랜디 잔을 옆에 두고 트럼프에 시선을 쏟고 있다. 40살인 코쿠쇼는 케이센 대학병원 부교수이며 얼굴의 윤곽이 뚜렷한 중동계 이목구비를 띠고 있다. 때때로 옆에 있는 남자와 대화를 나누기만 할 뿐 기본적으로는 조용히 보내고 있는 듯했다.

오늘 아침 사이코패스에 관한 책을 읽어 봤다. 그 책에서는 사이코패스라 불리는 존재를 어떠한 시점에서 봐야 할지 논의하고 있었다.

임상학적 관점에서 인격 장애라고 봐야 할 것인가. 아니면 게임 이론의 관점에서 생식적으로 유리해지는 진화 전략이라고 봐야 할 것인가.

시시하다는 생각이 들었다.

주위를 둘러봤다.

술과 여자와 도박에 둘러싸인 게스트들은 시종 온화한 모습이었다.

어째서 게스트들은 킬링 클럽에 모여 이렇게 유유자적하게 지내고 있는 것인가.

서로 친목을 나누는 것처럼 보이기도 한다. 다만 정말로 그럴까. 아이코는 이해할 수 없었다.

흥미가 끊이질 않는다.

제3장

변호사

1

판사를 보고 선 자리에서 왼쪽에는 검사가 있고 오른쪽에는 피고인석이 있다. 바로 앞에는 방청인이 있다. 엄숙한 자리였지만 아주 약간 경마장의 분위기와 비슷하다고 언제나 느끼고 있었다.

인생을 걸고 임하는 사람이 내뿜는 분위기가 양자한테서 유사성을 느끼게 하는 것이다.

상황에 따라 생사마저 결정되는 자리.

이 공간이야말로 변호사인 나카자토 신고의 놀이터였다.

"그러면 다음 증인을 불러 주십시오."

재판장의 말에 검사인 아마미야 마리에가 일어섰다. 키가 크고 늘씬한 체형으로 슬랙스 차림은 매우 세련되어 보였다.

"네. 그러면 경찰에 신고한 요시다 류 씨를."

확 꽂히는 목소리였다. 검사가 아니라 연극배우가 되는 편이 어울릴 거라고 나카자토는 생각했다.

증언대에 올라온 사람은 평생 하류로 사는 인생이 걸맞을 듯한 시원찮은 풍모의 남자였다. 세탁을 너무 많이 해서 모양이 흐트러진 반소매 와이셔츠에 청바지를 입고 있었다. 요시다는 지방 중소기업에 근무하는 샐러리맨으로 독신이다. 새우등에다 지문으로 더러워진 안경에 가려진 눈은 가늘며 서 있기가 불편한 듯이 몸을 흔들고 있다.

나카자토는 지금까지의 인생 전부를 후회하는 듯한 모습의 남자를 관찰하며 입가에 미소를 띠었다.

이 남자는 좋은 사냥감이라고 생각했다. 나카자토는 걷는 방식을 보고 그 사람이 사냥감인지 아닌지 판단할 수 있었다.

약한 사냥감이 걷는 방식에는 특징이 있다. 어떠한 특징이냐고 물어도 대답할 수 없지만 확실하게 있다.

전에 디자이너인 친구가 사진을 본 순간에 1픽셀 어긋나 있는 게 신경 쓰여서 견딜 수 없다고 말했는데 일반인은 그 1픽셀의 차이를 알 수 없다. 걷는 방식으로 사냥감인지 아닌지를 판단하는 것도 비슷한 느낌이라 말로 하기 어려운 감각에 의존한다.

요시다의 선서가 끝나고 한 박자 뜸을 들이더니 검사인 아마미야가 입을 열었다.

"당신과 피해자인 후타바 레이카 씨와는 어떠한 관계입니까?"

"어떤 관계냐니……." 쑥스러워하는 듯한 미소를 띤 요시다는 복부 근처를 오른손으로 문질렀다.

"이웃입니다."

"이웃이라는 건 같은 맨션에 살고 있다는 말입니까?"

요시다는 의아한 표정을 띠었다. 어째서 그런 걸 묻는지 이해할 수 없다고 생각하는 듯했다.

"후타바 씨가 301호고 제가 302호입니다."

"면식은 있었습니까."

"복도에서 마주친 정도네요. 이름 같은 것도 몰랐고요."

"어째서 경찰에 신고한 것이죠?"

지성으로 억제된 알아듣기 쉬운 목소리. 문득 아마미야가 흥분하면서 비명을 지르는 모습을 보고 싶다고 나카자토는 생각했다. 어떻게 하면 비명을 지를까. 어떻게 하면 절망할까. 생각하는 것만으로도 유쾌해진다.

아마미야의 질문을 받은 요시다는 뺨에 생긴 빨간 뾰루지를 손가락으로 만졌다.

"저기 그러니까 밤중에 큰 소리가 나서 벌떡 일어났어요. 그리고 뜨문뜨문 고함이나 째질 듯한 목소리가 들려와서 처음에는 싸움이라도 하고 있는 건가 했는데 남자가 위협하는 듯한 소리가 너무 심해서 무슨 일이 생기면 안 되겠다 싶어서 경찰에 신고한 겁니다."

"신고했을 때 전화로 뭐라고 말씀하셨었죠."

"어쩌면 여자가 폭행당하고 있을지도 모르니까 살펴보러 가 줬으면 한다. 그렇게 말했습니다."

만족한 듯이 아마미야는 고개를 끄덕였다. 사전에 연습했을 것이다. 남자의 안 좋은 이해력에 짜증을 내는 아마미야의 모습이 쉽게 상상됐다.

"요시다 씨의 신고를 받고 달려간 경찰관 두 명이 피해자인 후타바 레이카 씨를 구출하고 그 자리에서 피고인을 현행범으로 체포하였습니다. 당시 후타바 레이카 씨의 온몸에는 맞은 흔적이나 식칼에 베인 상처가 열 군데 이상이나 있었습니다. 상황으로 보아 생명의 위험을 느낄 수준이었습니다. 피고인은 그 자리에 같이 있었고 감금하여 폭행한 가해자라는 것은 명백합니다."

아마미야의 주장을 들으며 나카자토는 옆을 봤다. 그곳에는 피고인인 쿠루메 아츠노리가 있었다. 의자에 엉덩이를 얕게 걸치고 앉아 일단은 순종적으로 보이는 표정을 가장하고 있지만 주눅 든 기색이 일절 없다는 게 전해진다.

25살. 보통이라면 일하고 있을 나이이지만 부모가 남긴 아파트의 임대 수입으로 생활하고 있던 쿠루메는 카바레 클럽에서 술을 마신 뒤 바에 들렀고 그 후 이번 사건을 일으켰다. 행실도 좋지 못한 쿠루메한테 친구가 몇 명 있기는 했으나 사회적으로 신용할 수 있는 친구는 한 명도 없었다. 쓰레기가 돈을 지니면 이렇게 된다는 좋은 예다.

나카자토는 왼손 약지에 낀 해리 윈스턴 반지를 오른손으로 매만지며 전략을 세웠다.

"피고인 측 반대 신문을."

아마미야의 주장이 끝나고 재판장이 손에 들고 있는 서류를 보며 말했다.

나카자토는 천천히 일어섰다.

"반대 신문을 하도록 하겠습니다. 당신은 검찰 측 증인이며 경찰에 신고한 정의의 편입니다. 선한 사마리아인이라는 거군요. 매우 훌륭합니다. 다만 저는 당신의 증언 중에서 하나 의심스러운 부분이 있어서 그 부분을 질문토록 하겠습니다."

빤히 쳐다보자 요시다는 거북한 듯이 시선을 돌렸다. 나카자토는 다른 이들이 눈치채지 않을 정도로만 입가에 미소를 띠었다. 약자라는 건 어째서 이렇게나 알기 쉬운 것인가.

"우선 당신이 사는 맨션은 3층짜리 건물이지요."

"예."

"당신은 302호에 살고 후타바 씨는 301호에 살고 있습니다. 그리고 201호가 공실입니다. 즉 후타바 씨가 사는 방에 접해 있는 건 당신뿐이고 소리가 나면 역시 302호에 사는 당신이 제일 듣기 쉽습니다. 틀림없지요."

"……그렇지 않겠나요."

요시다는 의아한 표정을 띠면서 동의했다.

"당신이 신고했을 당시 비명도 들렸습니까."

"예."

"그렇습니까." 고개를 끄덕인 나카자토는 진지한 표정으로 변했다.

"참고로 신고한 것이 토요일입니다. 요시다 씨는 회사원이셨지요. 근무는 평일입니까."

"예."

"휴일은 토요일과 일요일?"

요시다는 목소리를 내지 않고 고개를 끄덕였다.

"목요일이나 금요일 밤은 집에 있었습니까."

고개를 끄덕인다.

"몇 시 경부터 자택에 있었지요?"

그 질문에 요시다는 시선을 이리저리 헤매며 잉어처럼 입을 뻐끔뻐끔 벌렸다가 다물었다가 했다.

"……모르겠습니다."

"그렇습니까." 나카자토는 빠른 말투로 계속했다.

"저는 사전에 요시다 씨가 다니는 회사에 문의하여 퇴근 시간을 들었습니다. 목요일도 금요일도 7시 정각에 퇴근하셨더군요. 회사에서 자택까지는 30분. 다른 곳에 들르지 않은 한 8시에는 자택에 있었을 거라고 생각합니다. 만약 들른 곳이 있다면 행선지를 알려주십시오. 곧바로 사실을 확인하겠으니. 목요일과 금요일은 8시까지는 도착하여 집에 있었습니까. 아니면 어딘가 다른 장소에 있었습니까."

"……아마 그때쯤에는 집에 있었습니다."

쥐어짜 내는 것처럼 말한 요시다는 다리를 떠는 게 심해졌다.

"목요일도 금요일도 말입니까."

"그랬던 것…… 같습니다."

나카자토는 먼 곳을 바라봤다.

"그 점이 조금 이상하게 느껴집니다만." 주목을 모으기에 충분한 간격을 두고 재차 목소리를 냈다.

"어째서 사흘째에 신고한 것일까요."

요시다의 표정이 굳어진 것을 확인하며 나카자토는 계속해서 입을 움직였다.

"즉, 피해자인 후타바 씨의 주장으로는 사흘 동안 방에 감금당한 채 강간당했다고 하는데 첫날과 둘째 날인 목요일과 금요일도 계속 범해지고 있었다고 후타바 씨는 주장하고 있습니다. 게다가 평범한 성행위가 아니라 말로 다하기 힘든 폭력적인 행위입니다. 요시다 씨. 신고한 날 이외에 이상한 소리는 듣지 못했습니까?"

"……듣지 못했습니다."

나카자토는 요시다에게 호기심 어린 시선을 보냈다.

"호오. 저는 당신한테 훔쳐보는 취미가 있어서 목요일과 금요일은 몰래 엿들으면서 정사 때 나오는 소리를 즐기고 있었나 싶었는데 말이죠. 자위행위는 했습니까?"

"이의 있습니다!" 흥분한 아마미야가 일어섰다.

"부당한 언사로 증인을 함정에 빠뜨리려 하고 있습니다!"

"이의를 인정합니다."

재판장이 불쾌하게 느껴지는 탁한 목소리를 냈다.

"알겠습니다. 반대 신문을 계속하겠습니다."

순순히 응한 나카자토는 위협적인 미소를 띠었다. 아무리 새침한 얼굴을 하고 있더라도 검사인 아마미야는 힘을 지닌 포식자다. 법의 옷을 두른 포식자한테 잡아먹힌 인간은 셀 수 없이 많다. 다만 나카자토는 그런 포식자마저 포식하는 존재다.

"이야기를 바꾸지요. 요즘 세상에는 다양한 고객의 니즈에 부응하는 가게가 있습니다. 취미는 다양하죠. 그건 괜찮습니다. 제가 조사한 바에 의하면 이케부쿠로 신주쿠 신바시에는 엿보는 취미를 충족시키는 가게가 있다고 합니다. 요시다 씨는 그러한 가게가 있는 것 알고 계십니까. 특히 신바시에 있는 가게에 대해서 어떻게 생각하십니까? 그 가게는 역에서 도보로 5분 정도이죠."

요시다의 얼굴에서 생기가 빠져나간다. 지금 이 순간에 사진을 찍으면 시체처럼 보일 것이다.

"이의 있습니다! 본건과는 무관한 질문입니다."

"……이의를 인정합니다. 변호인 발언에는 충분히 주의해 주십시오."

아마미야의 히스테릭한 목소리에 재판장의 어처구니없다는 듯한 목소리.

이 녀석이고 저 녀석이고 시시한 녀석들이라고 나카자토는 짜증이 났다.

"조금 옆길로 샜습니다."

그렇게 말하며 요시다의 얼굴을 들여다봤다. 여기서 칼을 건네면 자살할지도 모르는 상태였다. 요시다가 신바시에 있는 엿보기 취미를 즐기는 유흥업소에 다니고 있다는 건 충분히 조사가 끝나 있었다. 현시점에서 그 사실을 말할 필요는 없다고 생각한다. 재판 상황에 따라 꺼내게 될 카드 중 하나다.

자신의 적을 옹호하는 인간은 전부 적이자 격파할 대상이다.

어쨌든 철저하게 증인의 신빙성을 떨어뜨린다. 그것이 나카자토의 스타일이었다.

다만 무턱대고 체면을 짓뭉개는 것에만 집중하는 건 좋은 계책이 아니다. 검찰 측 증인한테 이쪽에 유리한 증언을 시킨다. 그것이야말로 가장 효과적인 수법이었다. 적을 아군으로 만들 수 있다면 더할 나위 없다.

"마지막 질문입니다." 금방 끊어질 것 같은 실을 손으로 더듬어 잡아당기는 듯한 신중한 목소리.

"목요일과 금요일에는 물건 소리나 목소리를 듣지 못한 거로군요?"

"……예."

"즉, 피해자라 여겨지는 여성은 사흘 중 이틀 동안 전혀 저항하지 않고 아무런 소리도 내지 않았다. 이건 어떻게 된 일일까요. 생각할 것까지도 없습니다. 피고인이 억지로 강간한 것이 아니라는 가능성이 나온 겁니다. 합의였을 가능성도 생겨난 것입니다. 피해자라 여겨지는 사람은 애초부터 없었다는 겁니다. 그러면 이 재판은 무엇을 위해 하고 있는 것일까요."

"이의 있습니다!"

벼락같은 아마미야의 목소리.

"최소한!" 제지당하기 전에 앞질러 발언했다.

"피해자가 감금당했다고 여겨지는 사흘 중 이틀간은 경찰에 신고할 만한 어떤 소리도 나지 않았다. 그것만 확인된다면 문제없습니다. 그렇게 해석해도 괜찮겠지요!"

아마미야의 목소리를 지워 버린 나카자토는 억지로 말을 끝마쳤다.

"……예."

"반대 신문을 종료합니다."

침착하고 여유로운 태도로 나카자토는 의자에 앉았다.

증언대에 선 요시다의 심중을 헤아렸다.

그는 지금 단두대 앞에 서 있는 듯한 심정일 것이다.

몹시 유쾌한 기분이었다.

2

재판 뒤 예약했던 만다린 오리엔탈 도쿄 안에 있는 프렌치레스토랑에 가서 아내인 사키와 합류했다.

예약했던 코스 요리는 모두 일류의 재료로 일류 요리사의 손에 의해 조리된 것이다.

변호사로서 최고의 일을 한 뒤 최고의 요리를 즐긴다.

시시한 인생의 심심풀이로서는 나쁘지 않다.

"이 고기 맛있네."

사키는 기뻐 보이는 미소를 띠고는 고기를 입에 넣으며 만족스러운 듯이 말했다.

"잘 먹고 쑥쑥 커라."

사키의 부풀어 오른 배를 보며 말했다.

아이를 만들 생각은 없었지만 예기치 않게 생기고 말았다. 아이의 존재가 앞으로 어떠한 번거로움을 만들어 낼지는 미지수였으나 낳고 싶다는 사키의 주장을 뒤집을 정도의 적극적인 이유가 없었기에 일단 흐름에 맡기고 있다. 방해된다면 돈의 힘으로 자신의 생활에서 떼어 놓으면 되는 일이다.

베리 레어 흑모 와규 고기를 나이프로 썰었다. 소스와 피가 접시 위에서 서로 섞여 갈색 액체로 변해 있었다.

생명이라는 것을 느낄 수 있는 고기. 그리고 피. 입안에 있는 한때 살아 있던 존재였던 것을 먹어 자신의 것으로 만든다.

"내일은 변호사 회관에서 강연이 있고 그 후에 식사 모임이 있으니까 늦을 거야."

"그렇구나…… 당신도 몸 조심해."

걱정스러운 듯이 사키가 말했다. 다른 사람을 의심하는 것을 모르는 그저 느긋하기만 할 뿐인 바보. 조소의 대상이기는 하지만 같이 생활할 만한 여자였다. 사키의 친정은 자산가여서 결혼함으로써 막대한 부를 자신에게 가져다주었다. 지금 변호사 사무소를 크게 개업할 수 있었던 것도 그 자산이 있어서 가능한 것이었다. 감사는 하지만 경멸도 하고 있다. 태어난 집안이 축복받은 것일 뿐이고 그런 자신에게 만족하여 노력하지 않고 이겨서 쟁취하려고도 하지 않은 채 자산이라는 따뜻한 목욕물에 잠겨 생활하는 얼간이다.

"그래. 쉴 수 있을 때는 확실히 쉴 거야."

"그렇게 해. 아, 그러고 보니 아이 이름을 몇 가지 생각했는데."

사키는 빨간 에르메스 버킨 백에서 수첩을 꺼내 보여줬다. 새 가방이다. 부모한테 졸랐을 것이다.

"어느 게 좋으려나. 여자애다운 이름으로 할까 하고도 생각했는데 너무 독특한 것도 안 좋으려나 싶어서."

수첩을 받아들고 10개 정도 나열된 이름을 훑어봤다. 이름 따위 단순한 기호다. 식별할 수 있으면 그걸로 충분하다. 시리얼 넘버라도 상관없다.

"세 번째가 괜찮을 거 같은데."

"어? 어느 거 어느 거?"

기쁜 듯이 목을 뻗는 사키에게 수첩을 돌려줬다. 이름 이야기가 끝나자 이번에는 아이가 배울 것들에 관한 이야기를 하기 시작했다.

나카자토는 맞장구를 치면서 머릿속으로는 다른 것을 생각하고 있었다.

다음 날.

민사 소송 재판을 끝낸 나카자토는 변호사 회관에서 볼일을 끝마친 뒤 황궁 근처에 있는 개인 로커에서 벨베스트의 맞춤 정장으로 갈아입고 걸어서 킬링 클럽으로 향했다.

해가 저물어 쌀쌀해지기 시작했다.

시미즈 해자(清水濠)를 오른편에 끼고 우치보리 길(內堀通り)을 걸었다. 그리고 타케하시역 근처에 있는 빌딩에 들어가 아무런 표기도 없는 철제문을 열었다. 어둑어둑한 통로를 걸어 발밑만을 비추고 있는 계단을 내려갔다. 머잖아 엘리베이터 한 대가 나타났다. 가까이 다가가니 자동으로 문이 열렸다.

엘리베이터에 올라타 휙휙 내려갔다.

킬링 클럽은 자동차로 들어가는 입구와 도보로 들어가는 입구가 다르다. 나카자토는 대부분의 경우 도보였다.

이상한 구조라고 생각한다.

킬링 클럽에는 수많은 출입구가 있다는 소문이 돈다. 하지만 확인할 방법은 없다. 킬링 클럽에서의 몇 안 되는 제약 사항 중 하나로 자신의 출입구를 다른 사람에게 알려줘서는 안 된다는 것이 있었다. 지하에 있는 킬링 클럽은 광대한 공간이다. 너무나도 넓어서 얼마나 되는 사람을 수용할 수 있는지도 파악하지 못할 정도였다.

킬링 클럽의 게스트가 총 몇 명인지는 알 수 없었지만 출입구에서 다른 게스트와 조우하는 경우는 거의 없었다. 시간 조정을 하거나 문이 여럿 있거나 둘 중 하나일 것이다.

시간 조정은 기본적으로 생각할 수 없다. 오후 5시 이후는 언제 가도 괜찮은 것으로 되어 있다. 당연히 사전 연락도 필요 없다. 그 때문에 시간을 조정하는 것은 어렵다. 그러면 어떻게 하고 있는 걸까 생각해 보니 역시 문이 여럿 있어서 개인별로 할당되어 있다고 생각하는 것이 타당하다. 하지만 그래도 여전히 의문은 남는다. 대체 문을 몇 개 준비하면 이러한 상황을 만들 수 있는 것인가.

엘리베이터에서 내려 복도를 걸었다. 그리고 눈앞의 문을 열자 새하얀 방이 있었다. 전부가 하얘서 거리감을 파악할 수 없다.

"기다리고 있었습니다. 나카자토 님."

방에서 대기하던 스킨헤드 남자가 말했다. 복장이 하얗기 때문에 얼굴만이 허공에 떠 있는 듯한 착각에 빠진다.

"자 이쪽으로 오시지요."

문이 열리고 남자가 재촉한다. 나카자토는 그 너머로 나아갔다.

눈앞에 나타난 작은 방. 빨간 카펫이 깔려 있고 KC라는 글자 주위를 나방이 날고 있는 모습으로 디자인된 문장이 그려져 있다. 그걸 밟고 방을 가로질러 중후한 목제 문을 열자 킬링 클럽의 세계가 펼쳐져 있었다.

화려하고 휘황찬란하다. 그리고 자신을 이해해 주는 사람들로 가득 찬 유일한 세계다.

검은 옷을 입은 남자가 마중 나와 인사한 뒤 정중한 느낌을 유지하며 앞장서서 인도했다. 안내받은 곳에는 무라사와 료가 있었다. 마음이 맞는 친구 중 한 명이다.

"여어. 먼저 마시고 있었어."

그렇게 말한 무라사와는 손에 들고 있는 온더록스 글라스를 눈높이까지 올렸다.

테이블 위에는 맥캘란 1939 유리병이 놓여 있다. 그 외에는 말린 과일과 견과류 종류뿐이었다.

"오늘은 밖에서 먹고 왔어. 배가 고프다면 뭐 주문해."

무라사와의 말에 나카자토는 고개를 가로저었다. 술을 마실 때는 공복이 좋다.

서빙하는 사람이 가져다준 얼음이 든 온더록스 글라스에 맥캘란을 따랐다.

"재회에."

무라사와의 중얼거리는 듯한 목소리에 응한 나카자토는 호박색 액체를 한 모금 마셨다. 식도에서부터 뜨거운 액체가 내려가는 것이 느껴진다.

"오늘은 좀 빠른데."

나카자토의 말에 무라사와는 넌더리가 난 듯한 표정을 지었다.

"취재가 생각했던 것보다 일찍 끝났어. 아니 그렇다기보다 마무리 짓고 왔지. 듣는 사람이 멍청이면 구제 불능이야. 나 참, 죽이고 싶어져."

짜증을 목으로 넘겨 삼키는 것처럼 글라스를 기울였다.

"인기 많은 사람은 큰일이군."

"비아냥거리지 마. 평민의 혀에 맞춰 만드느라 골치를 썩이고 있다고. 최악이야. 다음에 내가 만든 케이크를 먹어 봐. 바보 같은 혀를 지닌 녀석들만이 견딜 수 있는 완성도지."

"사양할게."

그 말에 무라사와는 현명하다는 듯한 표정을 지었다.

나카자토는 담배에 불을 붙여 입에 문 뒤 천장 높이 매달려 있는 샹들리에를 향해 연기를 내뿜었다.

"그러고 보니 킬링 클럽의 게스트가 두 명 살해당했다는데 타카세와는 아는 사이였지?"

"그래."

맥캘란이 입안에서 기화한다. 타카세한테서 코인 브라더즈의 재무 서류 감사나 증명을 부탁받은 적이 있었는데 거절했다. 원래 감사 법인에 맡기지만 그곳이 융통성이 없어 나카자토의 법률 사무소 힘을 빌리고 싶다는 것이다. 하지만 타카세의 위태로운 느낌이 마음에 들지 않아서 이야기는 없던 일로 되었다. 이미 과거의 일이다.

타카세가 죽고 킬링 클럽의 게스트인 마츠이의 제이 인베스트먼트가 코인 브라더즈를 매수했다. 코인 브라더즈가 보유하고 있던 1천 5백억 엔이 도난당한 사건으로 세상이 떠들썩했지만 보유하고 있다는 것도 도둑맞았다는 것도 거짓말임을 나카자토는 알아차리고 있었다. 세상을 속이고 국민에게서 거금을 훔쳤다. 타카세의 수완은 훌륭하다고 솔직하게 칭찬할 수 있다. 하지만 죽으면 말짱 도루묵이다.

기껏해야 그 정도인 녀석이었던 것이다.

나카자토는 아몬드를 입에 넣고 천장에 매달려 있는 샹들리에를 봤다.

무척 기분이 편했다.

이곳 말고 이런 기분이 들 수 있는 장소는 없었다. 아니 변호사가 되기 전에 연인을 때렸을 때도 마찬가지로 릴랙스한 상태였지만 그건 한순간의 쾌락이었다.

킬링 클럽에는 사이코패스라 불리는 인종이 모인다. 물론 사이코패스라고 누구든 초대받는 건 아니다.

사이코패스는 고성능 최고급 스포츠카 같은 것이라고 한다. 그리고 이 스포츠카를 잘 운전할 수 있는 정신의 소유자인지 아닌지가 성공한 사람과 '위험지대'를 나누는 갈림길인 것이다. 실력 좋은 베테랑 드라이버가 핸들을 잡는 것과 술에 취한 이제 막 20살이 된 사람이 운전하는 건 낭떠러지에서 추락할 확률이 천지 차이가 된다. 테드 번디는 낭떠러지에서 떨어진 타입이며 짐 존스는 정신의 계기판 바늘이 묘한 각도로 표시 범위를 벗어나 은색 말을 타고 성층권까지 날아간 녀석이다.

사회를 지배하는 사이코패스가 될 것인지 자멸하는 사이코패스가 될 것인지는 쉽게 말하자면 컨트롤할 수 있는가 없는가에 달려 있다.

"그러고 보니." 무라사와는 어깨를 떨며 웃었다.

"내 동료가 사이코패스 진단이 있다고 말하던데 이게 걸작이라고."

웃음기가 띤 목소리로 설명을 계속했다.

어떤 남자가 모친의 장례식에서 면식이 없는 여자와 만난다. 남자는 여자한테 반하여 자신의 운명적인 사람이라고 확신하고 금세 사랑에 빠진다. 하지만 연락처를 묻지 못했다. 장례식이 끝난 뒤에는 찾을 방도가 없다. 며칠 뒤 남자는 자기 남동생을 죽인다.

그건 대체 어째서.

답은 남동생이 죽으면 여자가 다시 나타날지도 모르니까.

"……어처구니없는 이야기군." 나카자토는 거칠게 내뱉듯이 말했다.

"일반인은 사이코패스를 착각하고 있어. 단언해 주지. 표준적인 임상 프로세스를 거쳐 진정한 사이코패스라고 진단받은 강간범, 범죄자, 소아 성애자 무장 강도한테 같은 퀴즈를 풀게 해서 그런 쓰레기 같은 대답을 내놓는 사이코패스는 한 명도 없어. 절대로다."

"그렇지?" 무라사와는 동조했다.

"사이코패스는 세상에서 말하는 것처럼 제정신이 아닐지도 모르지만 멍청이는 아니야. 그런 바보 같은 방법을 고를 리가 없다고. 뭐 쓰레기가 나뒹구는 뒷골목에서 살인을 저지르는 녀석 중에는 그런 앞뒤 생각 안 하는 무모한 방법을 써서 일부러 그러는 녀석도 있을지도 모르지만 많은 돈을 버는 게 장점인 우리는 더 스마트한 방법을 쓰지. 평범하게 방명록을 보고 알아낼 수 있잖아."

무라사와의 말에 나카자토는 동의했다. 다만 앞뒤 생각하지 않는 무모한 방법에 대한 공감도 조금은 있었다.

"너라면 어떻게 할 거지?"

나카자토가 묻자 무라사와는 한쪽 눈썹을 치켜올렸다.

"대전제로서 운명적인 사람 따위가 존재한다고 생각하지 않아. 그러니 이 질문은 성립하지 않겠군."

그렇게 말하며 웃었다.

동감이었다. 이 세상에서 믿을 수 있는 건 자기 자신뿐이다.

그리고 그 외에는 자신을 성공시키기 위한 장기말일 뿐이다. 만약 그 여자를 다시 한번 더 만나고 싶다고 강하게 바란다면 그건 단순한 성욕의 해소이거나 자기한테 가치가 있는 조건을 가지고 있거나다. 결단코 운명 따위가 아니다.

애초에 킬링 클럽에 있는 이유도 가치가 있기 때문이다. 이 공간에 있으면 정신이 안정된다. 이건 매우 중요한 것이다.

이곳의 게스트가 되기 전까지 나카자토는 원숭이가 뛰노는 산에 남겨진 듯한 심정이었다. 여하튼 최악이고 지루했다. 의사소통이 불가능한 원숭이들한테 둘러싸여 세상을 멀리하며 살아와 그저 심심풀이로 돈을 벌고 있었다.

인생이 시시했다. 아예 차라리 불 속에 뛰어들고 싶다는 충동을 강하게 품고 있었다.

하지만 이곳에 오고 원숭이들이 있는 산속에서 겨우 사람과 만난 듯한 그런 안도감을 느꼈다. 포식 대상이 아니라 친구라 부를 수 있는 존재를 처음으로 얻을 수 있었다.

눈앞에 있는 무라사와는 유명한 파티셰로 도내에 가게를 몇 점포나 가지고 있다. 본인은 노출을 좋아하지 않지만 이따금 TV에서 보게 되는 때도 있었다. 무라사와는 엘리트 사이코패스로 요리라는 수단으로 큰돈을 벌고 있었다. 그것이 무라사와의 심심풀이였다. 그리고 나카자토를 킬링 클럽에 소개해 준 장본인이었다.

킬링 클럽에 입회하기 위한 명확한 입회 규약은 없고 단 한

가지만 충족하면 된다.

성공한 사람이자 사이코패스. 이건 모든 사이코패스 중 1% 밖에 없다. 그리고 이곳의 회원이 되기 위해서는 동종 사이코패스의 소개가 있으면 되는 것이다.

사이코패스의 능력 중 하나로 포식 대상을 한눈에 판별 가능하다는 특징이 있었다. 그리고 그 능력으로 동종을 판별하여 찾아내는 것도 가능하다.

현재 킬링 클럽은 조금씩 게스트를 늘리고 있는 듯했다. 다만 지금 몇 명이 있는지를 알 방법은 없고 이곳의 책임자를 본 적조차 없다.

메히타벨.

그렇게 불리고 있는 듯하다.

메히타벨. 여자 이름이다. 다만 모습을 본 적이 없어서 나이도 남자인지 여자인지도 알지 못한다.

이 거대한 지하 공간이 어떤 경위로 만들어졌는지도 어떻게 해서 운영하고 있는지도 상상의 범주를 넘는다.

물론 연회비는 있었다.

입회가 허락된 초창기, 나카자토는 검은 옷을 입은 남자한테서 1천만 엔을 입금하라는 말을 들었다. 그리고 이곳에 다니는 동안에 다음에는 얼마를 입금하라는 소식을 전해 들었다. 3년 동안 나카자토는 2천만 엔 정도를 입금했다. 사람에 따라서 금액은 제각기인 모양이다.

2천만 엔. 소소한 금액이라고 생각한다. 이곳의 게스트로 계속해서 있는 동안은 그 이상의 가치가 있었다.

인생은 시시하다.

생각이 없는 원숭이들만이 실실 웃으며 제 세상인 듯한 얼굴로 걷는 그런 세계다. 썩은 냄새와 혐오감. 즐거울 리가 없다.

하지만 이곳에는 사람이 있다. 지능이 있는 동료가 있다.

이해자들한테 둘러싸여 있다. 이건 자신이 위험지대에 발을 들여놓지 않을 수 있는 방파제가 되고 있었다.

나카자토의 내면에는 항상 살인자의 존재가 있었다. 방심하면 그 살인자는 강인한 근력으로 방파제를 밀어내려 한다. 그의 정신을 딴 데로 돌리기 위해서 큰돈을 벌고 섹스를 하고 다른 사람을 지배하여 인생에 싫증을 느끼지 않도록 하고 있었다.

당연히 그러한 행동들에서 얻을 수 있는 즐거움에는 한계가 있다. 바로 그렇기 때문에 킬링 클럽에 온 것이다. 몸의 파멸을 회피하기 위해.

이해자.

이만큼 좋은 울림은 없다.

이해자가 있는 것이 살인 충동을 억제하는 가장 유효한 수단이었다.

3

오후 2시.

도쿄 구치소에서 면회 절차를 끝내고 소파에 앉자마자 직원한테 호명되었다.

면회실까지 가는 길을 걸었다. 스마트폰을 사물함에 넣고 면회실에서 기다렸다. 머잖아 의뢰인인 쿠루메 아츠노리가 나타나 파이프 의자에 거칠게 앉았다.

전혀 반성의 빛이 보이지 않는 쿠루메는 나른해 보이는 표정을 띠고 있었다.

"기분은 어떻죠."

"……좋을 리 없잖아."

짜증을 노골적으로 드러낸 얼굴. 자기가 어째서 이곳에 있는지 진심으로 이해하지 못하는 기색이었다.

"오늘은 최종적인 목표를 이야기하려고 왔습니다." 나카자토는 사무적인 어조로 계속했다.

"재판에서 무죄를 받을 것인지 집행유예를 따낼 것인지 합의할 것인지 정합시다."

"집행유예? 웃기지 말라고. 무죄로 해."

"무죄로 만들 방책은 있습니다."

재판에 100%는 없다. 결국은 재판장 마음에 달린 것이다. 다만 이번 재판은 승산이 있는 싸움이라고 생각하고 있었다.

"하지만 합의로 끌고 가는 게 가장 확실합니다."

쿠루메는 탐색하는 듯한 시선으로 쳐다봤다. 미지근하며 끈적끈적함이 느껴지는 시선이었다.

이 녀석은 운이 좋다고 나카자토는 생각했다.

큰돈을 가지고 있고 그 돈으로 이렇게 일류 변호사를 고용했기 때문이다. 돈이 없다면 이런 녀석은 시야에조차 들어오지 않았을 것이다. 상대할 가치조차 없는 남자다.

"……합의라는 건 어떻게 하면 되지."

면회실 칸막이 아크릴판에 얼굴을 가까이 댄 쿠루메는 탁한 눈으로 나카자토를 응시했다. 병적이고 더러운 눈이다.

나카자토는 다리를 꼬았다.

"간단합니다. 우선 합의금을 제시하세요. 그걸로 안 된다면 강간했을 때의 동영상을 쓰면 됩니다. 갖고 있죠?"

"……무슨 소리야."

눈을 휘둥그레 뜬 쿠루메는 실실 웃었다.

"감금 중에 찍어서 어딘가에 숨겼죠? 그걸 재료로 써서 합의합시다. 왜 그러죠? 찍었잖아요? 나중에 자위행위를 할 생각 아니었나요?"

그 말에 쿠루메는 불쾌한 듯이 얼굴을 일그러뜨렸다.

이런 타입의 남자는 트로피를 갖고 싶어 한다. 쿠루메한테는 아무런 힘도 없다. 그저 부모한테서 물려받은 1급지 맨션과 땅에서 얻을 수 있는 수입으로 방종하게 생활하고 있을 뿐인 쓰레기다. 바로 그렇기 때문에 허세를 부리고 싶어 하고 상대를 제압해 그 장면을 몇 번이고 회상하고 싶어할 것이다.

강간은 여자를 완전히 장악하기 위한 가장 머리가 나쁜 방법 중 하나다. 분명 쿠루메는 그 장면을 몇 번이고 회상하고 싶을 것이다. 다만 기억이라는 건 희미해져 가는 법이다. 그렇기에 반드시 동영상이 있으리라고 생각했다.

이윽고 쿠루메는 어깨를 떨며 웃음소리를 냈다.

"……당신 말대로야. 촬영했어. 누구도 모를 장소에 보관했지만 말이지."

"언제 숨겼죠."

그 질문에 쿠루메는 뜸을 들이는 것처럼 손으로 입가를 눌렀다.

쿠루메는 이웃의 신고로 경찰관이 달려와 현행범으로 체포당했다. 쿠루메는 외출할 때 피해자인 후타바를 이불로 둘둘 감아 움직이지 못하도록 해놓고 나갔다. 억지로 수면제나 마약과 흡사한 허브를 대량으로 들이마시게 하고 입에 재갈을 물려 도망칠 기력을 빼앗았다. 발견되었을 당시 후타바는 약물 중독 상태였고 조금 더 늦었다면 목숨을 잃었을 가능성이 있었다.

"한번 본가에 돌아가서 갈아입을 옷을 가지러 갔을 때야. 피나 땀으로 더러워졌으니까 말이지."

쿠루메는 천박한 미소를 띠었다. 혐오감은 없다.

단지 병신이라고는 생각한다.

"그 동영상이 있으면 합의할 수 있습니다."

"어떻게 할 건데."

"합의에 응하지 않으면 그 동영상을 인터넷에 유포할 용의가 있다고 넌지시 협박하면 합의금 1천만 엔으로 어떻게든 됩니다."

쿠루메는 얼굴에 흥미로워하는 빛을 띠었다.

"그런 게 잘 풀리려나?"

"당연하죠."

바로 답했다. 동영상의 존재를 넌지시 내비치며 협박하는 것이니까 최악의 결과를 초래할지도 모르는 합의 방법이다. 하지만 나카자토한테는 잘 해결할 자신이 있었다.

"1천만 엔이라…… 비싸구만. 좀 더 싸게는 못 해? 시세는 3천만 정도였던가?"

쿠루메가 턱을 매만지며 중얼거렸다.

나카자토는 손에 들고 있는 볼펜 끝을 쿠루메에게 향했다.

"돈 말고도 문제가 있습니다. 이 합의를 함으로써 당신이 암묵적으로 죄를 인정하는 것이 됩니다."

한순간의 침묵. 그리고 포효.

"안 돼!"

표정이 돌변해 벌떡 일어난 쿠루메는 뺨을 떨며 칸막이 아크릴판에 이마를 바짝 댔다.

"그것만은 안 돼! 합의 따위 절대 안 돼 얼간아!"

분노를 노골적으로 드러낸 쿠루메를 관찰했다.

보잘것없는 자존심을 위해 스스로의 목을 조른다. 기복이 없는 평탄한 사고방식으로 최대의 이익을 추구하고 그에 따라 행동하면 되는데 바보들은 감정을 우선하여 그렇게 하지 않는다.

감정과 행동을 분리할 수 없는 인간은 차마 봐줄 수 없다.

"알겠습니다. 성공 보수는 2천만 엔으로 올리죠."

고개를 든 쿠루메는 무표정한 얼굴로 고개를 끄덕였다. 이마가 빨갛다. 피멍이 생긴 모양이다.

나카자토는 작게 숨을 내뱉었다.

"어디까지나 합의 하에 이루어진 성행위. 이걸로 밀고 나가서 재판에서 이기게 해드리겠습니다." 다만 하고 말끝을 이었다.

"증거가 부족합니다."

그렇게 말하고는 이기기 위한 증거를 가지고 있지 않은지 상담하기 시작하여 딱 한 시간만에 면회를 끝내고 나서 도쿄 구치소를 나왔다.

4

재판장이 재촉하자 나카자토는 변호인 측 증인으로 한 남자를 증언대에 세웠다.

"당신의 이름과 직업을."

"이마에 오사무입니다. 미나토구에서 바를 운영하고 있습니다."

40살이 넘은 이마에는 피부에 노화가 있긴 하지만 머리숱은 많고 이목구비도 단정하다. 헤어 왁스로 머리를 뒤로 넘기고 슬림한 정장을 입고 있었다.

"당신은 후타바 씨를 알고 있습니까."

나카자토의 질문에 이마에는 고개를 끄덕였다.

"제 바에 자주 오셔서 기억하고 있습니다."

술독이 오른 듯한 쉰 목소리였다.

"얼마나 자주 가게에 왔습니까."

"한 달에 두 번에서 세 번 정도입니다."

"누군가와 함께였습니까?"

"아니요. 언제나 혼자였습니다. 제 바에 혼자서 오는 여성은 드물지 않으니까요."

이마에는 입가에 미소를 띠었다. 자기를 보러 오는 손님도 많다고 말하고 싶어 하는 듯한 얼굴이었다.

"피해자인 후타바 씨를 마지막으로 본 건 이번 사건이 일어난 것으로 추정되는 날이 틀림없지요?"

"예. 단골손님이 오신 날은 노트에 체크하고 있습니다. 그 날에 주문받은 것이나 대화 속에서 얻은 정보…… 예를 들어 취미나 취향 등을 적고 있습니다."

"어째서 그런 걸 하고 계시는 것이죠."

"서비스업이니까요. 손님이 마음에 들어 하실 수 있도록 개개인의 정보를 기록해서 손해는 없지요."

"가게 운영 팁 같은 거군요." 나카자토는 고개를 끄덕였다.

"후타바 씨는 술을 마셨었습니까."

"아뇨. 마시지 않았습니다. 후타바 씨는 임신 중이어서."

"술을 마시지 않는데 바에 온 겁니까?"

이마에의 뺨이 한순간 경련했다.

"제 가게는 무알코올 칵테일도 다양하게 있습니다. 그녀는 그걸 마시고 있었습니다."

후타바 레이카는 임신 3개월이었다. 그리고 약혼자가 전근을 가게 돼서 한 달 전에 일을 그만두었다. 이번 사건이 발생한 날의 일주일 뒤가 약혼자가 가게 된 곳으로 이사하는 날이었다.

"즉, 맨정신이었군요."

"적어도 제 가게에서는 알코올을 제공하지 않았습니다."

"알겠습니다. 그러면 바에 있었을 때의 후타바 씨의 상태를 알려 주십시오."

이마에는 그 질문에 5초 정도 뜸을 들인 뒤 입을 열었다.

"오후 8시 정도에 혼자서 온 뒤로 무알코올 칵테일을 두 잔 마셨습니다. 그때는 바 카운터에 앉아 있었는데 두 칸 옆자리에 저분이 앉아 있었습니다."

이마에는 피고인인 쿠루메를 봤다.

"피고인과의 면식은 있었습니까."

"아니요. 없습니다. 처음 가게에 왔었습니다."

"그러면 피고인과 후타바는 면식이 있어 보였습니까?"

"없었던 것 같습니다. 우연히 후타바 씨가 좋아하는 영화 이야기를 꺼냈는데 저 사람이 이야기에 끼어들었습니다."

"그러고 나서 어떻게 되었습니까."

"꽤 들떠 오른 분위기였습니다."

"얼마나 이야기했나요?"

"두 시간 정도였던 것 같습니다."

"영화 이야기를?"

"……글쎄요. 저는 새로 가게에 오신 분을 접객하고 있어서 뒤부턴 듣지 못했습니다."

"그 후에는 어떻게 되었습니까."

"둘이서 가게를 나갔습니다."

"그렇습니까? 처음 만난 상대와 두 시간 이야기한 것만으로 같이 가게를 나간 거군요. 참고로 가게에서 나갈 때 서로 스킨십이 있었습니까?"

"이의 있습니다! 부적절한 신문입니다!"

아마미야가 성난 눈으로 큰 목소리를 냈다.

"이의를 인정합니다." 재판장은 고개를 왼쪽으로 기울였다.

"방금 한 질문은 기록에서 삭제됩니다."

나카자토는 넥타이 매듭을 손으로 만졌다.

검사의 이의도 재판장의 판단도 생각했던 범위 안이다. 말하자면 준비 자세를 취한 것뿐이다.

"어쨌든 후타바 씨와 피고인은 둘이서 가게를 나섰다. 그건 틀림없는 것이로군요."

나카자토는 산뜻한 목소리로 말하지 않도록 조심했다.

"예."

이마에는 고개를 끄덕였다.

눈이 마주쳤다.

나카자토는 혀를 살짝 내밀어 입술을 적신 뒤 가슴을 펴고 일격을 가하듯 말했다.

"마지막 질문입니다. 당신은 후타바 씨와 육체관계가 있었습니까?"

"이의 있습니다!" 아마미야가 의연히 일어섰다.

"본건과는 상관없는 질문……."

"아니요. 매우 큰 상관이 있습니다." 강한 어조로 가로막았다.

"이 건의 대답을 얻는 것은 진실을 명백히 밝히는 것과 같은 뜻입니다. 이 질문을 인정해 주신다면 이 사건의 진상을 분명 알 수 있을 터입니다."

재판장은 얼굴을 찡그렸다.

"……이의는 기각합니다. 증인은 질문에 답해 주십시오."

침을 꿀꺽 삼킨 이마에는 말하기를 한번 머뭇거렸다.

"진실을 이야기해 주십시오. 당신은 후타바 씨와 육체관계가 있었습니까."

"……과거에 있었습니다."

모든 것이 예상대로 나아가고 있다는 편안한 기분이 가슴 근처에 조금씩 퍼져나갔다.

"과거란 언제 무렵의 이야기입니까? 참고로 여기서 거짓말을 하면 처벌받을 가능성이 있습니다."

"……5개월 정도 전의 일입니다."

"마지막 육체관계라는 거군요."

나카자토의 물음에 이마에는 어색하게 고개를 끄덕였다.

"어느 정도 기간 동안 이어졌습니까."

"……1년 정도였던 것 같습니다."

"이상입니다."

나카자토는 그렇게 말하며 방청석에 시선을 향했다.

맨 앞줄에서 증오에 찬 시선을 보내는 남자가 있었다.

후타바 레이카의 약혼자인 오키아유 켄스케.

이를 악물고 있는 오키아유는 당장이라도 달려들 것만 같았다.

분노로 가득 찬 표정. 그걸 본 나카자토는 커다란 만족감을 얻었다.

5

재판장의 판사실에서 나카자토는 검사인 아마미야와 대치하고 있었다.

"변호인으로부터 새로운 증거를 제출하고 싶다는 요청이 있어서 말입니다."

양자 중간에 앉은 재판장이 그렇게 말하며 기침을 했다. 담배를 너무 많이 피워 폐에 문제가 있는 건가 싶을 정도로 괴로워 보이는 기침이었다.

"……대체 어떤 증거인가요."

아마미야가 굳은 표정으로 물었다. 경계심이 그대로 드러나고 있었다.

"이번에 다투고 있는 건 피고인이 후타바 레이카 씨를 강간했는가 아닌가입니다. 그리고 검찰은 강간을 의심하고 저는 합의하에 이루어진 성행위라고 생각하며 피고인도 그렇게 주장하고 있습니다."

"그렇게나 다치게 해놓고서 합의가 있었다는 건……."

"아직 말하고 있는 중입니다."

나카자토가 나무라자 아마미야는 얼굴을 일그러뜨렸다. 반론하고 싶어 하는 듯이 입을 열고 있었지만 목소리는 내지 않았다.

"그래서 저는 피고인과 몇 번이나 면담하여 합의가 있었다는 증거가 없는지를 물어봤습니다. 피고인은 없다고 우겼습니다만 저번 공판 후 무언가를 숨기고 있다고 의심해서 추궁했더니 실은 동영상을 촬영했다고 실토한 겁니다. 그 데이터를 피고인은 숨기고 있었습니다."

"……동영상?"

아마미야는 눈을 크게 떴다.

"그렇습니다. 게다가 성행위를 할 때 휴대용 캠코더로 촬영한 동영상입니다. 피고인은 그걸 숨기고 있었던 겁니다. 지금 여기서 노트북을 이용하여 볼 수 있습니다. 촬영된 시간은 사흘간의 중간 날짜인 금요일입니다. 어떻게 하시겠습니까."

나카자토의 물음에 아마미야가 고개를 끄덕였다.

이미 재생 준비는 되어 있었다. 재판장이 앉은 책상 위에 올려둔 노트북 화면이 보이는 위치로 나카자토와 아마미야가 이동했다.

재생 버튼을 눌렀다.

맨 처음에는 방이 화면에 비쳤고 곧바로 후타바의 얼굴이 비쳤다. 그 얼굴은 웃고 있었다.

「뭐야~? 이걸로 찍을 거야?」

어리광을 부리는 듯한 목소리. 눈의 초점이 맞지 않았고 표정도 이상하게 이완되어 있다.

「뭐 어때. 얼굴은 안 찍을 거고 금방 지울 거니까 말이야. 이게 더 흥분되니까.」

쿠루메의 목소리임은 명백했다.

여전히 후타바는 거절했지만 그대로 조금씩 성행위가 시작되었다.

그 모습을 봤다. 거기에는 억지로 한다는 분위기는 전혀 없다. 그저 둘이서 성행위를 즐기고 있는 것으로밖에 보이지 않았다.

알몸인 후타바의 하복부가 아주 살짝 부풀어 있는 것처럼 보였다. 쿠루메는 그걸 자꾸 손으로 누르면서 성기를 찔러 댔다.

「조금 아플 수도 있어.」

그렇게 말한 쿠루메는 어디선가 꺼낸 안전핀을 후타바의 유방에 갖다 댔다.

아프다고 말하면서도 후타바는 저항하지 않았다.

"이제 됐습니다."

쥐어짜 내는 듯한 목소리로 말한 아마미야는 혐오감이 분명히 드러난 얼굴을 돌렸다.

아마미야가 괴로워하는 걸 조금 더 보고 싶어서 동영상을 멈추지 않았다.

"이제 끄십시오."

호기심을 숨기지 못하는 표정인 재판장의 말에 나카자토는 그제야 정지 버튼을 눌렀다.

끈적끈적한 정적이 방을 가득 채웠다.

원래 있던 위치로 돌아간 아마미야는 원망스러운 듯이 나카자토를 봤다.

"이건 새로운 증거로 인정할 수 없습니다."

아마미야는 단언했다.

"어째서지요."

"이 동영상으로는 진실을 알 수 없습니다. 동영상에 찍히지 않은 곳에서 협박했을지도 모르고 약물이 검출되었기에 이 동영상을 촬영하고 있는 시점에서 정상적인 판단이 불가능했을 가능성이 높습니다. 모든 상황을 보여주고 있다면 이야기는 다르겠습니다만."

"유감이지만 이 동영상밖에 없었습니다."

거짓말이었다. 어떻게 봐도 강간하고 있다고밖에 볼 수 없는 것이 대부분이었지만 이미 삭제해 두었다.

아마미야는 깔끔하게 손질된 머리카락을 쓸어 넘겼다. 약간이지만 여유를 되찾은 듯했다.

"전체가 기록되어 있다면 또 모를까 이 동영상만으로는 진실은 알 수 없습니다. 일부만을 잘라내서 유리하게 편집했을 가능성이 매우 높습니다."

"그렇지요."

재판장도 납득한 것처럼 고개를 끄덕였다. 아니 동영상을 볼 수 있어서 만족한 듯이 고개를 끄덕였다고 표현하는 편이 가깝겠군 하고 나카자토는 내심 생각했다.

"유감이지만 어쩔 수 없군요."

나카자토는 그렇게 말하며 히죽거리는 표정을 감추는 데 필사적이었다.

증거로 채용될 필요는 없었다. 이걸 재판장에게 보여주는 것 자체가 목적이기 때문이다. 판단을 내리는 건 재판장이다. 그러니 이 동영상을 보여준 시점에서 목적은 달성되었다.

나머지는 마지막 마무리에 착수하는 것뿐이다.

6

공판이 시작되었다.

이번 공판에서는 검찰 측 증인으로 후타바 레이카의 전 동료와 당시 상사가 법정에 나왔다. 그들은 주로 후타바가 품행이 단정하다는 것과 약혼자와는 고등학생 무렵부터 사귀었다는 무의미한 이야기를 줄곧 늘어놓기만 할 뿐이라 나카자토는 도중에 잠들고 말 것만 같았다.

형식적인 반대 신문을 하여 증인 신문을 끝낸 뒤 나카자토는 변호인 측 증인 신문을 요구하고 후타바 레이카의 이웃집에 사는 요시다 류를 재차 신문하고 싶다고 말했다. 나카자토는 사전에 요시다를 불러 방청석에 앉아 있게끔 했다. 사전에 소환을 받은 게 아닌 현장에서 지목된 증인이다. 원래 요시다는 법원에 오기를 거부했지만 출두하지 않으면 어떤 결과가 될지 알고 있겠지 하고 협박하여 조종했다.

"이미 신문하지 않았습니까."

난색을 표하는 재판장에게 나카자토는 올곧은 시선으로 보았다.

"진실을 가려내기 위한 필수 과정이라고 사료됩니다."

"처음 신문했을 때 전부 물어봤어야 하는 것 아닙니까."

"상황이 다릅니다."

"……상황이라 하면?"

"피고인과 진지하게 이야기한 결과 새로운 증언을 얻을 수 있었습니다. 그걸 고려하여 한 번 더 질문하고 싶습니다. 3분도 걸리지 않습니다."

짧게 끝낸다는 것을 강조했다.

재판장은 망설이는 기색이었으나 어쩔 수 없다는 듯한 표정을 지으며 받아들였다.

변호인의 신문이 시작되었다.

증언대 앞에는 요시다가 서 있다.

자기가 어째서 재차 이 자리에 서 있는지 이해할 수 없다는 듯한 곤혹스러운 표정이었다. 두려움이 보인다. 나카자토한테는 먹잇감으로 보였다.

"제가 질문할 것은 하나뿐입니다." 알아듣기 쉽게 발음하려고 노력했다.

"어째서 목요일과 금요일이 아니라 토요일에 신고했습니까?"

"……그건 전에도 말씀드렸지만 비명이 들린 게 말이죠. 토요일이었습니다."

요시다는 쭈뼛쭈뼛하는 느낌으로 답변했다.

"목요일과 금요일에도 후타바 레이카 씨와 피고인은 집에 있었습니다. 정말로 아무것도 들리지 않았던 것이지요?"

"……예."

"그 뒤로 그 맨션을 한 번 더 조사했는데 제법 날림 공사로 지어진 맨션이더군요. 벽은 얇고 옆방에서 한 기침 소리도 들렸습니다. 두 사람이 성행위에 이르렀을 경우 틀림없이 소리가 들릴 터입니다. 사실은 들렸던 것이지요? 목소리를 듣고 혼자서 즐기고 있었던 것 아닙니까?"

"이의 있습니다! 변호인의 억측이며 합당치 않은 유도 신문입니다!"

아마미야가 언성을 높였다.

"질문을 바꾸겠습니다." 나카자토는 동요하지 않는다.

"비명이 들린 건 토요일이지요."

"……예, 예에."

대답이 떨리고 있었다. 요시다는 동요하고 있는지 증언대 가장자리를 꽉 붙잡고 있다.

"알겠습니다. 저는 당신의 증언이 진실이라 믿고 있습니다."

나카자토는 더할 나위 없을 정도로 부드러운 목소리를 냈다. 검찰 측 증인을 이쪽에 유리하게 이용할 준비는 되어 있다.

"요시다 씨는 사실을 말하고 있습니다. 그렇기 때문에 피고인의 무죄를 증명하는 것이 됩니다."

아마미야의 얼굴이 한순간 변했다. 눈이 커졌다. 의외였을 것이다.

나카자토는 웃음을 참기 위해 손이 하얘질 때까지 주먹을 꽉 쥐었다.

"목요일과 금요일에 아무 소리도 듣지 못했다고 한다면 피고인은 후타바 레이카 씨와 함께 평범하게 지내고 있었다는 것이 됩니다. 물론 입에 재갈이 물려 목소리를 내지 못하는 상황이었을지도 모릅니다만 사흘째에는 비명을 질렀습니다. 사흘째만 우연히 재갈이 벗겨졌다? 생각하기 어려운 일입니다. 사흘 전부 재갈이 물린 상태였거나 혹은 사흘 전부 재갈 따위 하지 않았던 것이겠지요. 그리고 피해자라 여겨지는 후타바 씨는 사흘째에 비명을 질렀기 때문에 후자일 가능성이 높다고 생각됩니다.

그런데 후타바 레이카 씨는 사흘 동안 강간당했다고 말했지요. 어째서 사흘째인 토요일에만 비명을 지른 것일까요. 이건 즉 처음에는 합의하에 정사에 이르렀다고 생각할 수밖에 없습니다. 하지만 도중부터 피고인의 행위가 과격해지고 거기에 두려움을 느껴 비명을 지른 것이겠지요. 이것이 가장 말이 되는 이야기입니다.

공소를 제기한 검찰 측은 합리적인 의심이 든다면 입증해야만 합니다. 후타바 레이카 씨는 강간당했다고 주장하고 있지만 제삼자의 증언을 종합적으로 판단하면 합리적인 의심이 있다는 것은 명백합니다. 저는 후타바 레이카 씨는 성에 대해 개방적이었던 것 아닐까 하고 생각합니다. 모쪼록 그녀의 배 속에 있는 아기의 DNA를 감정해봐 주십시오. 정말로 약혼자와의 사이에서 생긴 아이일까요."

발언을 끝낸 나카자토는 턱을 들고 천장 조명을 봤다.

침묵이 법정 내를 가득 채웠다.

클래식 콘서트 연주가 끝난 순간과 닮았다.

"웃기는 소리 마!"

정적을 깨는 목소리.

신성한 한순간이 더럽혀진 나카자토는 목소리가 난 쪽인 방청석을 노려봤다.

남자가 울타리를 타고 넘어 이쪽으로 돌진했다. 후타바 레이카의 약혼자다. 무언가 고함을 질러 대고 있지만 의미 있는 말소리는 아니었다.

바로 앞에서 경비원한테 제지당했다. 남자의 눈에는 살의가 깃들어 있었다.

두 경비원의 제지를 뿌리치려 했지만 결국 바닥에 깔려 결박당했다.

나카자토는 그 모습을 내려다봤다. 무심코 미소가 새어 나오고 말았다.

다음 날 판결이 선고되었다.

피고인은 무죄.

그 이유로 재판장은 최종적으로 행위가 과격해지기는 했으나 합의하에 성행위에 이르렀을 가능성을 부정하지 못하여 합리적인 의심을 배제할 정도로 확신하기 어렵다고 설명했다.

7

도쿄 지방 법원 지하에 있는 카페에서 커피를 마시며 책 페이지를 넘겼다.

문득 맞은편에 누군가가 서 있는 기척이 나서 시선을 들었다.

검사인 아마미야였다. 정장을 전투복이라 생각하고 있는 듯하다. 주름 하나 없는 완벽한 차림이다. 팔짱을 끼고는 이쪽을 노려보고 있다. 기가 드세어 보이는 표정 속에서 짜증을 읽어낼 수 있었다.

"무슨 일입니까?"

올려다보면서 물어봤다. 밑에서 봐도 단정한 이목구비는

변함없다. 훌륭한 조형이다. 역시 검사로 두기에는 아까운 인재라고 생각한다.

"전부터 당신의 방식이 마음에 들지 않는다고 생각하고 있었어요."

눈동자가 젖어 있는 것처럼 느껴졌다. 감정이 격해지면 눈물부터 터지는 타입인가.

"어떤 부분이 마음에 들지 않았습니까."

그렇게 물어보며 의자에 앉도록 권했다. 아마미야는 한순간 망설이는 듯 했지만 의자에 앉지 않았다.

나카자토와 아마미야가 법정에서 싸운 건 다행인지 불행인지 이걸로 두 번째였다.

저번에는 시시한 사기 사건이었는데 검찰 측이 부른 증인의 신빙성을 실추시키기 위해 모조리 비난했다. 개중에는 울며 쓰러진 증인도 있었지만 재판에서 이기는 것이 자기 일이며 증인이 어떻게 되건 자신이 알 바는 아니다.

저번에도 이번에도 이겼다. 아마미야의 실력이 뛰어나다는 이야기가 있었지만 나카자토 입장에서 보면 아직 한참 무르다. 자신의 이익을 최대화하기 위해 모든 것을 이용하겠다는 각오가 부족하다.

"……당신은 사람을 사람이라고 생각하지 않는 건가요?"

아마미야는 분한 듯이 입술을 일그러뜨리며 물었다.

당연하다. 다른 사람의 감정은 이해한다. 감수성은 풍부한

편이다. 그렇다고 해서 가까이 다가설 필요는 없다.

마음속으로 그렇게 생각하며 다른 말을 했다.

"일부러 그런 말을 하려고 여기까지 온 겁니까?"

책을 덮은 나카자토는 등받이에 몸을 기댔다.

"제 변호 방법이 어떻든 당신과는 상관없습니다. 저는 의뢰인을 지킬 의무가 있습니다. 그것뿐입니다."

"이기면 그걸로 되는 건가요."

"네. 전 그렇습니다."

그렇게 대답한 나카자토는 손목시계를 봤다.

"먼저 실례. 쿠루메 군과 승리 축하 파티를 하기로 해서요."

일어선 나카자토는 커피 컵을 반납하고 카페를 나섰다.

이번 재판에서도 철저하게 상대를 공격함으로써 승리를 손에 넣었다.

소문에 의하면 강간당했다고 주장한 후타바 레이카는 쿠루메의 무죄 판결이 내려지고 검찰 측이 항소를 검토하는 도중에 자살했다는 듯하다.

아무래도 상관없는 일이다.

8

시나가와구 단독주택에서 사람이 쓰러져 있다는 112 신고가 있었다. 출동한 경찰관에 의해 신원이 금방 판명되었다.

나카자토 신고.

자택 현관 앞에서 누군가에게 찔려 살해당했고 두개골이 열려 있었다. 당일 아내인 사키는 본가에 머무르고 있었다.

발견자는 조간신문을 배포하던 신문 배달원이었다. 반쯤 열린 현관문에서 피가 흘러나오고 있는 걸 알아차리고 문을 열자 뇌가 그대로 드러난 나카자토가 복도 안쪽에서 쓰러져 있었다고 한다.

부검 결과 다량의 알코올과 독극물인 겔세미움 엘레강스가 검출되었다. 사인은 출혈성 쇼크사. 산 채로 두개골이 절개된 것이다.

경찰 수사에 의하면 쿠루메 아츠노리와 선술집에서 술을 마신 뒤 귀가했을 때를 노린 듯했다. 또한 쿠루메한테는 알리바이가 있고 목격자는 없었다.

용의자로 최근의 재판 판결에 괴로워하여 자살한 여성의 약혼자였던 오키아유 켄스케가 떠올랐지만 그 외에도 나카자토를 원망하는 사람은 수없이 많았고 결정적인 증거가 없는 가운데 수사는 난항을 겪었다.

9

아이코는 앞을 걷는 두 사람의 뒷모습을 보고 있었다.

조금 곱슬기가 있는 머리카락인 츠지마치와 짧게 깎아 정리한 카토리. 나이는 띠동갑 이상 차이가 날 것이다. 카토리의 키는 츠지마치보다도 작다. 약간 위를 보며 말하는 카토리의 옆모습에서는 츠지마치를 향한 동경을 읽어낼 수 있었다.

"대체 무슨 일이 일어나고 있는 걸까요."

카토리는 오늘 다섯 번째가 되는 질문을 던졌다. 이 사건을 쫓는 수사원들이 공통으로 지닌 의문이기도 할 것이다.

"살인 사건이 여러 건이나 일어나고 있다고밖에 할 수 없다."

쌀쌀맞은 답변을 한 츠지마치한테 불만을 느꼈는지 카토리는 뒤돌아봤다.

"정말로 무서운 세상이 되었네요."

어떻게 대답하면 좋을지 알 수 없었던 아이코는 일단 동의해 뒀다.

오늘 하루 셋이서 범행 현장을 둘러봤지만 성과는 얻지 못했다. 경시청 수사1과의 츠지마치와 신주쿠 경찰서 형사과의 카토리가 조를 짜서 행동하는 건 당연하다고 치고 아이코도 같이 있는 건 정보상이라는 츠지마치의 설명을 카토리가 쉽게 믿었기 때문이다.

사람이 긍정적이네 하고 아이코는 생각하면서 지하철역으로 향했다.

맨 처음에 시부야 경찰서에 설치되었던 수사본부는 특별수사본부로 격상되었고 메구로구, 신주쿠구 그리고 이번에 나카자토 신고의 유해가 발견된 시나가와구 관내를 관할하는 경찰서에도 특별 수사본부가 설치되어 서로 도움을 주면서 사건 수사를 진행하고 있다.

먼저 일어난 세 건과 이번 사건을 합친 네 건의 살인 사건은 발생 간격이 짧은 것과 머리를 열어 편도체를 꺼내 갔다는 것으로부터 특별 수사본부 내에서는 동일범에 의한 범행이라 판단하고 있었다.

용의자로 몇 명 정도 떠올라 있긴 하지만 결정적인 실마리가 없는 상황이라 수사원들도 짜증을 내고 있는 듯했다.

"흉흉하죠. 이렇게나 연달아서 살인이 일어나다니. 게다가 명백한 엽기 살인." 투덜거리듯이 말한 카토리는 아이코와 나란히 걸었다.

"일본에서의 1년간 행방불명자 수를 알고 있습니까?"

"8만 명 정도죠."

카토리는 눈을 휘둥그레 뜨고는 의외라는 듯한 표정을 지었다.

"……잘 알고 계시는군요."

전에 실종자 기사를 쓴 적이 있다고 말하려 했으나 카토리 앞에서는 어디까지나 정보상이라는 것을 떠올렸다.

카토리는 혈색이 좋은 입술을 움직였다.

"8만은 맞지만 이건 실종 신고가 접수된 건수이고 대부분이 가출입니다. 그중에서 범죄에 말려든 건 1% 미만이라고 하지요."

"그래도 매년 수백 명에서 수천 명이 이유도 모른 채 사라져서 발견되지 않고 있는 거죠?"

카토리는 눈을 접시처럼 동그랗게 떴다.

"아이코 씨는 박식하군요. 역시나 정보상입니다."

카토리가 팔짱을 끼고 감탄하는 듯한 목소리를 냈을 때 스마트폰의 전자음이 들려왔다. 카토리는 황급히 주머니에서 스마트폰을 꺼내 귀에 가져다 댔다.

소곤소곤 이야기하는 카토리한테서 시선을 돌린 아이코는 츠지마치를 봤다.

일정한 페이스로 걷는 뒷모습. 몸이 호리호리한 것치고는 어깨폭이 넓고 자세가 좋다. 무도나 격투기를 하고 있을 것이다.

킬링 클럽의 문제 대처 요원임과 동시에 경시청 수사1과 형사이기도 하다. 그것만으로도 신기한데 경찰 조직의 일원이면서 그렇지 않은 듯한 입장에 있을 수 있는 건 어째서일까. 이 두 개의 일을 병행하는 건 시간상으로 불가능한 느낌이 들었다.

"죄송합니다. 본부에서 호출이 좀 와서 들어가 봐야 할 것 같습니다."

"뭔가 진전이 있으면 알려 주도록."

"물론입니다."

멈춰 선 츠지마치의 말에 카토리가 대답했다. 그리고 고개를 숙인 뒤 혼자서 먼저 역을 향해 갔다.

“츠지마치 씨는 안 가도 괜찮은 건가요?”

멀어지는 뒷모습을 보며 아이코가 물었다.

“나는 이런 스타일로 수사를 해서 실적을 내고 있다.”

“경찰 조직은 그렇게나 융통성이 있는 건가요.”

“1과 과장보다 훨씬 위에 있는 사람한테서 이걸로 괜찮다는 말을 들었으니 문제없다.”

시시하다는 듯이 말한 츠지마치는 재차 걷기 시작했다.

훨씬 위.

그게 어느 정도 지위인지는 상상이 되지 않지만 나름의 권한을 가지고 있는 사람임이 분명하다.

특별 취급당하는 이유는 킬링 클럽에 있는 것일까.

궁금했지만 대답해 주지 않겠지 하고 생각했다.

두 사람은 전철에 타서 신주쿠역에서 내렸다. 정장을 입은 회사원이나 여행 가방을 든 수많은 관광객을 헤치고 나아가면서 역을 나왔다. 그리고 츠지마치가 사는 아파트에 도착했다.

입지도 외관도 말할 나위 없이 훌륭한 아파트다.

츠지마치는 곧장 냉장고로 가서 페트병 탄산수를 꺼낸 뒤 하나를 아이코에게 건넸다.

둘이서 마시면서 거실로 이동했다. 테이블 위에 사진이 놓여 있었고 네 그룹으로 나누어져 있었다.

저널리스트인 아오야기 유스케, 회사 사장인 타카세 카즈히코, 변호사인 나카자토 신고, 뇌신경외과 의사인 코쿠쇼 아키라.

얼굴 사진이 각각 한 장씩 유해가 찍힌 사진이 여럿. 어느 것이고 생생했다.

"용의자 세 명 중 둘이 죽었다."

츠지마치가 담담하게 말했다.

"즉, 용의자는 한 명으로 좁혀졌다는 말이군요."

유일하게 유해가 찍힌 사진이 없는 남자가 있었다.

뇌신경외과 의사인 코쿠쇼 아키라. 인간미가 없는 냉혈한의 표정을 하고 있다. 코쿠쇼의 눈을 보고 있자니 자기가 피실험자가 된 듯한 기분이 들기 시작했다.

"용의자 선정은 킬링 클럽이 정한 거다. 코쿠쇼가 틀림없겠지."

"신주쿠 사건은 어떻게 해석하실 건가요."

아이코의 물음에 츠지마치는 기묘한 표정을 지었다. 웃고 있는 것 같기도 하고 그저 얼굴을 찡그린 것처럼 보이기도 한다.

"토츠카는 킬링 클럽의 인간이 아니다. 즉, 생각할 필요도 없다."

회사원인 토츠카 아키노리. 테이블 위에 사진이 놓여 있지 않았다. 별개 사건이라고 생각하는 것일까.

똑같은 방식으로 살해당했는데도.

"살해당한 나카자토 신고는 시나가와구의 자택에서 살해당했었죠. 무기는 손망치고 두개골이 깨져 있었다고 들었어요. 그리고 다른 세 명과 마찬가지로 독극물을 마신 상태였고 편도체가 깔끔하게 절제되어 있었어요. 세 사람은 같은 사람한테 살해당한 거예요. 아니, 토츠카도 비슷한 수법으로 습격당한 데다 편도체를 절제당했으니 네 명을 죽인 건 동일범이지 않나요."

그 말에 츠지마치는 대답하지 않았다.

아이코는 물었다.

"동일 인물의 범행이 아니라고 말하고 싶은 건가요?"

"아직 모른다. 다만 범인은 뇌신경외과 의사인 코쿠쇼 아키라다. 그걸 확인할 필요가 있어."

"미행하면 무언가 알 수 있을지도 몰라요."

아이코의 제안에 츠지마치는 고개를 가로저었다.

"게스트에게 그런 행위를 하는 건 금지되어 있다. 나는 일절 사생활에 간섭해서는 안 돼."

즉답한 츠지마치에게 아이코는 의문을 품었다.

"그러면 어떻게 해서 코쿠쇼가 범인인지 아닌지를 알아낼 거죠?"

"확실하게 코쿠쇼가 범인이라는 증거를 확보할 수밖에 없다."

"미행도 하지 않고?"

"그래."

"알리바이는 확인했나요."

"그것도 금기다."

"그럼 어떻게."

"범행 현장에 남겨진 것을 철저하게 조사해서 유해에 남아 있는 증거로부터 코쿠쇼가 범인이라고 결정짓는다. 나머지는 주위의 목격 증언을 통해 객관적 증거를 쌓는다."

아이코는 내심 어처구니없었다. 츠지마치가 하는 일이니까 좀 더 화려한 방법을 취할 것이라고 생각했다. 애초에 범행 현장에 증거는 남아 있지 않았고 목격자도 없다. 어찌할 도리도 없지 않은가.

"그러면 저는 뭘 하면 되죠."

츠지마치는 그 질문에는 대답하지 않고 등을 돌려 별실로 들어가 버리고 말았다. 뭘 하는 건가 싶었는데 금방 돌아왔다. 손에 봉투를 들고 있었다.

"이 안에는 특별 수사본부에서 거론된 용의자 사진이 100명 정도 들어 있다."

"……100명."

"살인 건수가 많으니까 사실은 더 있지만 내가 선별했다. 만일을 위해 이 안에 아오야기 유스케의 집에 갔을 때 목격한 것 같은 인물이 없는지 확인해라. 범인은 코쿠쇼가 틀림없지만 공범자가 있을지도 모른다."

봉투 내용물을 꺼냈다. 남자와 여자. 노인과 젊은이. 다양한 얼굴의 인간이 찍혀 있다.

"……하나 묻고 싶은데요."

사진을 한 장씩 확인하면서 말했다.

"뭐지."

"츠지마치 씨는 정말로 코쿠쇼가 범인이 틀림없다고 생각하는 건가요? 킬링 클럽에 있는 다른 사람을 의심하고 있지는 않나요?"

침묵이 길어진다. 숨이 막힐 듯한 무거운 침묵.

아이코의 시선이 츠지마치의 모습을 포착했다.

"킬링 클럽에 뇌신경외과 의사는 몇 명 있죠?"

츠지마치는 고개를 들었다.

"어째서 그런 걸 묻지."

진의를 확인하려는 듯한 눈. 아니, 경우에 따라서는 이 자리에서 제거당할 것만 같은 조용한 매서움이 눈동자에 깃들어 있었다.

"아무리 킬링 클럽이 용의자를 선정했다고는 해도 코쿠쇼를 범인이라고 단정하는 것도 위험하지 않을까 생각한 거예요. 그렇다면 이번에 살해당한 네 명의 유해에서는 뇌신경외과 수술의 소양이 보였던 거죠? 그건 일반인은 절대로 불가능한 행위라는 견해였죠. 그렇다면 다른 뇌신경외과 의사도……."

"조잡함도 보였지만 말이다."

"프로라면 아마추어가 한 짓처럼 꾸며 낼 수 있다고 말하지 않았나요."

츠지마치는 얇은 입술 끝을 손가락으로 긁적인 뒤 입을 열었다.

"인원수는 말할 수 없지만 여러 명 있다. 다만 킬링 클럽이 지정한 건 코쿠쇼다."

"즉, 킬링 클럽에는 뇌신경외과 의사가 여러 명 있고 범인이 아니라고 단언할 수는 없지만 킬링 클럽이 골랐다는 이유만으로 코쿠쇼가 용의자라는 거군요."

침묵.

아이코는 그걸 동의라고 받아들였다.

10

킬링 클럽에 출근한 아이코는 이곳에 있는지 없는지도 모르는 코쿠쇼를 찾기 위해 돌아다녔다. 너무나도 넓은 지하 플로어에 사람들이 꿈실거리고 있다. 종횡무진으로 걷는 그들을 피하는 건 고생이다.

휘황찬란한 의상을 입은 사람들이 술을 마시고 이야기를 나누며 도박을 즐기고 섹스를 갈구한다. 어딜 봐도 돈 냄새가 난다.

여느 때와 다름없는 풍경이었지만 딱 하나 다른 점이 있다.

킬링 클럽의 게스트 세 명이 살해당했다는 사실.

클럽 내에서는 그것이 사람들의 입에 오르내릴 줄 알았다. 그런데도 그에 관한 화제는 이야기되지 않았다. 적어도 아이코의 귀에는 들려오지 않았다.

게스들한테서 공포심은 찾아볼 수 없다. 킬링 클럽의 게스트가 세 명이나 살해당했는데도.

그들은 어딘지 모르게 이 상황을 즐기고 있는 것처럼 보였다. 신기했다.

플로어 안을 전부 돌아본 아이코는 땀 때문에 피부에 달라붙은 와이셔츠가 불쾌해 등을 쭉 폈다.

오늘도 코쿠쇼의 모습은 찾아볼 수 없었다. 이걸로 사흘째다. 그리고 츠지마치의 모습도 없다.

한 번 더 돌아볼까 하고 발을 내디뎠을 때 치프의 모습이 눈에 들어왔다.

"잠깐 괜찮나."

가까이 다가온 치프는 입 모양이 ∧자처럼 되어서는 불만스러운 표정을 짓고 있다. 그리고 아이코가 채 대답하기도 전에 주방 끝에 있는 사무실로 데리고 갔다.

방 한구석에 있는 의자를 가져온 치프는 거기에 아이코를 앉히고는 자신은 선 채로 팔짱을 꼈다.

"대체 누구를 찾고 있는 거냐."

갑작스럽게 질문을 받은 아이코는 생각할 시간을 벌기 위해 하품을 했다.

"츠지마치 씨예요."

코쿠쇼에 관한 이야기는 하지 말라고 못을 박아둔 건 아니었지만 설명이 귀찮았다.

"츠지마치……."

되뇌이며 치프는 납득이 갔다는 듯이 고개를 끄덕였다.

"아아 경비견 이름인가."

"경비견?"

치프는 고개를 끄덕였다.

"킬링 클럽에는 몇 가지 역할이 있는 건 알고 있겠지."

"서빙이라든가 호스티스 말인가요."

"그래. 이곳에는 다양한 역할을 맡은 사람이 모여 게스트를 대접한다. 그중 하나가 경비견."

"경비원 같은 느낌이네요."

츠지마치의 얼굴을 머릿속에 떠올렸다. 수사1과의 형사인 츠지마치라면 적임일 것이다.

치프는 입을 ∧ 모양으로 삐죽였다.

"경비도 있지만 그것보다 더욱 공격적인 역할을 짊어지고 있기도 하지. 그래서 우리 사이에서는 그들을 경비견이라 부른다. 킬링 클럽에는 검은 정장을 입은 인간이 있는데 그들은 두 종류로 구별된다. 넥타이 색깔이 진한 남색인 게 경비견이고 그 이외는 호위를 담당하지."

츠지마치는 진한 남색 넥타이를 매고 있었으니 경비견이구나 하고 생각하면서 머릿속에 의문이 떠올랐다.

"경비견과 호위는 다른가요?"

물론이다 하고 치프는 고개를 끄덕였다.

"호위는 킬링 클럽에서 게스트의 길 안내나 신변 시중을 드는 인물. 무언가가 일어났을 때 방어 역할을 맡지. 경비견은 경비견이다. 그들은 공격도 하고 다양한 용도에 사용되기도 한다."

설명이 되고 있지 않다.

치프는 팔짱을 꼈다.

"그래도 어째서 경비견 같은 걸 찾는……." 도중에 말을 멈추고 소리 없는 미소를 띠었다.

"마음이 있는 거냐."

"그런 것 같습니다."

치프는 머뭇거림 없이 말한 아이코의 얼굴을 찬찬히 바라봤다.

"동요하지 않는 거냐."

"그럴 나이가 아니니까요."

아이코의 대답이 마음에 들었는지 치프는 목소리를 높여 한바탕 웃고 난 뒤 재차 불만스러운 듯한 표정을 지었다.

“어차피 이루어지지 않을 꿈이겠지만 경비견만큼은 그만두는 게 좋다고. 그들은 베르세르크 같은 존재니까 말이다. 뭐 츠지마치라는 남자는 생각이 있는 편인 듯하지만.”

“……베르세르크? 무슨 의미인가요.”

질문했지만 치프는 대답하지 않고 아이코를 사무실에서 내쫓았다.

대체 뭘 물어보려 한 거지 하고 의문스럽게 느끼면서 플로어로 돌아와 다시 사람을 찾기 시작했다.

게스트를 피해 주위를 둘러보며 걸었다.

사람도 많고 장소도 넓어서 설령 여기에 코쿠쇼가 있다고 하더라도 발견하지 못할 가능성은 컸다.

너무 많이 걸어서 다리가 아파지기 시작했다.

오늘은 이 정도로 할까 하고 생각하며 샹들리에 바로 밑을 지나쳤을 때 걸음을 멈췄다.

바 카운터에서 혼자 술을 마시며 열심히 무언가를 보고 있는 코쿠쇼가 눈에 들어왔다.

겨우 발견했다.

들키지 않을 만큼 가까이 접근하여 슬며시 손에 들고 있는 것을 확인했다. 뭘 보고 있는 걸까.

코쿠쇼는 스마트폰 화면을 바라보고 있다.

잘 보이지 않아서 한 걸음 더 다가갔다.

멀찍하게 화면이 보이는 위치에 선 아이코는 침을 삼켰다.

거기에는 내장이 찍혀 있었다. 화면이 스크롤된다. 사람이다. 게다가 죽은 게 명백했다. 머리가 납작하게 찌부러져 있었다.

그걸 확인한 순간.

코쿠쇼가 고개를 들었고 두 사람의 시선이 부딪쳤다.

제4장

뇌신경외과 의사

1

케이센 대학 병원. 제12 수술실.

하이브리드 수술실이라 불리는 이 장소는 고성능 혈관 뢴트겐 장치와 수술대를 통합한 수술실이며 최첨단 의료 기기를 아낌없이 지원하고 있었다. 초원을 컨셉으로 하고 있는 것인지 바닥과 천장은 녹색을 띠고 벽은 옅은 노란색이다. 휴게실이라고 해도 좋을 정도로 공들인 인테리어지만 코쿠쇼는 이곳에 오면 시체를 보관하는 영안실이 연상됐다. 차갑고 삭막하게 느껴진다.

벽 쪽에서 간호사가 커다란 트레이 위에 금속 기구를 늘어놓고 있다.

시선을 되돌렸다.

환자가 방 중앙에 눕혀져 있다. 마취시켜서 의식은 없다.

위를 보고 누운 자세로 상반신을 살짝 세워 놓았다. 머리는 증상이 없는 쪽으로 30도 돌려 경정맥 압박을 풀고 정맥 환류를 확보하기 위해 아래턱을 들어 올린 스니핑 포지션(Sniffing Position)으로 고정한다. 수술대 등판을 15도 정도 세워 놓고 전

두개저*가 바닥과 수직이 되도록 한다.

완벽한 상태다.

“도마(수술대) 위의 잉어(환자)에 관해 설명하겠다.” 코쿠쇼는 담담하게 말하기 시작했다.

“51세 남성. 환자가 호소한 주요 증상은 현기증. 뇌 MRA 검사에서 좌내경동맥의 안동맥 분기부 동맥류를 발견했다. 최대 지름 5.2mm 좁아지는 부분의 지름 3.6mm인 상방 돌출형 동맥류로 확인했다. 수술 전에 3차원 뇌혈관 조영과 3D FIESTA를 사용하여 통합 영상을 작성하고 뇌척수액을 나타내는 고신호 영역 중앙에 동맥류가 있고 경막 내에 존재한다고 진단. 수술이 적합하다고 판단했다.”

코쿠쇼는 주위를 둘러본 뒤 곧바로 피부 절개를 시작했다.

관자놀이 쪽의 천측두 동맥 본줄기를 보존하고 피부판을 들어 올리기 위해 곡선을 그리듯이 절개했다. 귀 앞쪽에서부터 모발선 중앙에 이르기 위해서다.

절개를 끝내고 다음으로 개두기를 사용하여 프테리온(pterion)**을 중심으로 하여 앞머리 쪽과 옆머리 쪽에 거의 대칭으로 두개골을 열어 나간다.

시시한 수술이라고 마음속으로 중얼거렸다. 이래서는 황홀감을 얻을 수 없다.

---

* 뇌를 받치고 있는 두개골의 바닥뼈 중 앞부분.

** 전두골, 측두골, 두정골 및 접형골 대익의 H자형 봉합선 부분.

코쿠쇼는 기계적으로 손을 움직이며 설명을 덧붙였다.

개두 후 안와 외측 벽을 평탄화하고 두개저와 경막을 박리한다.

"메스의 넓은 쪽을 전상돌기 기부 바깥쪽에 바짝 대다시피 해서 절개해 나가면 올바른 박리 면을 잡을 수 있다. 그리고 메스의 넓은 면으로 고유 경막을 위쪽으로 끌어올림으로써 동안신경에 물리적 손상이 가해지는 것을 방지할 수 있다. 이때 동안신경은 골막경막으로만 감싸여 있으므로 세심한 주의를 기울여야만 한다."

그 말에 시니어 레지던트 중 한 명인 사카모토가 감탄한 듯이 고개를 끄덕인 것을 시야 한구석에서 포착했다.

"박리할 때 지혈이 잘 안되면 현미경 강확대로 출혈 부분을 파악하여 적절하게 처리하도록. 이와 관련해서 미세한 동맥성 출혈에 필요한 대처법은 뭐지? 사카모토 대답해라."

"……엇."

갑자기 지목된 사카모토한테서 목소리가 새어 나왔다. 마스크로 거의 덮여 있어서 표정은 보이지 않았지만 눈동자에 놀란 기색이 떠올라 있다.

"……저출력 바이폴라로 지혈하는 것일까요?"

허를 찔린 것치고는 반응이 빠르군 하고 코쿠쇼는 생각했다.

"그러면 정맥성 출혈의 경우는 어떻지."

"……피브리노젠이 배합된 지혈제를 가져다 댑니다. 참고로 해면 정맥동 일부가 개방되었을 경우도 마찬가지 처치로 대처할 수 있습니다."

"좋다."

대답을 들으면서 전상돌기를 절제했다. 드릴 끝부분으로 뼈의 두께를 느끼며 전상돌기부 중심으로 속을 파냈다. 시신경관이 개방되어 시신경 감압이 충분해졌고 내경동맥 C3 부분이 확보된 것을 확인하고 수술을 끝냈다.

2

오후 6시 15분.

사카모토는 대학 병원 식당에서 카레를 먹으며 부교수인 코쿠쇼의 수술을 떠올렸다. 그의 수술은 그야말로 예술이었다. 장인의 기술을 지닌 뇌신경외과 의사는 있지만 코쿠쇼는 그걸 예술의 영역으로까지 승화시켰다.

아름다웠다.

마치 춤을 추고 있는 것 같았다. 몸놀림이나 손놀림. 넋을 잃고 보게 된다.

"이봐. 멍하니 무슨 생각해." 목소리가 난 쪽을 보니 시니어 레지던트인 후지사와가 서 있었다. 천박한 미소를 띠고 있다.

"어제 섹스한 여자라도 생각하고 있었냐?"

"……아닙니다."

사카모토는 넌더리가 났지만 표정에는 드러내지 않도록 애썼다. 후지사와가 껄끄러웠지만 선배 레지던트한테 미움을 사면 여러 가지로 성가시다. 나보다 두 살 많고 바위 같은 체구를 지니고 있다. 학생 시절에는 의학부 소속이면서도 아메리칸 풋볼 주전 선수였던 강자다.

후지사와는 손에 들고 있던 쟁반을 내려놓고 앞에 앉았다. 된장 라멘 곱빼기와 볶음밥 곱빼기 그리고 만두 12개가 얹혀 있었다.

"……많이 드시네요."

"체력 승부니까 말이다. 너도 잘 먹어 둬. 근력이나 체력은 사람을 배신하지 않아."

호쾌하게 웃은 후지사와는 플라스틱 젓가락을 손에 쥐고 후루룩거리며 라멘을 먹기 시작했다.

사카모토는 한숨을 내쉰 뒤 남은 카레를 입에 넣었다.

앞으로 15분 정도 뒤에 가게 문을 닫아서 그런지 식당에는 사람이 거의 없다.

"그래서 무슨 생각 하고 있었냐."

"예?"

"조금 전에 말이야." 후지사와는 미간을 찡그렸다.

"묘하게 황홀한 표정을 짓고 있었다고. 뭔가 좋은 일이라도 있었어?"

"……그게."

말을 머뭇거리자 후지사와는 혀를 찼다.

"뭐야. 빨리 말해. 거짓말은 하지 마라. 너 거짓말하면 코 길어진다."

"……코쿠쇼 부교수님의 수술을 생각하고 있었습니다."

얼버무리기를 단념한 사카모토는 솔직하게 말했다.

그걸 들은 후지사와는 잠시 사카모토를 쳐다본 뒤 싫어하는 음식을 억지로 먹은 것만 같은 표정을 지었다.

"수술광 말이냐."

업신여기는 듯한 목소리다.

수술광.

일부 사람은 코쿠쇼를 그렇게 부르고 있다는 건 알고 있었으나 사카모토는 그 말이 싫었다.

후지사와는 당장이라도 화를 낼 것 처럼 미간을 찌푸렸다.

"너 홀리기라도 했냐."

"아뇨 그렇지는……."

"관둬. 그건 인간이 아니라고." 마치 괴담 이야기라도 하는 것만 같이 목소리를 낮췄다.

"홀려서 저주받아 죽어도 모른다."

──코쿠쇼한테 홀린다.

뇌신경외과 의국 내에서는 자주 듣는 말이었다.

이빨 사이로 숨을 내쉰 후지사와는 부스스한 머리를 긁적였다. 머리카락에 붙어 있던 먼지가 날렸다.

"네가 하고 싶은 말은 알겠고 기분도 이해할 수 있어. 몇 번 봐도 그 사람의 수술은 완벽해. 어떤 응급 상황이 발생해도 냉정하게 대처해서 모든 걸 정리해 버리지. 말하자면 초고성능 수술 머신이야. 하지만 그건 인간의 마음이 없으니까 가능한 거고 네가 그걸 목표로 할 필요는 없어. 다른 차원이라고."

후지사와는 입 주변에 묻은 라멘 국물을 손으로 닦았다.

"딱히 목표로 하고 있지는……."

말끝을 흐린 사카모토는 안경 위치를 고쳤다.

코쿠쇼의 수술은 완벽하다. 기술도 지식도 판단력도 다른 뇌신경외과 의사를 능가한다. 하지만 완벽한 수술을 한다는 것은 반드시 성공시켜서 환자를 구한다는 것과 같은 뜻은 아니었다.

코쿠쇼는 자진해서 수술을 한다. 아니 억지로라도 수술을 하고 싶어 하는 것처럼 보였다.

——그 수술광은 사람을 베고 째는 걸 좋아하는 거다. 의사가 되지 않았다면 연쇄 살인범이 되었을 거다.

이것도 험담 중 하나다.

코쿠쇼의 수술은 확실히 훌륭하지만 평범한 뇌신경외과 의사라면 수술이 부적합하다고 판단하는 케이스여도 수술을 선택하는 경우가 많았다.

뇌종양 치료 방법은 종양의 성격 부위나 크기, 악성 여부, 더블링 타임(종양 배가 시간) 등의 요인에 따라 정해진다.

수술로 종양을 전부 제거할 수 있다면 완치될 가능성이 높다. 다만 3·4등급의 악성 신경 교종의 경우는 신중하게 검토할 필요가 있다. 육안으로 여기서부터 여기까지가 암이다 라고 지적하기는 어렵다. 암세포가 정상 조직 내에 침투하여 있기 때문이다.

코쿠쇼는 수술로 절제하는 것을 선택할 때가 많았다. 일반 암은 수술로 100% 제거할 가망이 없을 경우 수술이 적합하지 않다고는 하지만 종양의 95%에서 98%를 절제할 수 있다면 생명 예후는 매우 좋다고 여겨지고 있다. 악성 뇌종양에서는 뇌라는 특수한 장기의 특성상 100% 적출은 거의 불가능하다. 전이되었다고 해서 마구잡이로 절제해 버리면 운동 기능이나 언어 기능이 손상된다.

종양을 절제할 수 있어도 인간으로서의 형태를 이루지 못하게 되면 의미가 없다.

코쿠쇼가 메스를 쥐어서 살아난 생명은 수없이 있다. 하지만 산송장이 되고 만 환자도 적지 않았다.

"어이 호랑이도 제 말 하면 온다더니. 수술광이 왔다고."

후지사와가 턱으로 가리켰다. 뒤를 돌아보니 코쿠쇼가 자판기 앞에 서 있었다.

등을 쭉 펴고 선 코쿠쇼는 상당히 키가 컸다. 백의를 걸친 몸은 탄탄했다. 윤곽이 뚜렷하고 어딘가 속세를 벗어난 듯한 표정이다. 외국인으로 오해받는 경우도 종종 있다고 한다. 당연히 여성에게는 인기가 있었다.

하지만 사카모토는 코쿠쇼의 모습을 무섭다고 느꼈다. 단순한 두려움과는 다르다. 번개가 미친 듯이 내려치는 가운데 평원에서 하늘을 바라보고 있는 듯한 느낌이다. 본능이 위험하다고 경종을 울리고 그 자리에서 빨리 도망쳐야만 한다고 외치는 느낌이 들었다.

그래도 어째서인지 번개 빛에 이끌리고 마는 것이다. 매료된 듯한 감각에 당혹감을 느끼고 있었다.

"뭘 넋을 잃고 보고 있어." 후지사와가 의아스러운 듯한 표정을 지었다.

"……설마 반한 거냐?"

"아, 아니래도요."

"뭐 다른 사람의 사랑을 방해하지는 않으니까 안심해라."

농담을 내뱉은 후지사와는 먼저 간다 라고 말한 뒤 다 먹은 그릇과 쟁반을 반납하러 일어섰다.

사카모토는 멀어져 가는 뒷모습을 노려본 뒤 다시 한번 코쿠쇼 쪽으로 몸을 틀었다.

이미 코쿠쇼의 모습은 사라지고 없었다.

3

새벽 2시 30분.

피를 흘린 여성이 구급차 들것에 실려 왔다.

사카모토는 응급 구조 요원에게 시선을 향했다.

"상태는 어떻습니까."

"여성. 30세. 아파트 베란다에서 추락."

"몇 층에서죠?"

"7층입니다. 밑에 주차되어 있던 차량 앞 유리에 떨어지면서 측두부를 강하게 부딪쳤습니다. 의식도 있고 대답도 하지만 많이 놀란 것 같습니다. 혈압은 90에 60 맥박은 120. 머리에 할창* 다수 발견됐습니다. 지혈은 했지만 현장에서 대량의 출혈이 있었습니다. 팔다리 골절이나 변형은 없습니다."

"다른 부상자는?"

"낙하지점 차량 운전석에 있던 남성과 조수석 여성의 상처는 경미했습니다. 이미 인근 병원에 보냈습니다."

이야기를 들으며 라텍스 장갑을 끼고 머리 상처에 막아둔 거즈를 빼냈다. 끈적끈적한 피로 굳어진 머리카락을 헤쳤다.

상처는 15cm 정도 됐고 두개골이 보였다. 그 틈으로 뇌 조직이 배어 나오고 있었다.

사카모토는 호흡이 거칠어지는 것을 자각했다. 등에 땀이 흥건하게 흐르고 있었다.

마스크 아래로 심호흡을 되풀이했다.

백보드 밑에 끼워진 서류를 넘겨 이름을 확인했다. 키쿠치

* 중량이 있는 둔기나 날붙이에 찍혔을 때 생기는 개방성 창상.

에미.

"에미 씨. 손가락과 발가락을 움직여 주십시오."

"……이렇게 ……말인가요."

입을 덮은 플라스틱제 마스크 아래로 괴로운 듯이 헐떡이면서도 분명하게 대답했다.

손가락과 발끝은 제대로 움직이고 있다.

7층에서 낙하한 것임에도 불구하고 외상은 적다. 양 팔꿈치에 타박상. 팔다리 골절이 없는 건 기적이라고밖에 말할 수 없다. 겉보기에는 정신이 있어 보였다. 하지만 안심할 수는 없었다.

다부지게 말하고 있었는데 별안간 죽는 환자도 있다. 의사가 되어 인간의 생명력과 그 연약함을 지긋지긋할 정도로 봐 왔다.

피로로 뻑뻑해진 눈을 깜박였다.

떨어진 충격은 머리에 집중된 듯했다. 상처가 난 뇌는 수 시간 지나고 나서 부종이 일어나는 경우가 있다.

뇌는 평소에 뇌척수액 안에서 살짝살짝 흔들리고 있지만 강한 충격을 받아 흔들리면 뇌는 두개골에 부딪혀 뇌와 경막을 이어주는 정맥이 찢어지고 정맥에서 혈액이 스며 나와 경막하 출혈로 인한 혈종이 만들어진다. 게다가 뇌 손상부에 액체가 응축되어 부종이 생긴다. 두개골 안에서 뇌는 부풀어 오르고 뇌탈출로 인해 뇌간이 압박되어 장애가 일어나 그 결과 호흡 정지 상태가 되어 생명 활동이 멈춘다.

"이제부터 상처를 조금 꿰매겠습니다."

그렇게 말한 사카모토는 젊은 주니어 레지던트 의사한테 상처를 꿰매도록 지시했다.

"수술할 때 열 거니까 간단하고 빠르게."

주니어 레지던트는 스며 나오는 뇌 조직에 떨면서 작업을 시작했다.

에미의 흉부와 복부를 조사하는 사람, 검사실에 보낼 혈액 샘플을 채취하는 사람, 정맥 라인을 잡는 사람, 골절이나 열상이 없는지를 확인하고 피부에서 유리 파편을 제거하는 사람.

"혈액형 맞는지 확인하고 적혈구 농축액 4단위 준비하고 HS를 1L. 20게이지 말초 정맥 라인을 두 개 확보해서 IV bolus로 혈압 안정시켜."

그렇게 말하며 간호사한테 수혈 준비를 진행하도록 전했다.

머리를 최대로 회전시켰다. 자신의 뇌에서 땀이 뿜어져 나오는 듯한 착각이 든다.

우선은 바이탈 사인 안정시키고 혈압 상승이 보이지 않을 경우에는 교질수액*을 사용하고 그래도 반응하지 않을 경우는 승압제를 사용해야만 한다. 어쨌든 바이탈 사인을 안정시키고 그 후에 각종 영상을 검사하는 것이 타당하다.

* 혈장량 증가를 목적으로 사용하는 수액제.

지시를 하면서 사카모토는 수술실 스케줄을 확인했다. 어디고 전부 꽉 차 있었다. 다만 제8 수술실은 아침 9시까지 비어 있다. 9시부터는 같은 의국의 수술이다. 그 시간에 끝나는 건 어렵지만 이쪽 환자가 더 시급하다.

너스 스테이션에 전화를 걸었다.

"제8 수술실에 기구 트레이를 준비해줬으면 합니다. 그리고……."

"안 된다."

낮고 힘 있는 목소리가 들렸다.

어느샌가 뒤에 서 있었던 코쿠쇼가 기세 좋게 수화기를 빼앗았다.

"저 환자 수술은 9시까지 안 끝날 거 같은데."

코쿠쇼가 차가운 눈으로 내려다보자 사카모토는 몸을 움직일 수 없었다. 낚여 올라온 물고기처럼 입을 뻐끔뻐끔했다.

"하지만…… 지금 실려 온 환자는……."

가까스로 말을 꺼냈지만 곧바로 제지당했다.

"제8 수술실에서 수술을 앞둔 건 나카비시 상사의 회장이다."

"……VIP 입니까?"

"그렇다. 내가 집도한다. 양성 뇌종양이지만 가급적 빨리 절제할 필요가 있다."

"……그러면 이쪽 환자는 어떻게 하면 좋습니까."

코쿠쇼는 대답하지 않고 차갑게 식은 시선으로 쳐다봤다. 뻔하지 않나 라고 말하는 것만 같았다.

"……다른 병원으로 보내라는 말입니까."

"답은 명백하다. 나머지는 스스로 생각해라."

"하지만 이 환자는 빨리 수술해야 하는……."

코쿠쇼의 얼굴이 조금 일그러졌다.

"아파트 7층에서 뛰어내린 거라면 25m 전후의 높이다. 그 경우 머리나 가슴 복부 한쪽에 손상이 발생하는 경우가 많다. 늑골이 분리 절단되거나 내장이 파열되는 경우도 있지. 즉, 뇌와 복부 양쪽을 수술할 필요가 있다는 말이다. 그런 건 단시간에는 불가능하잖아."

"하지만……."

"반론의 여지는 없다. 제8 수술실을 쓸 수 없는 상황에서 네가 취해야 할 최선책은 다른 병원에 옮기는 거야."

계속해서 저항하려 했지만 마음이 금세 약해지고 말았다. 코쿠쇼 앞에서는 저항은 무의미한 행위다.

"……알겠습니다."

서둘러야 한다. 사카모토는 떨리는 손가락으로 버튼을 눌러 인근 병원에 닥치는 대로 전화하기 시작했다.

하지만 운 나쁘게도 같은 시각에 국도 246호선에서 연쇄 추돌 사고가 발생하여 다수의 중상자가 나와 좀처럼 이송할 병원을 찾을 수 없었다. 이러고 있는 사이에도 환자가 살아날 가망이 점점 적어진다.

땀이 뺨을 타고 흘렀다. 이명이 들렸다.

전화를 계속 걸었고 마지막 병원에서 거절당했을 때 수화기를 내려놓았다.

다른 방안을 생각해야만 한다. 이를 악물고 생각했다. 초조함이 사고 능력을 둔화시킨다. 어떤 묘안도 떠오르지 않았다.

조금 떨어진 장소에 서 있는 코쿠쇼의 시선이 느껴진다. 그건 약물 투여 후에 동물이 어떤 반응을 나타내는지를 관찰하는 연구원 같은 차가운 시선이었다. 자신이 모르모트가 된 듯한 기분이 들었다.

"사카모토 선생님! 에미 씨의 부모님이 병원에 오셨습니다."

주니어 레지던트인 여성의 낯빛이 변해서 다가왔다.

"……아직 좀 더 기다려 달라고 할 수 있을까."

그 대답에 레지던트가 곤혹스러운 표정을 띠었다.

"하지만……." 말을 머뭇거린 뒤 뒷말을 이었다.

"에미 씨의 아버지가 후생노동성 대신인 키쿠치 소이치로인 듯합니다. 어떻게 해서든 면회시키라며 달려들 것만 같은 기세라……."

"그게 정말인가."

목소리를 낸 건 코쿠쇼였다.

"네, 넵."

여성 의사가 고개를 끄덕였다.

"그걸 빨리 말했어야지."

짜증을 노골적으로 드러낸 코쿠쇼는 곧바로 수화기를 손에 들어 귀에 댔다.

"제8 수술실에 시급 환자다. 곧바로 준비해. 9시부터 예정된 수술 전까지는 끝낼 거다. 돌발 상황이 생기면 연기한다…… 아아 그래. 칼륨 수치가 너무 낮다고 설명할 거다."

빠른 어조로 말한 코쿠쇼는 수화기를 내려놓았다.

"상황이 바뀌었다. 곧바로 FAST 준비를 해라. 내장 손상을 검사한다."

사카모토는 마음속에 응어리가 남았지만 지시에 따랐다. FAST는 체강 내에서 초음파를 반사하지 않고 통과시키는 공간을 찾아 출혈 유무를 찾아내는 것이다.

코쿠쇼는 컨벡스형 프로브를 손에 들고 심막강에서부터 모리슨와, 우흉강, 지라 주위, 좌흉강, 더글러스와 순서로 움직여 확인했다.

"음성이다."

코쿠쇼의 말에 사카모토는 작게 숨을 내쉬었다.

최악의 상황은 아니다. 하지만 여전히 최악에 가깝다.

"만일을 위해 포터블로 흉부 x-ray를."

코쿠쇼는 한순간의 망설임도 없이 작업을 계속했다.

혈압이 낮아진 에미는 헐떡이는 것처럼 얼굴을 일그러뜨리고 있다. 동공도 균형이 맞지 않았다.

"호흡하기 힘듭니까."

사카모토가 묻자 에미는 말없이 고개를 끄덕였다.

코쿠쇼는 누워 있는 에미를 봤다. 마치 경치라도 보고 있는 듯한 조용한 시선이었다.

"불빛이 보이십니까."

갑작스럽게 코쿠쇼가 물었다. 에미는 반응하지 않는다.

"한 번 더 묻겠습니다. 불빛이 보이십니까."

재차 물었다.

에미는 몽롱한 시선으로 코쿠쇼를 보면서 약하게 고개를 가로저었다.

"뇌를 살린다. 서둘러라."

코쿠쇼는 사카모토를 향해 말했고 마취과 의사와 흉부외과 펠로우한테 정확하게 지시를 내려 나가며 제8 수술실로 향했다.

코쿠쇼가 집도하여 긴급 수술이 이루어졌다. 그리고 딱 다섯 시간 만에 끝내고 에미는 목숨을 건질 수 있었다. 뇌 손상이 심각하여 신의 손을 가진 코쿠쇼가 아니라면 무리였을 것이다. 지체되는 것 없이 코쿠쇼는 최대의 성과를 올렸다.

그 후 수술을 끝낸 코쿠쇼는 휴식을 취하지 않고 제8 수술실에서 예정되어 있던 VIP 수술을 집도하여 순조롭게 성공시켰다.

믿기지 않는 체력과 집중력.

역시 인간이 아니다.

사카모토는 진심으로 그렇게 생각했다.

4

두통이 느껴졌다.

심한 두통이다. 위액이 올라오려는 것을 침을 삼켜 도로 밀어넣었다.

아스피린으로는 절대 낫지 않는다.

갈망이 두통이 되어 코쿠쇼를 괴롭히고 있었다.

더 황홀한 상태가 될 수 있는 수술을 하지 않으면 이 욱신거림은 가라앉지 않는다. 스릴이 있는 수술을 해야만 한다.

하지만 수술을 해도 만족스러운 스릴을 맛볼 수 없는 경우가 많다. 그때의 갈망은 참기 힘들다.

스릴을 갈구하기 위해 무차별적으로 인간을 잘게 자를 필요성과 필연성이 마음속 깊은 곳에서 소용돌이치고 있다. 붙잡힐 위험성. 대환영이다. 위험성은 크면 클수록 좋다. 그 정도의 스릴이 없으면 곤란하다. 이성으로는 억누를 수 없는 순수하고 강고한 욕망.

목덜미를 손으로 주무른 뒤 천천히 숨을 내쉬고 나서 걸음을 내디뎠다.

에미가 입원한 개인실 병동으로 가자 남자 두 명이 침대 옆에 서 있었다. 한 명은 풍채가 좋고 다른 한 명은 정장을 입고 있다. 만듦새가 좋은 정장이지만 옷매무새가 흐트러져 있었다. 얼굴에는 긴장과 피로가 보인다. 어지간히 혹사당하고 있는 모양이다.

풍채 좋은 남자가 이쪽을 보고는 입을 크게 열었다.

"오오! 이것 참! 의사 선생님!"

호들갑스러운 말투에 겉치레뿐인 미소를 짓고 있었다. 정치가답다고 느꼈다.

후생노동성 대신인 키쿠치 소이치로. 60살이 넘었다고는 생각되지 않는 쾌활함과 용모를 지닌 남자가 활짝 웃었다.

"딸이 큰 신세를 졌습니다."

그 자리에서 한 걸음도 움직이지 않고 소이치로는 애매할 정도로만 머리를 숙였다.

코쿠쇼는 목례만 하고 에미의 용태를 확인했다.

수술 중에도 생각했던 것이지만 그럭저럭 미인이었다. 얼굴에 난 상처조차 그 미모를 훼손하고 있지 않다. 역시 이용가치는 매우 크다.

"기분은 어떻습니까."

"괜찮습니다."

시선을 맞춘 에미의 눈동자를 들여다봤다. 눈동자 색깔에서 호의가 느껴졌다.

"무언가 신경 쓰이는 점이나 불안한 것은 있습니까."

"으음…… 조금 지루하네요. 그것 말고는 딱히."

에미는 입가에 미소를 띠었다. 표정에서 아양을 읽어낼 수 있었다.

"그건 다행이군요."

코쿠쇼는 유소년기에 거울로 몇 번이나 연습한 미소를 띠고 소이치로 쪽을 보고 돌아섰다.

"따님은 순조롭게 회복되고 있습니다."

"그렇습니까! 외동딸이기에 잘못되면 어쩌나 했습니다! 정말 감사합니다!"

위압에 가까운 큰 목소리로 말하면서 양손으로 악수를 하고자 했다. 코쿠쇼는 과잉 연출을 알아차리지 못한 척하며 순순히 응했다. 손에 땀이 엄청나군 하고 생각했다. 내장 질환을 의심했지만 지적할 생각은 없었다.

"정말로 선생님 덕분에 살았습니다!"

"저는 그저 할 일을 한 것뿐이니까요."

"그렇게 겸손해하지 않으셔도 괜찮습니다!"

호쾌하게 웃는 소이치로는 옆에 있는 남자에게 눈짓했다.

"어이 얼른 건네지 않고 뭘 하나."

돌변하여 어조가 오만해졌다.

명령받은 남자는 아무래도 비서인 듯하다. 남자는 한 마디도 꺼내지 않고 손에 들고 있는 종이 가방을 건넸다. 안에는 양갱과 봉투가 들어 있었다.

"이건 사소한 답례입니다. 두 장 정도 넣었습니다."

더러운 미소.

"달콤한 걸 좋아하니 감사히 받도록 하겠습니다."

순순히 받았다. 당연한 보수다.

"그러면 앞으로도 잘 부탁드립니다. 선생님!"

소이치로는 고급 음식으로 부풀어 오른 배를 한 번 두드리고 난 뒤 병실을 나섰다.

목례한 코쿠쇼는 재차 에미에게 시선을 향했다.

"남편분은 이미 병문안 오셨습니까?"

왼손 약지를 보며 물었다. 가짜라는 생각이 들 정도로 커다란 다이아몬드. 제법 비싸 보인다.

코쿠쇼의 질문에 조금 놀랐는지 아몬드 모양 눈이 휘둥그레졌다.

"아직 약혼한 사이예요."

에미는 거추장스러운 듯이 결혼반지를 만지작거린 뒤 그걸 빼서 사이드 테이블에 올려놓았다.

마음의 흔들림. 그것을 손에 잡힐 듯이 알 수 있었다.

"개인적인 질문을 하겠습니다. 어째서 아파트에서 추락한 것이지요? 아파트 난간은 부서지지 않았다는 것 같습니다만 부주의입니까."

"……아니요."

망설이는 듯한 표정. 하지만 그것도 찰나였다.

"실은 싸웠어요."

"싸움 때문입니까. 원인은 약혼자분께 있는 것일까요."

끈질기지 않을 정도로 동정을 나타내는 표정을 지었다.

"맞아요!" 에미는 감정을 그대로 드러냈다.

"바람을 피우고 있었어요! 회사 여자하고요! 스마트폰을 확인했더니 바람을 피우고 있어서 그걸로 싸움이 나서 뛰어내리겠다고 위협했어요. 그래도 그 인간은 진심으로 받아들이질 않았어요. 그래서 난간에 올라갔더니 강한 바람이 불어서 떨어지고 말았어요."

바보군 하고 생각했지만 내색도 하지 않았다.

눈앞의 여자는 감정에 좌우되기 쉬운 인간이다. 딱 알맞다. 감정을 제어할 수 없는 인간은 조종하기 쉽다.

"그랬습니까. 그래서 약혼은 계속 유지하실 겁니까?"

"물론 파혼할 거예요. 요전에 아버지한테 말해서 할아버지 회사에서 쫓아내 달라고 했어요."

증오가 담긴 얼굴로 거칠게 내뱉듯이 말했다. 하지만 자란 환경이 좋은 건지 신기하게도 천박하게 보이지는 않았다.

출신만 좋은 여자. 하지만 그 출신에 코쿠쇼는 이끌렸다. 강력한 연줄이 있으면 여러 가지로 움직이기 쉬워진다.

이 여자를 자기편으로 끌어들이는 장점과 단점을 생각해보려고 했으나 그만뒀다.

생각할 필요까지도 없다.

코쿠쇼는 미세하게 입꼬리를 올렸다. 자신의 매력을 최대한 끌어낼 수 있는 표정이다. 자신의 외모가 무기가 된다는 건 알고 있다. 에미가 무엇 하나 걸릴 것 없는 인생을 걷고 있는 건 틀림없다. 믿음직한 사람한테 항상 둘러싸여 자랐을 터다. 바로 그렇기 때문에 에미는 의지되는 것에 익숙하지 않지만 의지되는 것을 좋아하는 타입임이 분명하다.

이러한 여자한테 접근할 때 최적의 정답은 모성 본능을 자극하는 듯한 망설임이 섞인 부드러운 미소다.

"그거 큰일이네요."

"괜찮아요. 그대로 결혼해도 좋은 일은 없었을 테니까요."

"조금 더 안정을 취하고 있으면 머잖아 퇴원할 수 있을 겁니다."

"퇴원…… 그래요." 에미는 아주 약간 눈을 촉촉하게 적셨다.

"……만약 괜찮으시다면 조금 더 선생님과 이야기를 하고 싶은데요."

"지금 말입니까?"

손목시계를 봤다. 그러자 에미는 황급히 고개를 가로저었다.

"아뇨 퇴원하고 나서도 괜찮아요…… 안 될까요?"

상대가 거절하지 않으리라는 자신감이 슬쩍슬쩍 드러나는

표정.

코쿠쇼는 시선을 돌렸다. 망설이고 있는 것처럼 보이리라.

"알겠습니다. 괜찮습니다. 저로 괜찮으시다면 언제든 어울려 드리겠습니다."

"다행이다."

안도의 한숨을 내쉰 에미는 하얀 이를 내보였다. 원하는 것을 전부 손에 넣어 온 오만함이 느껴진다. 실로 알기 쉽고 또한 컨트롤하기 쉬운 인간이다.

코쿠쇼는 미소를 지었다.

"또 찾아오겠습니다."

몸을 돌려 병실을 나섰다.

에미와의 결혼 생활을 생각했다. 다소의 고생은 있겠지만 잘 해나갈 수 있을 것이다. 후생노동성 대신의 비호 아래에 있다면 다소 무모한 행동이 가능하다. 소송이 일어나도 처리하기 쉬워진다.

복도를 걸으며 자연히 입가에 미소가 떠올랐다.

코쿠쇼는 이후의 스케줄을 머릿속에서 그려나갔다.

우선 지금의 아내와 이혼할 준비를 시작해야만 한다.

5

얼추 일을 끝내고 의국에 돌아온 사카모토는 의자에 앉아 캔커피 뚜껑을 땄다.

눈을 감고 코쿠쇼가 집도한 수술을 떠올렸다.

한순간의 망설임도 동요도 없는 훌륭한 손놀림이었다. 일련의 행위 전부가 예술 같다.

외과 사이코패스.

수술광과 같이 사람들이 코쿠쇼를 평할 때 쓰는 말이다.

어려운 뇌종양 수술을 억지로 집도하여 환자를 사지 마비로 만들어 놓고서 그 직후에 골프를 치러 갔다.

냉철하고 냉담하다.

둘 다 코쿠쇼에게 들어맞지만 그러나 어딘가 다른 듯한 느낌이 들어 견딜 수가 없었다.

뇌신경외과는 냉정해야만 한다. 어떤 상황에도 대응하는 능력과 순간적으로 판단하는 능력이 요구된다. 그 점은 코쿠쇼도 예외가 아니라서 뇌신경외과 의사의 자질이 있는 건 틀림없다. 다만 그 이상으로 코쿠쇼는 평범한 사람의 머리로 생각할 수 없는 범위를 가지고 있어서 그걸 누구한테도 들키지 않는 얕은 여울에 숨기고 있는 듯한 인상이 있었다.

그것이 원시적인 공포심을 불러일으켰다.

"잘 거면 누워서 자라."

갑자기 목소리가 들려와 사카모토는 놀라서 눈을 떴다.

거기에 코쿠쇼가 있었다.

"수, 수고하셨습니다."

사카모토는 일어서서 머리를 숙였다.

"안 일어서도 된다."

조용히 말한 코쿠쇼는 테이블 위에 커피잔을 내려놓은 뒤 앉았다.

사카모토는 코쿠쇼의 말에 따라 의자에 앉았다.

"앉아 있을 수 있을 때는 절대로 서지 마라. 누울 수 있을 때는 절대로 앉지 마라. 잠들 수 있을 때는 절대로 잠에서 깨지 마라. 뇌신경외과 의사의 철칙이지 않나."

김이 솟아오르는 커피를 한 모금 마신 코쿠쇼는 천천히 숨을 내쉬었다.

"무슨 일이시죠."

쭈뼛쭈뼛 물어봤다. 의국에 다른 사람은 없다. 코쿠쇼와 둘이서만 이야기할 기회 같은 건 거의 없었기에 긴장으로 입안이 순식간에 메마르고 말았다.

사카모토는 캔커피를 입에 머금은 뒤 목을 축였다.

"일은 끝났나?"

"예. 오늘 분량은 거의 끝났습니다."

"그런가."

코쿠쇼는 의미 없는 대화를 좋아하지 않는다. 그래서 이런 대화를 하고 있는 사카모토는 몹시 신기한 기분이 들었다.

"하나 묻지. 자네는 나처럼 되고 싶나."

갑작스러운 질문에 대답이 막히고 말았다.

케이센 대학 병원 부교수. 인간적인 평가는 별개로 치더라도 확실한 실력을 가지고 있는 뇌신경외과 의사다. 되고 싶지 않을 리가 없다. 다만 곧바로 고개를 끄덕일 마음은 들지 않았다.

"부정적이라는 건가."

"아, 아닙니다." 사카모토는 허둥댔다.

"물론 되고 싶습니다. 하지만 어째서……."

말을 채 끝내기 전에 코쿠쇼는 진료 기록부를 던져서 건넸다.

"이번 수술 너만은 반대하지 않았더군."

받아든 진료 기록부를 확인했다. 오전 중에 실려 온 환자였다.

"이름은 우치무라 유키." 코쿠쇼는 담담한 목소리로 말했다.

"17세. 지주막하 출혈을 일으켰다. 출혈 위치는 후교통 동맥 중 하나다."

진료 기록부 페이지를 넘겼다.

지주막하 출혈로 인한 뇌 손상에 뇌신경외과 의사가 할 수 있는 일은 거의 없고 두개골 일부를 절개하여 동맥류 경부를 작은 금속 클립으로 묶는 '클립 결찰술'이라는 방법과 두개골을 열지 않고 뇌혈관 안에 미세한 관을 넣어 동맥류 안에 금속 코일을 채워 넣고 막는 '코일 색전술'이라는 방법 정도다.

다른 의사들은 이 수술에는 상당한 위험이 따른다고 판단했다. 아니 해봤자 헛수고라고 판단했다고 표현하는 편이 적절하다.

이유는 두 개가 있다.

우선 이 환자한테는 VA가 하나밖에 없었다.

뇌에는 경부를 지나는 굵은 동맥이 네 줄기 뻗어 있다. 목 앞쪽에 있는 경동맥 두 줄기와 추골 동맥 두 줄기. VA는 추골 동맥을 가리키는 말로 목 뒤쪽의 경추를 따라 지나간다. 이번 환자는 오른쪽 추골 동맥 하나밖에 없는 선천성 이상이었다. 네 줄기가 있다면 그중 한 줄기를 몇 분간 클립으로 묶어도 문제는 없다. 하지만 이 환자는 대체할 경로를 가지고 있지 않기 때문에 몇 초간 혈류를 멈추는 것만으로도 치명상이 된다.

수술이 헛수고라고 생각하는 또 하나의 이유는 가지에 달린 포도같이 동맥류가 다섯 개나 있다는 점이다. 어느 동맥류에서 출혈이 일어났는지 알 수 없기 때문에 전부 클립으로 묶어야만 한다. 매우 고도의 기술을 요하는 어려운 수술이었다.

"다른 녀석들은 수술하지 않는 편이 좋다는 의견이었다."

뇌동맥류 클립 결찰술은 통계학적 수술이었다. 즉, 수술이 더욱 좋은 결과를 보증하는 게 아니라 통계적으로 수술을 받은 쪽이 살아날 가능성이 있다는 것뿐이다.

"내가 수술하면 반드시 좋은 결과가 된다."

코쿠쇼는 단언했다. 하지만 수술에 반드시라는 건 없다. 거기다 이 수술은 상당한 위험을 동반한다. 성공률이 한없이 낮아 평범한 판단이라면 수술은 피했을 것이다.

"소문으로는 수술은 무모하다는 이야기가 돌았다. 그런데도 어째서 너는 수술에 찬성했지."

진의를 확인하는 듯한 시선.

사카모토의 대답은 하나밖에 없었다. 하지만 그걸 말하는 것에 망설임이 있었다.

"……선생님이라면 수술을 성공시키시리라고 생각했기 때문입니다."

코쿠쇼는 사카모토를 노려봤다. 사카모토는 척수에 차가운 액체가 흐른 듯한 감각을 느꼈다.

"얼버무리지 마라. 나는 진실을 알고 싶은 거다."

코쿠쇼는 차갑게 내뱉었다. 그 눈동자는 모든 것을 꿰뚫어 보고 있는 듯했다.

사카모토는 침을 삼켰다. 등에서 땀이 나고 숨을 깊게 들이쉴 수 없었다. 나의 목숨줄을 쥐고 있는 사람을 눈앞에 두고 있는 듯한 답답함을 느꼈다.

"……재미있을 것 같아서입니다."

가까스로 꺼낸 말은 스스로도 소름이 끼치는 것이었다.

이 고백은 진심이었다. 이번 같은 희귀한 케이스를 코쿠쇼가 어떻게 처리할지 보고 싶었다. 단지 그것뿐이며 환자의 생사는 생각하지 않았다.

어려운 케이스를 기꺼이 자진하여 수술하는 뇌신경외과 의사는 많이 있다. 코쿠쇼는 그중에서 가장 그 경향이 두드러진 존재였다. 예술적이라고도 할 수 있는 수술을 바로 가까이에서 볼 수 있다. 생각하는 것만으로도 흥분되는 상황이다.

코쿠쇼의 반응이 무서웠던 사카모토는 고개를 숙이고 있었으나 아무런 반응도 느껴지지 않아서 쭈뼛쭈뼛 고개를 들었다.

코쿠쇼는 밝은 미소를 띠고 있었다.

"누군가에게 이해받을 수 있다는 건 무척 기쁜 일이다. 자네는 장래성이 있군. 하지만 아직 망설임이 보인다. 그러니 하나만 조언을 하지. 만약 공포를 느끼지 않는다면 어떤 행동을 취할 것인가. 판단하기 망설여지는 때가 있다면 이 말을 떠올리고 실천하도록."

들뜬 목소리다.

사카모토는 뒷머리에 저릿함을 느꼈다.

눈앞의 남자는 자신의 머리로 이해할 수 없다. 그런데도 거기에 공감하는 자신을 어쩐지 무섭다고 생각했다.

"그렇지. 다음에 우리 집에 오지 않겠나?"

생각지도 못한 제안에 사카모토는 눈을 깜빡였다.

"부교수님의 자택 말입니까."

"그래." 코쿠쇼는 고개를 끄덕였다.

"내 생각을 이해해 주는 사람은 그다지 없어서 말이지. 자네와는 한번 차분하게 이야기를 하고 싶다고 생각했어."

변명하는 것처럼 말한 코쿠쇼는 손가락으로 뺨을 긁적였다.

"갑작스럽게 미안하군. 다음에 마음이 내켰을 때라도……."

"저, 저기…… 잘 부탁드리겠습니다. 설마 초대받을 수 있으리라고는 생각지도 못했습니다."

사카모토는 황급히 말했다.

그걸 들은 코쿠쇼는 기쁜 듯이 웃었다.

"다행이군. 아내도 기뻐할 테지. 가족 자랑이 될지도 모르지만 안사람이 요리를 무척 잘해. 게다가 미인이라네. 분명 마음에 들 거라고 생각하네."

코쿠쇼의 말에 다른 뜻은 없을 것이다. 그런데도 사카모토는 희미하게 불편한 느낌을 받았다.

그 이유는 끝까지 알 수 없었다.

6

코쿠쇼는 우치무라 유키의 병실에 들어갔다.

침대 옆에 놓여 있는 의자에 늙은 모친이 지친 기색으로 앉아 있다.

"괜찮습니까?"

코쿠쇼는 위를 향한 자세로 누워 천장을 보고 있는 우치무라한테 말을 걸었다.

"……네."

우치무라는 경련이 일어나는 것처럼 눈을 깜박이며 대답했다. 꺼질 듯한 목소리.

이번 지주막하 출혈로 인해서는 특별히 장애는 생기지 않았다. 약간 말씨가 어눌한 것 같은 느낌도 들지만 원래부터 이런 말투일지도 모른다.

"저…… 수술은 정말로 괜찮은 걸까요."

앉아 있는 모친이 매달리는 것처럼 코쿠쇼를 올려다봤다.

"물론입니다."

"하지만 힘든 수술이라고 들었습니다……."

"문제없습니다. 어지간한 일이 없는 한 장애도 남지 않습니다."

모친을 내려다보며 분명하게 대답했다. 아무런 근거 없는 말이다.

"그런가요……."

불안을 떨쳐내지 못하는 기색으로 꽉 쥐고 있던 손수건으로 눈가를 닦았다.

"지금까지 소중히 키워 온 외동딸입니다……. 정말로 잘 부탁드립니다."

울먹이는 목소리로 말한 모친에게서 코쿠쇼는 한 걸음 떨어졌다.

"제가 집도하니 괜찮습니다."

"그렇게 말씀해 주시니……. 그래도 너무 불안해서……."

급기야는 울기 시작했다. 그 모습을 추접스럽다고 느끼면서 코쿠쇼는 시선을 우치무라한테 향했다.

"수술에는 체력이 필요합니다. 지금은 푹 쉬어 주십시오."

목례한 뒤 발걸음을 되돌렸다.

"선생님."

우치무라가 불러 세워서 코쿠쇼는 멈춰서 뒤돌아봤다.

"이제 곧 남자친구랑 사귄 지 1주년인데요, 수술이 끝나면 외출할 수 있나요?"

태평한 여자다.

코쿠쇼는 이마에 손을 대고는 기념일 날짜를 물었다. 수술 후 멀지 않은 날이다. 순조롭게 회복한다 해도 어려울 것이다.

"무리하지 않는다면 외출도 가능할 겁니다."

그렇게 대답하고 나서 모친에게 말을 건넸다.

"좋은 따님으로 키우셨군요."

뜬금없는 말에 모친은 눈을 깜박였다.

코쿠쇼는 특수한 선천성 이상을 가진 채 자라 준 것에 진심이 담긴 감사 인사를 전했다.

잡무를 정리한 코쿠쇼는 에미의 개인 병실로 갔다.

병실료가 하루 9만 엔인 개인실에는 욕조와 샤워 시설, 응접세트가 있었다. 실내 장식도 다인실과는 다르다. 고급 호텔이라 표현하는 건 과장이지만 지내기 편한 공간으로 만들기 위해 여러모로 생각했을 것이다.

"선생님."

소파에 앉아 패션 잡지를 읽고 있던 에미와 시선이 마주쳤다. 뜨거운 시선이었다.

"상태는 어떻습니까?"

물어보면서 다가갔다. 그러자 에미는 코쿠쇼의 소매를 잡아끌어 옆에 앉혔다.

아직 머리 붕대는 풀지 않았지만 얼굴 상처는 대부분 치유되었다. 얼굴 전체에 화장은 하지 않았지만 아이라인만은 그린 듯했다.

"이런 말을 하면 이상할지도 모르겠지만 저 아파트에서 떨어지길 잘한 것 같아요."

에미는 달콤한 목소리를 냈다.

코쿠쇼의 판단으로는 지금쯤 죽었을지도 모른다고 생각했지만 그건 꿈에도 생각하지 못하는 여자다. 속아 넘어가고 이용당하는 존재다.

환자라는 존재는 병원이라는 공간에서 약자다. 그리고 강자인 의사나 간호사한테 쉽게 사랑에 빠지는 경향이 있다.

"선생님을 만나게 되어서 정말로 기뻐요."

키스를 하길래 순순히 응했다.

“……부인분과는 ……헤어져 주실 거죠?”

집요하게 혀를 얽은 탓에 입 주위에 타액이 묻어 있다. 그걸 손가락으로 닦은 코쿠쇼는 턱을 당겨 고개를 끄덕였다.

“물론이지. 이미 결혼 생활은 파탄 난 상태니까.”

그 대답에 에미는 만족스러운 듯이 입꼬리를 올려 미소 지었다.

결혼 생활은 순조로웠다. 최근까지는.

준비는 착착 진행되고 있다.

에미한테서 이용 가치를 찾아내고 나서부터 가정에서는 차가운 태도를 철저히 유지하고 있었다.

아내에게 불만은 없었다. 가정을 잘 지키고 다부지게 아들 둘을 키우고 있다. 다만 불운하게도 자신에게 더욱 도움이 되는 여자가 나타나고 말았다. 그 결과 아내는 쓸모가 없어지고 말았다. 더욱 좋은 것을 원하는 건 인간으로서 당연한 권리다.

지금 에미의 마음은 손안에 있다.

빨리 이혼해야만 한다. 그것도 가능한 한 원만하게.

폭력을 쓸 필요는 없다. 정신적으로 몰아넣으면 되는 거다.

그리고 때가 무르익은 단계에서 사카모토와 부정행위를 시키면 된다. 그걸 위해서는 사카모토가 아내와 친밀해져야만 한다.

아내는 아직 35살로 젊고 몸매도 유지하고 있다. 정신적으로 쇠약하게 만들어 도망칠 길을 막는다. 그리고 기회를 제공하는 것이다. 그렇게 하면 잘 풀릴 가능성이 높다. 약해진 인간은 휩쓸리기 쉽다. 사카모토와 부정행위를 저지른 그때에는 이혼으로 끌고 갈 수 있다.

몰래카메라나 도청기는 이미 설치해 뒀다. 물론 집에서 부정을 저지르리라는 보장은 없기 때문에 흥신소 인간을 고용하기로 했다. 그 정도 지출은 아무렇지도 않다.

만약 계획이 생각대로 진전되지 않더라도 얼마든지 수단은 있다.

"선생님에 대해서 아버지한테는 말해 뒀으니까요."

"어떤 반응이었어?"

여기가 중요하다. 키쿠치 소이치로가 반대했을 경우 어쩔 도리도 없다.

"조금 놀란 것 같았지만 납득해 줬어요."

"그건 다행이군."

코쿠쇼는 순조롭게 일이 진척되고 있다는 사실에 만족감을 느꼈다.

7

우치무라 유키의 수술 당일.

정적이 흐르는 수술실에서 수술복을 입은 코쿠쇼는 수술용

마스크 아래로 깊게 호흡한 뒤 환자를 내려다봤다.

"자 그럼 두개골에 구멍을 뚫습니다."

그렇게 말한 뒤 조수로 고른 사카모토에게 눈짓했다. 사카모토는 긴장한 기색이었으나 확실히 고개를 끄덕였다.

드릴로 구멍을 뚫어 나가며 니퍼 같은 형태를 한 론저를 사용하여 절개했다.

소뇌가 노출된다. 맨 처음 일어난 출혈로 인해 표면이 갈색으로 더러워져 있었다.

메스 날을 움직여 뇌와 두개골 사이에 생기기 시작한 반흔조직을 절제하며 추골 동맥 본줄기를 찾기 위해 눈을 가늘게 떴다.

외과 의사는 창상을 직접 볼 수가 없다. 수술용 현미경의 아이피스를 들여다보면서 원격으로 조작한다. 현미경으로 확대되어 있어서 미세한 손 떨림도 경련성 선회 운동을 하고 있는 것처럼 보인다.

개창기를 조절하여 소뇌를 천천히 두개골에서 떼어 벌린다. 맥박치는 추골 동맥과 부풀어 오른 동맥류가 확인됐다.

주머니 형상으로 부풀어 오른 부분을 전후좌우에서 죄어 그것이 붙어 있는 부분을 찾아 클립으로 고정한다.

하나. 둘. 셋. 넷.

목표를 포착하여 격파해 나가는 전투기를 떠올렸다. 조금의 오차도 용납되지 않는다. 재미있는 수술이라고 생각한다.

난도가 높다. 밀리 단위 조작을 실수하면 눈앞의 생명은 꺼지는 것이다. 압박감은 없다. 심심풀이로 최적인 스릴같은 것이다.

마지막 동맥류를 처치하려고 했다.

그때 몸에 흔들림을 느꼈다.

"……지진이다."

간호사가 주위를 둘러보며 목소리를 냈다.

땅울림. 상당히 큰 흔들림이었다.

"흡인기!"

코쿠쇼의 목소리가 수술실에 울렸다.

창상이 빨갛게 물들어 소뇌에서 피가 뿜어져 나오고 있다. 지진 흔들림 때문에 동맥류에 메스가 닿아 상처를 내고 말았다.

"혈압을 낮춰야 할까요!"

사카모토의 목소리.

"안 된다. 템포러리 클립*을 넘겨라. 혈압은 절대로 낮추지 마라."

코쿠쇼는 소름이 돋았다. 차가운 혈액이 흘러 들어와 온몸을 순환하는 듯한 감각.

마스크 아래로 미소를 띠었다.

멋진 시간이다!

---

* 임시 고정 클립

값진 심심풀이다!

소리치고 싶은 충동을 억누르고 손을 움직였다.

"템포러리 클립!"

간호사는 곧바로 그에 응했다. 우둔한 인간치고는 괜찮은 반응이다.

흡인기가 뿜어져 나오는 혈액을 빨아들여 다시 시야가 트였다. 그 틈에 클립의 블레이드로 혈관 주위를 집자 출혈이 멈췄다.

"바르비투르산 투여해!"

코쿠쇼는 지시를 내렸다.

몸이 점점 차가워지고 머리가 맑아져 가는 감각. 황홀감이라 표현하는 것 외에 다른 말은 들어맞지 않았다.

감정이 격해져 시야가 좁아진다. 이거다. 상관없는 것을 완전히 배제하고 순수하게 하나에 집중한다. 모든 세포가 완전히 각성하는 감각이다.

짓눌린 동맥류 주위에 두껍게 엉긴 핏덩어리를 빨아냈다.

재차 지진. 내진 공사가 된 건물이 이만큼 흔들린다. 진도 5 정도의 흔들림은 코쿠쇼는 신경쓰지 않았다.

손을 멈추지 않았다. 흔들림도 없다.

자연의 위협이 몸에 닥치고 있다. 코쿠쇼는 그걸 물리치고 제압한다.

주머니 형상의 동맥류를 잡아당겨 추골 동맥 자체가 막히지 않으면서 클립으로 고정할 수 있는 장소를 찾았다.

템포러리 클립을 끼워놓은 것으로 인해 뇌로 가는 혈액은 끊겨 있다. 멍청하게 있다간 눈앞의 환자는 죽고 말 것이다.

자신의 손안에 이 환자의 목숨이 있다.

전지전능함에 도취된다.

보통이라면 30분 걸릴 작업을 1분 안에 해내야만 한다. 후유증을 신경 쓰지 않는다면 약 4분인가.

코쿠쇼는 1분을 선택했다. 살려낸 작품은 아름다운 상태로 있어야만 한다.

"맥박이 느려지고 있습니다! 뇌가 산소 결핍 상태입니다!"

사카모토의 목소리가 물속에서 들리는 것만 같이 멀게 들린다.

억지로 동맥류를 움직였다. 회복 불가능한 구멍이 날 위험이 있지만 망설이지 않았다.

차가운 피가 온몸을 돌아 뇌에서 손가락 끝까지가 예민해진다.

동맥류가 붙어 있는 부분을 발견했다.

"15mm 퍼머넌트 클립!"

클립이 핀셋에 장전된다. 코쿠쇼는 동맥류 주위에 은색 블레이드를 밀어 넣고 꽉 고정했다.

딱 1분.

――모든 게 잘 풀렸다!

소리치고 싶은 충동을 억누르고 대신 크게 숨을 내쉬었다.

"……머리를 닫아 줘라."

기력이 빠져 양손을 축 늘어뜨린 코쿠쇼는 사카모토에게 지시했다.

"아 알겠습니다."

사카모토는 허둥대는 기색이었으나 눈에 힘이 담겨 있다. 문제없이 완수해 줄 것이다.

누워 있는 환자를 한 번 쳐다봤다.

좋은 작품으로 완성되었다는 만족감이 전신을 지배했다.

8

화려하고 휘황찬란한 공간. 그리고 그 은혜를 받을 자격을 지닌 사람이 모이고 담소를 나누며 쾌락을 향수한다.

킬링 클럽.

이곳은 동류의 모임이었다.

성공한 사이코패스. 세계를 움직이는 인간들이 모이는 땅. 이건 게스트들을 보면 명백했다.

온갖 사치를 부리며 매번 공들인 취향으로 즐거움을 제공해 주는 공간.

일본에 이런 커뮤니티가 있는 건가 하고 놀랐으며 치요다구 지하에 거대한 공간이 존재한다는 건 생각지도 못했다. 운영 주체도 수수께끼다. 처음에는 반사회적 세력이 연관된 것일까 하고 추측했지만 아무래도 그건 아닌 듯하다.

이 장소를 알고 이렇게 사용할 수 있으며 비밀을 준수하면서 운영할 수 있는 자.

짐작도 가지 않았다.

오가는 게스트들에게 시선을 돌렸다.

모두 돈 냄새를 풍긴다. 당연하다. 성공한 사이코패스는 막대한 돈을 버는 것이 특기이기 때문이다.

코쿠쇼는 대학 병원 부교수이기 때문에 평범한 급여밖에 받지 못하고 있다. 하지만 적극적으로 VIP의 목숨을 구하는 대가로 급여를 능가하는 사례를 받고 있다. 그리고 대기업 사장과 같은 권력자의 주치의로서 이익을 챙기고 있기도 했다.

이곳 게스트의 직업은 다양했다. 당연히 벌이도 다르다. 경찰관 같이 고급이라고는 말할 수 없는 직업의 게스트도 있지만 그들도 본업과는 다른 방법으로 돈을 벌고 또한 지배자로 군림하고 있었다. 그들은 심심풀이를 위해 돈을 벌고 쾌락으로 지루함을 달래고 있다.

이곳의 존재를 모르고 동류를 찾지 못하는 상태가 계속되었다면 어떻게 되었을까 하고 생각할 때가 있다.

멍청이 집단에 둘러싸인 나날. 생각하는 것만으로도 오한과 구역질이 났다.

외과 수술로 사람을 자르고 어려운 케이스로 스릴을 맛보는 것만으로는 만족하지 못한다. 더 화려하게 인체를 유린하고 죽이고 싶다.

인생의 파멸이라는 감미로운 유혹을 어찌어찌 억눌렀다. 킬링 클럽이 닻 역할을 짊어지고 있었다. 이곳이 없다면 어디로 흘러갈지 알 수 없는 게스트가 많이 있다.

마음껏 죽이고 싶다는 욕구는 항상 마음속 깊은 곳에서 소용돌이치고 있었다. 방에 침입한 개미를 찌부러트리듯이. 게다가 가급적 스릴을 느낄 수 있는 방법으로.

코쿠쇼는 이런저런 생각을 하며 바 스페이스에서 까뮈 꿔베 5.150이 든 잔을 기울였다.

브랜디를 마시는 습관은 없었지만 이곳에 오면 반드시 마시기로 했다. 이걸 마시면 킬링 클럽에 왔다는 실감이 솟아난다. 말하자면 속세와 떨어지기 위한 스위치 같은 것이다.

킬링 클럽.

이곳의 게스트가 되기 위해서는 이미 게스트가 된 사람의 소개가 필요했다. 물론 신상 조사도 당하고 있을 게 틀림없다.

성공한 사이코패스의 사교장.

인구의 1% 정도 존재하는 사이코패스. 그중에서 지배 계급이 된 사이코패스는 약 1%.

이곳은 그 1%의 선택받은 인간이 모일 수 있는 귀중한 장소였다.

"오랜만이네요."

목소리가 난 방향을 보니 치사가 서 있었다. 평균적인 외모를 가지고 있지만 묘한 분위기를 지니고 있다. 노출이 없는 드레스를 입고 있기는 하지만 요염한 분위기를 숨길 수는 없었다.

킬링 클럽에는 많은 호스티스가 있다. 개인차는 있지만 용모도 두뇌도 나무랄 데 없다. 그중에서 치사의 외모는 약간 뒤처진다. 하지만 신경 쓰이는 인물이었다.

명확한 이유는 없으나 왠지 모르게 기억에 남는다. 짙은 안개 같은 존재라고 하면 적절할까. 실체가 있고 볼 수도 있다. 다만 손을 뻗어도 감촉이 없다. 그러면서도 안개는 상당한 영향이 있다. 핸들 조작을 교란시키고 사람을 미혹시킨다. 그런 능력을 지니고 있을 것 같은 여자다.

과대평가일 것인가 아니면 이것도 과소평가일까.

"수술 하고 왔어?"

"어째서 그렇게 생각하지."

물어보자 치사는 희미하게 미소 지었다.

"사람을 죽이고 온 듯한 분위기를 두르고 있으니까. 그런 냄새가 나."

진심인지 농담인지 판단하기 힘든 대답이었다.

"시시한 수술이었다."

치사의 눈을 들여다봤다. 그 눈동자는 불타는 듯한 반짝임을 띠고 있었다.

"성공했어?"
"목숨은 건졌지만 왼쪽 눈을 실명시켰다. 거기다 좌측 반신에 후유증이 남겠지."
"그건 재난이네."
치사는 즐거운 듯이 웃었다.
"이 세계에서 사라져도 아무런 문제도 없는 남자다."
코쿠쇼는 수술을 막 끝낸 현(縣) 지사를 떠올렸다.
"돈의 마력에 씌어 있을 뿐인 쓰레기야."
거칠게 내뱉듯이 말했다.
돈을 건다.
이건 게스트의 심심풀이 중 하나다. 하지만 돈을 위해 돈을 거는 인간과는 다르다.
이곳에 있는 게스트는 돈내기를 하여 그걸로 얻은 지위나 힘을 가지고 타인을 지배하여 숨을 돌린다.
돈의 망자와는 다른 가치관으로 살고 있다.
치사는 자기 귓바퀴를 만지작거렸다.
"그 현 지사의 양쪽 눈을 망가뜨려 버리면 돈에 눈이 머는 일도 없어질 텐데."
치사가 몸을 가까이 댔다. 희미한 향수 향기.
코쿠쇼는 경쾌하게 웃었다.
"좋은 생각이군. 뇌종양이 재발하면 다음은 오른쪽 눈을 보이지 않게 만들어 주겠어. 다만 죽이는 것만은 안 된다. 사례

금이 괜찮으니까 말이지."

"살리지도 않고 죽이지도 않은 채로 두는 게 가장 좋아 보이네……. 아니면 오른손을 움직이려고 했더니 왼발이 움직인다든가 눈을 뜨고 싶다고 생각했더니 발뒤꿈치를 든다든가 그런 느낌으로 만들면 재미있을 것 같지 않아?"

즐거운 듯이 말한 치사의 얼굴이 갑자기 진지한 표정으로 변했다.

그리고는 그러고 보니 하고 목소리를 낮췄다.

"최근 일어나고 있는 살인 사건 알아?"

"살인 사건 따위 드문 일이 아니다."

"킬링 클럽 게스트가 노려진 것처럼 살해당하고 있어. 몰라?"

"뉴스를 보고 금방 알았지."

코쿠쇼는 대답했다.

"뭔가 알고 있어?"

치사는 불타오르는 눈으로 쳐다봤다. 거기에 뛰어들고 싶다는 생각이 들게끔 하는 듯한 밝은 불꽃이었다.

"……어떠려나." 코쿠쇼는 고개를 갸웃했다.

"의료 현장에서는 어떤 의미로 살인 사건이 자주 발생하고 있으니까 말이지. 그다지 흥미롭지 않아."

"그런 거야?"

"그래."

살짝 턱을 당겨 고개를 끄덕였다.

"어쩌면 코쿠쇼 씨도 노려지고 있다거나."

치사는 짓궂은 미소를 띠었다.

"그건 그것대로 심심풀이가 되니까 대환영이다."

과장 없는 솔직한 말이었다.

사이코패스는 항상 과잉 자극을 갈구한다. 그리고 마약과 마찬가지로 게임을 점차 크고 자극적으로 만들어 나가지 않으면 만족하지 못하게 된다. 오로지 점점 커지기만 하는 것이다. 거기에 제한은 없다. 설령 자기 목숨이 위협받아도 자극을 갈구한다. 나방이 자기 몸을 남김없이 태워 버리는 불에 뛰어드는 것과 마찬가지다.

자금력과 재능이 없는 평범한 사이코패스한테는 지루함이라는 고통이 따라다니고 그걸 알코올이나 마약 폭력이나 살인으로써 해소한다.

성공한 사이코패스는 더욱 다양한 방법을 선택할 수 있다. 그러니 기본적으로 살인과는 연이 먼 존재다.

――기본적으로는.

"코쿠쇼 씨라면 괜찮겠네."

"뭐가 괜찮겠다는 거지."

"살해당하지 않을 거라는 거."

일종의 확신으로 가득 찬 말투에 의문을 느꼈다.

이 여자는 뭘 알고 있는 것인가.

코쿠쇼는 치사의 눈을 들여다보며 발언의 의도를 탐색했다. 하지만 거기에는 아무것도 비치고 있지 않았다. 텅 비어 있다.

코쿠쇼에게 치사가 기댔다. 고혹적인 살결의 감촉이 체온과 함께 전해져 온다.

한순간 망설였지만 오늘은 그런 기분이 들지 않았다.

"뭔가 재미있는 게 있으면 알려줘."

분위기를 파악했는지 치사는 미소를 띠고는 헬리오트로프의 달콤한 향기를 남기며 떠나갔다.

그 뒷모습을 지켜본 뒤 브랜디로 입안을 적신 코쿠쇼는 재킷 안주머니에서 스마트폰을 꺼내 화면을 켰다.

절제한 동맥류 사진과 잘라낸 건강한 뇌의 일부, 피부, 사고로 인해 튀어나온 장, 머리가 절반 찌부러진 시체.

어느 것이고 실패한 작품들의 사진이다.

아름답지 않다.

다만 이런 실패작을 봄으로써 훌륭한 작품을 자기 손으로 연출하고 싶다는 욕구를 강하게 만들 수 있다.

더욱 기술을 단련해야만 한다. 그렇게 하면 좋은 작품을 만들 수 있다. 그걸 위해서는 많은 습작이 필요하다.

잔으로 손을 뻗었을 때 문득 누군가의 시선을 느껴 고개를 들었다.

서빙 담당 중 한 명이 이쪽을 보고 있었다. 우연히 눈이 마주친 건 아닌 모양이다.

“내게 용건이 있나.”

코쿠쇼가 물었다.

“……뭘 보고 있나 싶어서요.”

말을 고르는 것처럼 여자는 신중한 목소리를 냈다.

“심심풀이다.”

재킷 안주머니에 스마트폰을 넣고 여자 쪽으로 몸을 향했다.

“이름은?”

“아이코예요.”

망설임 없는 대답이었다.

“못 보던 얼굴이군.”

“여기서 일하게 된 지 얼마 안됐으니까요.”

“어째서 여기에?”

“소개요.”

그런 건가 하고 코쿠쇼는 생각했다. 이곳 종업원의 채용 방법 같은 건 신경 쓴 적이 없었다.

킬링 클럽은 말하자면 비밀 클럽이다. 정보가 누설되지 않도록 보안이 철저하고 새어 나갔을 경우 곧바로 흐지부지하게 만들 수 있을 터다. 바로 그렇기 때문에 이 공간의 비밀은 계속 지켜지고 지금도 여전히 유지되고 있다. 이곳의 존재를 완벽하게 은닉하기 위해 거짓 정보를 계속해서 흘려 교란하고 있는 듯하다.

이곳을 운영하는 측은 그 정도의 일을 간단히 해내는 듯하다. 어쩌면 전쟁을 일으키는 것도 가능할지도 모른다.

"이곳 일은 계속할 건가?"

"월급이 좋으니까요."

아이코라 이름을 댄 여자의 대답이 마음에 들지 않았다. 거짓말을 하는 것처럼 느껴지지는 않지만 무언가가 신경에 거슬린다.

"월급뿐인가?"

"물론이에요."

"……그런가. 이만 됐다."

코쿠쇼는 그렇게 말한 뒤 시선을 돌렸다. 아이코가 머리를 숙이고 나서 잰걸음으로 떠나가는 것을 시야 한구석에서 포착했다.

묘한 여자라는 감상을 품으면서 바텐더에게 시가를 주문했다.

"평소 피우시던 것으로 괜찮겠습니까."

이미 상자에 손을 댄 바텐더는 만약을 위해서라는 느낌으로 물어봤다.

고개를 끄덕이자 시가를 내밀었다.

몬테크리스토.

알렉상드르 뒤마가 쓴 '몽테크리스토 백작'의 주인공 이름에서 따와 붙여진 브랜드명이다. 쿠바산은 아니지만 질 좋은 향기가 마음에 들었다.

기요틴 커터로 헤드 부분을 잘라 시가용 라이터로 불을 붙였다.

연기를 뿜어내며 요전에 집도한 우치무라 유키의 얼굴이 뇌리를 스쳤다.

추골 동맥이 하나밖에 없는 선천성 이상을 가진 환자인 데다가 어려운 수술. 거기에 지진이라는 자연재해가 더해졌다.

좀처럼 없는 케이스다. 그 수술을 성공시킨 코쿠쇼는 매우 높은 만족감을 얻었다.

수술 후의 경과도 양호했다.

9

오전 중의 회진을 끝낸 뒤 3층에 있는 병실로 간 코쿠쇼는 누워 있는 우치무라를 내려다봤다. 안색이 매우 좋다. 머리에 붕대를 감고 있는 것 이외에는 환자 같지 않다.

다만 수술에 성공한 것만으로는 만족스러운 작품으로 완성되었다고 말할 수 없다. 어려운 케이스에서 살려내 건강한 모습으로 퇴원일을 맞이하는 순간 코쿠쇼는 병이나 운명 같은 것들을 제압했다는 달성감을 얻을 수 있다. 죽음을 꺾고 삶을 안겨줬다는 실감이 솟아난다. 신과 나란히 섰다고 생각할 수 있다.

수술 전의 우치무라는 몹시 어려운 상태였다. 손쓸 방도가 없다며 대부분의 외과 의사는 포기했다. 하지만 코쿠쇼는 우치무라를 죽음의 수렁에서 건졌다.

나머지는 이 상태를 유지하는 것뿐이다.

"선생님."

미소를 띤 우치무라는 일어서려고 했지만 누워 있도록 타일렀다. 소중한 작품이다. 안정을 취하지 않으면 곤란하다. 지주막하 출혈 수술 뒤에는 현기증이나 구역질이 느껴지는 경우가 있다.

"기분은 어떻지?"

"완전 괜찮아요."

"아프다든가 괴로운 부분은?"

"없어요. 이제 걸을 수 있고요."

우치무라는 양팔에 알통을 만드는 듯한 제스처를 취했다.

"지금 불편한 것은?"

"붕대가 꽉 조여 갑갑하니까 빨리 풀고 싶어요."

머리를 만진 우치무라는 쓴웃음을 지었다.

"그건 아직 무리겠네."

코쿠쇼는 미소를 지었다.

회복실에서 나오고 이틀. 수술 중에 투여한 바르비투르산의 영향으로 의식이 돌아오는 게 늦긴 했지만 허혈 상태로 인한 신경계 손상도 없다. 나머지는 체력이 회복되기를 기다릴 뿐이었다.

"조금 더 있으면 퇴원할 수 있어."

"감사합니다. 그래서…… 외출은 언제쯤 가능한가요?"

말하기 어려운 듯이 물어봤다. 코쿠쇼는 미간을 찡그렸다. 넌지시 비난하고 있다는 걸 전하려 했지만 상대한테는 전해지지 않은 모양이다.

"외출?"

"네." 우치무라는 고개를 끄덕였다.

"남자친구랑 사귄 지 1년 기념으로 깜짝 선물을 건네주고 싶어요."

코쿠쇼는 차가운 표정을 띠었다.

"그 남자친구한테 병원에 와 달라고 하면 되잖아."

"……그건 ……제가 가지 않으면 안 돼요."

우치무라의 표정이 흐려지고 초조함을 읽어낼 수 있었다.

상황을 눈치챘다. 아마도 우치무라는 사귀고 있는 남자한테서 차이기 직전일 것이다. 그걸 어떻게든 피하고자 기념일에 선물을 건네러 가고 싶을 것이다. 어떻게 해서라도 남자친구한테 매달리고 싶다는 비천한 감정이 슬쩍슬쩍 보였다.

헛된 일이자 어리석은 짓이다. 감정을 컨트롤하지 못하는 열등한 존재다.

코쿠쇼는 한숨을 참았다.

"언제?"

"……내일이에요."

우치무라는 한순간 주저하는 듯한 뜸을 들이다가 대답했다.

"그건 무리다."

짜증을 숨기고 대답했다.

수술이 잘 되었다고는 해도 병세가 안정된 건 아니다. 모처럼의 성공을 헛되게 만들 수는 없다.

"하지만 사귄 지 1년 된 기념일이라……."

"안 된다." 욕설을 퍼붓고 싶은 마음을 억눌렀다.

"네 목숨과 앞으로 몇 번이고 찾아올 기념일 중 어느 쪽이 중요한지 생각할 필요까지도 없겠지. 그 정도는 생각하지 않아도 알 수 있을 거다."

"그래도……."

반론을 시선으로 막았다.

"나는 최고의 수술로 널 살렸다. 그 노력을 배신하고 싶은 거라면 어디 네 마음대로 해라. 그 대신 내년 기념일은 돌아오지 않을 수도 있다는 것을 명심해라."

"하지만……." 어깨를 푹 떨군 우치무라는 말끝이 작아졌다.

"……알겠어요."

우치무라는 약하게 중얼거렸다.

"또 상태를 보러 오마."

차갑게 내뱉은 뒤 병실을 뒤로했다.

복도를 걸으며 미간을 찌푸렸다. 감정에 지배당한 인간의 행동을 보니 신물이 났다.

문득 십자 복도를 가로지른 사카모토가 눈에 들어와서 불러세웠다.

"315호실 환자 주의해서 봐 둬. 우치무라 유키다."

"……네? 경과는 순조로울 텐데요."

사카모토는 의아한 표정을 띠었다.

"내일 병원을 몰래 빠져나갈 가능성이 있다."

"예?"

"말 그대로다. 한 번 더 말해 줘?"

"아뇨……. 그렇지만 어째서 그런……."

"어쨌든 간호사나 경비원한테도 주의시켜 둬라. 반드시다."

명령조로 지시한 코쿠쇼는 오후 스케줄을 소화하기 위해 수술실로 향했다.

10

사카모토는 의국 의자에 앉아 등받이에 몸을 기댔다. 낡은 문이 천천히 열리는 듯한 불쾌한 소리가 났다.

눈앞에 놓인 캔커피에 손을 뻗었지만 안은 텅 비어 있었다.

코쿠쇼가 한 말을 머릿속에서 되새겼다.

――내일 병원을 몰래 빠져나갈 가능성이 있다.

수술이 막 끝나서 회복 중인 우치무라 유키가 외출한다는 건 생각할 수 없다.

만일을 위해 병실에 상태를 보러 갔다. 의기소침해 보였지만 코쿠쇼가 말했던 그런 일이 일어나리라고는 도저히 생각되지 않았다. 설마 병원을 몰래 빠져나갈 생각입니까 라고 물어볼 수도 없는 노릇이다.

쓸데없는 걱정이라고 생각하면서도 함부로 무시할 수는 없었다.

어떠한 이유가 있어서 감시하라고 말한 것이겠지. 다만 자신도 바쁜 몸이다. 한시도 곁에서 떠나지 않고 지켜보는 건 불가능하다.

경비원과 간호사에게도 말해두자고 생각하고 있었는데 시니어 레지던트인 후지사와가 의국에 모습을 나타냈다.

"들었다고. 너 수술광 집에 자주 놀러 간다면서."

"……코쿠쇼 부교수님입니다."

다소의 반론을 담아서 말했지만 후지사와한테는 들리지 않는 모양이었다.

"약점이라도 잡혔냐?"

"아닙니다."

강한 어조로 부정했다.

"그럼 뭔데."

"그건……."

말을 흐렸다. 대답하기 어려운 질문이었다.

어째서 코쿠쇼는 자택에 자주 초대하는 것인가. 지금까지 사적으로 만난 적은 전혀 없었다. 그런데도 갑자기 코쿠쇼의 가족을 포함하여 어울리게 되었다.

코쿠쇼의 아내인 리에는 싱글인 사카모토를 따뜻하게 맞이해 주었다. 사카모토는 처음에는 긴장했으나 지금은 자연스러워졌다. 항상 같은 것만 먹던 식생활도 나아지고 있어 감사하고 있었다.

리에는 미인이었다. 하지만 그것뿐만이 아니다. 사람을 끌어당기는 무언가를 가지고 있어서 호의적인 시선에 마음이 덜컥할 때도 많이 있었다.

다만 걱정되는 점도 있다.

코쿠쇼에게 지나치게 순종적일 정도로 고분고분한 것이다. 남편에게 헌신하는 아내라기보다도 주종 관계를 맺고 있는 것처럼 느껴졌다.

그리고 비탄에 잠긴 듯한 표정을 이따금 보이는 경우가 있었다. 무언가 슬픈 일이라도 있었던 것일까.

"수면 부족이냐? 멍하니 뭐하냐."

후지사와의 말에 제정신을 차렸다.

그때 목에 매달고 있는 PHS가 울렸다. 통화 버튼을 누르자 간호사의 목소리가 들렸다. 담당하는 환자의 병세가 급변했다는 알림이었다. 경과는 양호했었다. 어째서 이렇게나 사람의 생사는 뜻대로 되지 않는 것인가. 자기도 모르게 혀를 찼다.

사카모토는 종일 그 환자에게 시달리는 처지가 되었다.

그로 인해 코쿠쇼한테 들었던 말을 새까맣게 잊고 말았다.

11

그날 수술을 무사히 끝낸 코쿠쇼는 잡무를 정리하는 것에 집중했다. 이미 30시간 정도 깨어 있었지만 익숙해졌기 때문에 문제는 없다.

일을 마치고 짬이 난 건 오후 6시 반이었다.

오랜만에 일찍 퇴근할 수 있을 것 같다.

책상 위 서류를 서랍에 넣었다. 한순간 315호실에 있는 우치무라 유키의 얼굴이 뇌리를 스쳤지만 병원에서 탈주하지 않는지 주의를 기울이는 건 내일해도 된다고 생각하여 돌아갈 준비를 시작했다.

병원을 나와 주차장으로 향했다.

추위에 몸을 움츠리면서 재규어 XJ에 올라탔다. 차내가 추워서 곧바로 엔진을 켜서 난방을 틀었다.

병원 부지를 나와 언덕을 내려갔다.

케이센 대학 병원은 약간 불편한 장소에 있어서 자동차로 통근하고 있었다.

도로에 사람의 모습은 없다. 병원에 볼일이 있는 사람 이외에는 지나는 사람은 거의 없었다. 병원에서 가장 가까운 역까지는 도보로 30분은 걸린다.

이 시간대에 이 근처를 걷는 사람은 없는 게 보통이다.

그래서 사람의 모습을 발견한 코쿠쇼는 수상하게 생각했다.

상황도 묘했다.

그 사람 형체는 철도 건널목 안쪽의 선로 위에 주저앉은 채 움직이지 않았다. 자살이라도 할 생각인가 싶었다.

건널목 경보기의 빨간 램프가 빛났고 소리가 주위에 울려 퍼지고 있다.

모자를 쓴 사람의 형체. 점퍼를 걸치고 있어도 가냘픈 체격임을 알 수 있었다.

자세히 응시했을 때 그 사람과 눈이 마주쳤다.

"……어째서."

315호실의 우치무라 유키였다.

"제기랄."

욕지거리를 내뱉고 브레이크를 밟았다.

차에서 내린 코쿠쇼는 달리면서 이를 악물었다.

경보음이 무섭게 위협하는 것처럼 밀어닥친다.

수술 전에 남자친구와의 기념일에 대해 들었던 기억이 되살아났다.

오전 중에 우치무라를 만났을 때 기념일은 내일이라고 말했었지만 분명 수술 전에는 오늘 날짜라고 했었다.

어째서 그런 거짓말을 한 것인가.

답은 명백했다.

외출을 허락받지 못했을 경우 몰래 빠져나갈 생각이었을 것이다. 솔직하게 오늘이라고 말했다간 감시당할지도 모른다고 생각한 것이다.

얕은꾀다.

하지만 거기에 속아 넘어갔다.

굴욕적이었다.

이 손으로 죽이고 싶다는 충동을 느낀 코쿠쇼였으나 냉정함을 잃지 않았다. 차단봉 밑으로 빠져나가 건널목 안으로 들어갔다.

지면에 양손을 짚은 우치무라를 들어 올렸다. 눈이 공허했다. 현기증이 온 게 틀림없다.

"어, 어째서……."

우치무라는 놀란 목소리를 냈다.

코쿠쇼는 양팔에 힘을 줬다.

고생해서 완성한 작품을 이런 곳에서 잃을 수 없다.

강렬한 빛에 코쿠쇼는 오른쪽 눈을 찡그렸다.

전철이 바로 코앞까지 다가왔다.

"……빌어먹을."

오늘은 운이 나쁘다고 생각했다.

코쿠쇼는 양팔에 힘을 주어 우치무라를 던졌다. 자기 존재보다 자기가 심심풀이를 위해 만들어 낸 것이 더 중요하다는 게 의외였다.

심심풀이도 이제 끝인가. 그렇게 생각하고 눈을 가늘게 떴다. 그 앞에 본 적 있는 듯한 얼굴이 한순간 보였다.

"어째서 네가……."

분명──.

시야가 흔들렸다. 전철과 충돌했다.

통증이 뇌에 전달되기 전에 코쿠쇼의 의식이 끊기고 어둠이 모든 것을 지배했다.

12

구름이 잔뜩 낀 흐린 하늘 아래.

아이코는 코쿠쇼가 전철에 치인 장소에 서 있었다.

건널목 가까이에 폐허가 된 공장이 있다. 오랫동안 비바람에 노출된 탓인지 외벽이나 지붕의 녹이 눈에 띄었다. 희미해진 간판 글자를 보니 과거에는 자동차 수리 공장이었던 것 같지만 지금은 고철 덩어리다.

민가는 조금 떨어진 장소에 두 채뿐.

건널목 주위는 가로막고 있는 건물이 적어 시야가 트인 장소였다.

"정말로 사고로군."

츠지마치는 감정이 없는 눈으로 건널목 안쪽을 보고 있었다.

"예." 옆에 서 있는 카토리가 고개를 끄덕였다.

"건널목에 설치된 감시 카메라 영상을 보면 코쿠쇼 아키라는 스스로 건널목 안으로 들어가 쓰러진 우치무라 유키를 안고 전철과 충돌하기 전에 던졌습니다. 찰나의 순간에 이런 판단을 할 수 있다니 역시나 뇌신경외과 의사네요."

감탄한 듯한 목소리다.

츠지마치는 대답하지 않고 주위를 확인하는 것처럼 고개를 움직였다.

"타살 가능성은 없나."

"영상을 본 한에서는 사고가 틀림없을 것 같네요. 하지만 코쿠쇼가 치인 직후 수상한 인물이 찍혀 있었습니다."

카토리는 서쪽을 가리켰다. 딱 폐허가 된 공장의 대각선상에 위치하는 장소다.

"저쪽에 사람이 서 있었던 것 같습니다. 후드를 뒤집어쓰고 있어서 얼굴은 보이지 않았습니다만 키는 대략 170cm이고 마른 체형의 인물입니다."

"성별은?"

"영상 분석을 진행하고 있지만 아마도 알 수 없겠지요. 몸의 라인을 가리는 복장이었고 잠시 현장의 상황을 보고 난 뒤 떠났습니다."

거기까지 말한 카토리는 의아하다는 듯한 표정을 지었다.

"이 건이 연쇄 살인 사건과 관계가 있는 걸까요?"

"모른다. 다만 용의자일 가능성이 있었지."

"예?!" 카토리는 깜짝 놀란 목소리를 냈다.

"하지만 용의자 리스트에는……."

"어디까지나 내 감이니까 신경 쓰지 마라."

건널목에서 돌아선 츠지마치는 케이센 대학 병원에서 사정 청취를 하겠다고 말했다.

카토리가 운전하는 암행순찰차로 이동하여 병원 부지 안에 주차했다.

가장 먼저 만난 건 코쿠쇼한테 구조된 우치무라 유키였다.

우치무라가 입원한 곳은 6인실이라서 작은 회의실로 이동했다.

네 명이 앉을 수 있는 테이블이 있는 방에는 관엽 식물이 놓여 있다. 평소에는 수술 사전 설명 때 사용되는 방이다.

방 앞쪽에 츠지마치와 카토리가 앉고 안쪽에 우치무라와 아이코가 앉았다.

우치무라의 왼쪽 뺨과 양손에 생긴 찰과상이 보였다. 코쿠쇼가 던졌을 때 난 상처라고 추측할 수 있다.

“사고가 있었을 때의 일을 들려주지 않겠어?”

카토리가 물었다. 눈이 부은 우치무라는 힘없이 고개를 끄덕였지만 전혀 말을 꺼내려 하지 않았다. 낯빛이 좋지 않았고 당장이라도 위에 든 내용물을 입으로 게우고 말 것만 같이 보였다.

“그날 너는 병원을 몰래 빠져나가서 걷고 있었어. 틀림없지?”

질문을 받은 우치무라는 몇 번인가 딸꾹질을 참는 것처럼 어깨를 움직인 뒤 얼굴을 찡그리고 눈물을 흘리기 시작했다.

카토리는 당황한 기색으로 우치무라를 달랬다. 그것이 역효과가 되어 훌쩍이며 우는 소리가 커졌다.

“우는 건 언제든지 가능하지 않나. 질문에 대답해라.”

츠지마치가 냉철한 목소리로 말하자 우치무라의 어깨가 움찔 떨렸다.

“사실을 전하는 게 네 의무다.”

친절하게 대할 필요는 없다고 생각하는 것 같은 담담한 어투. 여전히 우치무라의 눈에서는 눈물이 흐르고 있었지만 아랫입술을 꽉 깨물고는 작게 고개를 끄덕였다.

츠지마치는 재촉하는 것처럼 옆을 봤다.

“다, 다시 한번 묻겠습니다.” 카토리가 허둥대는 기색으로 입을 열었다.

"병원을 빠져나간 이유는?"

"……남자친구와 사귄 지 1년이 되는 기념일이라……. 그래서 선물을 주고 싶어서요."

"그런 시간에?"

"……고백한 시간이 밤이었어요."

"흠흠."

카토리는 손에 든 수첩에 볼펜으로 메모했다.

"외출 허가는 나오지 않았지?"

우치무라는 고개를 끄덕였다.

"그래도 외출하려고 했던 건 너의 의지였어?"

"……네."

"병원에서 가장 가까운 역까지는 걸어서 30분 정도던데."

"택시 탈 돈이 아까웠고 병원에서 버스를 기다리다가 발견되면 잡힐 것 같아서 중간 정도까지 걸으려고 한 거예요. 버스 정류장이 몇 개 있는 건 알고 있었으니까 도중에 타려고 그랬어요."

카토리는 흠흠 하고 말하며 고개를 두 번 끄덕였다.

"걸어서 선로까지 도착해서 거기서 쓰러지고 말았다는 거네."

우치무라는 침울한 표정을 띠었다.

"건너는 도중에 갑자기 눈앞이 새까매지더니 그 자리에서 한 발짝도 움직일 수 없게 됐어요. 경보기 소리 같은 것도 어쩐지 현실감이 느껴지지 않아서……. 선생님이 계시지 않았다면 전…….”

“누군가한테 외출을 강요당한 건 아니라는 말이군?”

별안간 츠지마치가 물었다.

놀란 듯이 눈을 크게 뜬 우치무라는 고개를 가로저었다.

“건널목 안쪽에서 쓰러져 있으라는 지시를 받은 게 아닌 건가?”

“아니에요! 저는 남자친구한테 차이기 싫어서……. 그래서…….”

고개를 가로저은 우치무라는 커다란 눈물방울을 흘렸다.

“무, 무슨 말을 하는 겁니까.”

인상을 찌푸린 카토리가 츠지마치의 얼굴을 봤다.

“사정은 알았다. 이 이상 물어볼 건 없다.”

카토리의 반응을 무시한 츠지마치는 일어서서 이제 청취는 종료하라고 말했다.

다음으로 만난 건 사카모토라는 의사였다.

장소는 외과 병동 진찰실이었다.

아직 젊은 사카모토는 단정한 외모의 소유자였다. 마른 몸이 약간 미덥지 못한 인상이었지만 성실해 보이는 얼굴 생김새였다.

"코쿠쇼 아키라 씨는 어떤 느낌이었습니까. 무엇이든 좋으니 신경 쓰인 것이 있다면 알려주십시오."

여느 때처럼 카토리가 제일 먼저 질문을 시작했다.

사카모토는 의기소침한 기색이었다. 정말로 슬퍼하고 있는 거겠지 라고 아이코는 생각했다.

"특별히 신경 쓰이는 점은 없었습니다. 하지만 우치무라 유키 씨가 병원을 몰래 빠져나갈 가능성이 있으니까 주의해서 지켜보라는 지시를 들었습니다만……."

사카모토의 얼굴에 후회의 빛이 퍼진다.

"우치무라 유키 씨가 병원을 빠져나갈지도 모른다는 걸 사전에 알고 있었던 거군요."

카토리는 수첩에 글자를 써넣었다.

사카모토는 고개를 끄덕였다.

"그랬습니다. 하지만 코쿠쇼 선생님은 내일 빠져나갈지도 모른다고 말씀하셨습니다."

"내일이라고 하면?"

"우치무라 씨 사귄 기념일이 내일이라고 거짓말을 한 것 같습니다."

"……어째서 그런 짓을."

카토리는 의문에 가득 찬 시선으로 보며 물었다.

"외출 허가가 떨어지면 그날에 외출하고 싶다고 말할 생각이었던 것 같습니다. 하지만 허가가 나지 않았을 때 빠져나가기 쉽도록 날짜를 거짓으로 말한 겁니다."

"멍청해 보이는데 제법 머리가 잘 돌아가는군." 무표정한 채로 츠지마치가 중얼거렸다.

"나도 묻고 싶은 게 있다. 코쿠쇼 아키라한테서 신변의 위험을 느끼고 있다거나 하는 말은 듣지 못했나."

"그런 건…… 없었습니다."

턱에 손을 댄 사카모토는 고개를 갸웃했다.

"그런가."

츠지마치는 한숨을 내쉬고는 일어섰다.

케이센 대학 병원에서의 청취는 짧은 시간에 끝났다.

병동을 나오자 비가 내리고 있었다. 오후 4시인데 기온이 낮다.

"차 가지고 오겠습니다."

카토리는 그 말을 남기고 주차장으로 뛰어갔다.

커다란 보스턴백을 품에 안은 남성이 작은 아이의 손을 잡은 채 병원 안으로 들어갔다. 친척이 입원 중이기라도 한 것일까.

"이제부터 어떻게 하실 건가요."

주위에 사람이 없는 것을 확인한 뒤 아이코가 물었다.

"무슨 의미지."

츠지마치는 이쪽으로 고개를 향할 기색조차 내보이지 않았다.

“킬링 클럽이 제시한 용의자 세 명은 더는 이 세상에 없잖아요.”

그 말에 츠지마치는 말없이 고개를 끄덕였다. 아이코는 계속해서 말했다.

“가장 수상하다고 생각했던 코쿠쇼 아키라도 죽었어요. 용의자가 전부 사라졌네요.”

“킬링 클럽을 소란스럽게 만든 범인이 전철에 치여 죽었다. 실로 맥 빠지는 결말이군.”

“……하지만 코쿠쇼 아키라가 범인이라는 증거는 없죠?”

아이코를 쳐다본 츠지마치의 눈에서는 아무런 감정도 읽어낼 수 없었다.

츠지마치는 눈을 가늘게 떴다.

“코쿠쇼가 범인이다. 그러니 이제 용의자는 없다. 킬링 클럽에는 그렇게 보고한다. 경찰은 수사를 계속하겠지만 특별수사본부는 성과 없이 해산하겠지. 어쨌든 해결이다.”

싱거운 결말이라고 츠지마치는 담담한 목소리로 말했다.

아이코는 미간을 찡그렸다.

해결?

이런 게 해결이라고? 진상은 달리 있다.

그렇게 생각한 것과 동시에 츠지마치한테 실망했다.

재차 입을 열려고 했을 때 카토리가 운전하는 차가 눈앞에 멈췄다.

제5장

프리랜서 기자

1

알람 시계 소리에 깨어난 아이코는 눈을 깜박이고는 침대 위에서 크게 기지개를 켰다. 커튼 틈새로 비쳐 들어오는 아침 햇살이 불쾌했다.

시간을 확인하니 바늘이 9시를 가리키고 있다.

여느 때라면 11시 정도까지 자는데 어째서 이 시간에 알람이 울린 것인가. 그렇게 생각했을 때 잡지사에 갈 일이 있다는 걸 떠올렸다. 그 때문에 알람 시계를 9시에 맞춰 둔 것이다.

차가운 숨을 내뱉었다.

일어나서 에어컨 난방 기능을 켰다.

자는 동안에는 몸을 갑갑하게 조르는 것이 싫어서 겨울이라도 복서 팬티 한 장 차림이었다.

샤워를 한 뒤 검은 스키니진과 검은 티셔츠를 입었다. 색깔이 있는 옷이면 위아래 밸런스가 신경 쓰인다. 하지만 검은색으로 통일하면 그런 것에 신경 쓸 일도 없다.

겉옷은 가죽 재킷을 입으면 나갈 준비는 끝이다.

몸차림을 정돈하고 A4 사이즈가 들어가는 숄더백을 어깨에 걸친 뒤 집을 나왔다.

카구라자카에 있는 자택에서 고코쿠지에 있는 잡지사까지는 자전거로 간다. 머플러를 목에 단단히 감고 선글라스를 쓴 뒤 로드 바이크에 걸터앉았다.

햇살은 있지만 검은 구름이 눈에 띄는 하늘이었다. 비가 내릴 것 같다.

차도를 달리면서 길 가는 사람을 봤다.

사복 차림 대학생. 유모차를 미는 어머니. 정장 차림 남녀. 특별히 재미있을 것 같은 사람은 없었다.

메지로 거리를 나아가 오오츠카 경찰서를 지난 곳에 목적지인 잡지사가 있었다.

잡지사 자전거 주차장에 로드 바이크를 세우고 면회 절차를 밟았다. 경비원이 면회 연락을 하고 난 뒤 3층으로 향했다.

계단을 올라가 카페테리아에 들어갔다. 잠시 후 카나즈카가 모습을 나타냈다. 수염이 아무렇게나 자란 얼굴은 기분이 안 좋아 보인다.

"난 아침 먹을 건데 너도 먹을 거냐?"

눈 밑이 떨리는 카나즈카의 물음에 아이코는 고개를 가로저었다. 눈 밑이 까맣다. 상당히 지친 기색이었다.

"그럼 마실 건?"

"아메리카노."

"오케이."

머리를 긁적인 카나즈카는 카운터로 갔다. 뒷머리 쪽 머리카락이 흐트러져 있다. 아무래도 집에 들어가지 않은 모양이다.

카나즈카는 대중 주간지 편집장을 맡고 있었다. 아이코는 프리랜서로서 몇 군데 잡지사와 일을 하고 있지만 이곳에서의 일이 가장 많았다. 아슬아슬한 기삿거리를 적극적으로 취급해 준다.

잠시 후 돌아온 카나즈카의 입에는 담배가 물려 있었다.

아메리카노를 받아들었다.

"잠을 못 자고 있어." 담배를 재떨이에 눌러 끈 카나즈카는 자기 몫의 토스트를 입에 물었다.

"그러니 잡담은 빼고 가자고. 좋은 기삿거리를 잡았다면서?"

아이코는 커피에 입을 대고 그 싸구려 같은 맛을 맛본 뒤 이야기하기 시작했다.

"최고의 기삿거리야. 그렇지만 꽤 위험해."

"위험하지 않은 기삿거리 따위 필요 없다고." 토스트를 눈 깜짝할 사이에 다 먹어 치운 카나즈카는 트림을 했다.

"그래서 어떤 내용이지?"

"뉴스에서 연일 보도되고 있는 도내 연쇄 살인 사건의 범인. 누구인지 알아?"

샐러드가 찍힌 포크를 든 손이 멈췄다.

"네가 알고 있는 거냐."

아이코는 고개를 끄덕였다.

"……신빙성은 어느 정도지."

"상당히 높아."

"증거는?"

물론 있다고 대답했다.

"어떤 건지 보여줘 봐."

"지금은 힘들어."

"어째서."

불쾌감을 드러낸 카나즈카는 샐러드를 입에 넣었다.

"어쨌든 연쇄 살인 사건의 범인을 알고 있고 증거도 있어."

"경찰은 그 범인을 파악하고 있냐?"

"아직."

"……증거에 따라서 이 이야기에 응해 주지. 하지만 너도 알고 있는 대로 주간지라는 건 세간을 떠들썩하게 만드는 기사를 쓰는 것치고는 예산이 없어. 기삿거리에 지불하는 돈 같은 건 안 나온다고."

아이코는 입꼬리를 올려 미소 지었다.

"약간의 사례면 충분해. 주간지의 천박한 표현으로 크게 기사를 내주면 돼."

카나즈카는 아무렇게나 자란 수염을 손으로 문질렀다.

"……개인적인 원한으로 기삿거리를 유출하는 거냐?"

날카로운 추측이라고 생각했지만 아이코는 들키지 않도록 했다.

"사건의 범인. 형사인데 어때?"

"뭐라고……."

카나즈카는 눈을 가늘게 떴다. 아무래도 식욕이 동한 모양이다.

아이코는 미소를 지었다. 머릿속에는 한 형사의 모습이 떠올랐다.

"자세히 말해봐."

"비밀."

그 말에 카나즈카는 미간을 찌푸리면서 음미하는 듯한 시선을 향했다.

"날 놀리고 있는 건 아니겠지."

"물론이야."

낮은 신음을 낸 카나즈카는 턱을 괴면서 예리한 눈빛으로 아이코를 쳐다봤다.

아이코는 거기에 미소로 응수했다.

"……알았다. 받아 주지. 약간의 사례면 된다고 말한 건 너다."

"돈의 문제가 아니니까 그거면 돼."

"그러면 어디 미끼를 물어볼까."

카나즈카는 기름기가 떠오를 것 같은 끈적끈적한 미소를 띠었다.

잡지사에서 나온 아이코는 바이크로 왔던 길을 되돌아갔다. 그리고 집을 지나쳐 빌딩 5층과 6층에 있는 피트니스 센터로 향했다.

회원증을 접수 데스크에 보여주고 탈의실에서 운동복으로 갈아입은 뒤 운동화를 신었다.

5층에는 스쿼시 코트와 수영장이 있고 6층에는 스튜디오 2개에 운동 기구가 죽 늘어서 있다.

아이코는 사람이 적은 6층에 있는 러닝머신으로 한 시간 정도 뛰기로 했다. 설정을 입력하고 뛰기 시작했다.

일정한 호흡을 유지하면서 적당하게 숨이 차는 속도로 뛰기 시작했다.

러닝머신을 이용하는 건 운동이 주된 목적이었지만 사색에 잠길 수 있어서 좋았다. 일정한 속도로 다리를 움직이는 게 가장 효과적이라는 생각이 들었다. 바깥을 달리는 것도 좋지만 지나다니는 사람이나 자동차를 신경 써야 하기 때문에 생각하는 것에 방해가 된다. 그 점에서 러닝머신은 방해받지 않고 뛸 수 있다.

킬링 클럽에서 일하기 시작하고 나서부터 이곳에는 거의 오지 못했다. 파파라치 소재는 없었고 기자 일은 한 단계 마무리된 상태였다.

킬링 클럽에서 일하며 나오는 수입이 좋아서 현재로서는 돈 문제로 곤란을 겪고 있지는 않다. 다만 기자 일을 소홀히 할 생각은 없었다.

킬링 클럽.

전혀 전모가 보이지 않는다. 운영 주체는 상당히 큰 조직이 틀림없을 것이다. 치요다구 지하에 그런 거대한 공간이 있고 그걸 클럽으로 사용하고 있는 듯하다. 규모나 입지로 보아 국영이라고도 생각된다. 다만 그것도 감이 확 오지 않았다.

연쇄 살인 사건으로 생각을 돌렸다. 솔직히 말해 사건에 싫증이 나기 시작하고 있었다. 그리고 츠지마치에 대한 호감도 사라졌다.

카나즈카를 잘 이용해서 범인을 폭로한다. 그렇게 하면 게임은 끝난다.

게임을 끝내는 동기는 단순하다. 질렸다.

한 시간 달리고 나서 머신에서 내려왔다.

수건으로 얼굴을 닦고 뒤돌아봤더니 다른 사람과 시선이 마주쳤다.

"오랜만이네."

치사였다. 파란 운동복을 입고 순수한 눈빛으로 이쪽을 쳐다보고 있었다.

페트병을 손에 든 아이코는 목을 축였다.

"신기한 걸 보는 듯한 얼굴을 하고선 왜 그래?"

"……조금 놀란 것뿐이야."

솔직하게 말했다.

킬링 클럽에서 몇 번인가 봐서 오랜만이라고 할 정도는 아니다. 다만 드레스 차림의 치사와 눈앞의 치사가 너무나도 괴리감이 느껴져서 가벼운 혼란을 느꼈다.

"조금 이야기하지 않을래?"

거절할 이유가 없어서 고개를 끄덕였다.

플로어 구석에 있는 벤치에 앉았다.

치사는 전혀 땀을 흘리고 있지 않았고 희미하게 달콤한 향기가 났다. 방금 막 온 참일까.

"킬링 클럽은 어때?"

별다른 뜻 없는 자연스러운 느낌으로 치사가 물었다.

속뜻이 무엇일지 생각했지만 곧바로 그만뒀다. 이곳은 서로 속을 떠보며 탐색전을 하는 장소가 아니다.

"좋은 직장이라고 생각해. 월급도 말할 나위 없고. 게스트가 게스트다 보니 조금 신경은 쓰이지만 그것도 일이라고 딱 매듭지으면 문제없어."

준비해 뒀던 무난한 대답을 했다.

치사는 고개를 끄덕였다.

"확실히 신경은 쓰게 되지. 뭐라고 한들 그곳의 게스트는 초일류니까."

"불만을 사면 목숨은 없다는 느낌의 말을 치프한테 들었고."

"그건 호들갑일 거야."

치사가 즐거워 보이는 웃음소리를 냈다.

아이코는 맥주를 엎질렀을 때 아오야기 유스케의 얼굴을 떠올렸다. 그때 아오야기가 용서해 주지 않았다면 어떻게 되었을까. 킬링 클럽의 분위기를 생각하면 그 자리에서 살해당해도 이상하지 않다. 그리고 바닥에 나뒹구는 시체는 게스트가 한번 슬쩍 쳐다볼 뿐 길가의 돌멩이처럼 무시당한다. 그 후 킬링 클럽 스태프가 아무렇지도 않은 얼굴로 청소를 하고 아무 일도 없었던 것처럼 연회가 계속된다. 진심으로 그렇게 생각하고 말 정도로 그 공간은 이질적이었다.

아이코는 생각한 끝에 입을 열었다.

"킬링 클럽은 치외 법권이야?"

그 질문에 치사는 고개를 갸웃했다.

"어째서?"

"왜냐면 그렇게나 비밀이 많고 일본을 움직이는 인간이 잔뜩 있으니까 말이야. 그 장소에서 살인 사건이 일어나도 덮어버릴 수 있는 거 아니야?"

정·재계의 거물이나 경찰 조직의 요직에 앉은 인간 온갖 분야의 권력자가 날뛰고 있었다. TV에서 자주 보는 얼굴도 많다. 킬링 클럽은 일본의 축소판이다. 게다가 하류 인간은 없는 순수한 최상류층만으로 구성된 일본이라고 할 수 있다.

치사는 종잡을 수 없는 미소를 띠었다.

"치외 법권이 아니야. 그곳도 어엿한 일본이니까."

치사는 한 박자 틈을 두고는 재차 입을 열었다.

"그건 그렇고 그 연쇄 살인 사건 킬링 클럽이 조사하고 있다고 들었어."

갑작스러운 화제 전환은 무척 차분한 목소리로 이루어졌다.

치사의 눈동자가 이쪽을 보고 있다. 가령 지금 그 눈에 손가락을 찔러 넣는다고 해도 아무런 느낌도 나지 않는 것 아닐까 싶을 정도로 텅 빈 구멍 같은 검은 눈동자.

"……표적이 되고 있는 건 킬링 클럽 멤버지?"

한순간이지만 시선을 돌린 아이코는 재차 상대의 얼굴을 보며 말했다.

"게다가 표적은 게스트."

눈에 감정을 되찾은 치사가 고개를 끄덕였다.

"범인이 노리는 것이 꼭 게스트만이라고는 할 수 없어. 우리도 표적이 되고 있을지 모르고."

"그럴지도." 아이코는 땀으로 뺨에 달라붙은 머리카락을 손으로 쳐냈다.

"그래도 난 괜찮아."

"어째서?"

"왠지 모르게."

얼버무린다. 똑바로 대답할 의리도 없다.

"뭔가 숨기고 있지?"

불만스러운 표정을 지은 치사는 뺨을 부풀렸다.

그 뒤 치사가 몇 번이나 이유를 물었지만 아이코는 대답하지 않았다.

이윽고 둘은 헤어지고 아이코는 다시 러닝머신에서 땀을 흘렸다. 치사는 스튜디오 요가 교실에 참가한 모양이었다.

샤워를 한 아이코는 피트니스 센터를 나왔다.

집에 돌아가 검은 핫팬츠와 탱크톱으로 갈아입고 스마트폰을 챙겨 신주쿠 경찰서 형사과의 카토리한테 전화를 걸었다.

세 번째 신호음이 울리기 전에 통화가 연결됐다.

〈예 카토리입니다.〉

"저 카야마 아이코예요."

〈……아이코 씨? 어떻게 이 번호를?〉

놀란 목소리를 낸 카토리의 말에 명함을 받았다는 것을 전했다.

〈아아 그러고 보니 명함에 번호가 있죠.〉

"실은 사건 일로 전하고 싶은 말이 있어서……."

〈전하고 싶은 말?〉

"네."

〈그러면 츠지마치 씨와도 합류해서 만나기로 할까요.〉

"아뇨……. 츠지마치 씨한테는 절대로 들려주고 싶지 않아요. 그래서 직접 이야기하고 싶으니 저의 집으로 와주시지 않겠나요."

한순간 말문이 막힌 것처럼 침묵한 카토리였으나 이내 아이코의 제안에 동의하는 대답을 했다.

〈……그래도 지금 회의가 있어서 간다고 해도…….〉

"언제든 괜찮아요. 안 자고 기다리고 있을 테니까요."

아이코는 집 주소를 말한 뒤 전화를 끊었다.

2

스마트폰을 가슴 주머니에 넣은 카토리는 특별 수사본부가 설치된 강당으로 돌아갔다.

이미 회의는 시작되어 있었다.

강당 안에 있는 수사원 인원수는 100명은 족히 넘었다. 이 규모의 특별 수사본부가 살인 사건이 발생한 시부야구, 메구로구, 신주쿠구, 시나가와구 관내 경찰서에 설치되어 연계하고 있다. 하나로 합치자는 방안도 있지만 지금으로서는 이 체제로 사건을 쫓기로 했다.

카토리는 머리를 숙이고 실례한다는 제스처를 취하며 자기 짐을 놓아둔 회의실 의자에 앉았다. 한 조를 짠 츠지마치는 여느 때와 마찬가지로 자리에 없다.

"현재 각 사건 용의자를 상대하게끔 하는 중이다."

관리관의 목소리가 강당 내에 울렸다. 연일 기합을 넣느라 소리를 지른 탓인지 목소리가 쉬어 있었다.

"사건 발생 간격이 가깝고 동일범에 의한 범행일 가능성이 높다. 하지만 묘하게도 중요 참고인이 여러 명 나타나 있다. 다시 한번 각 사건을 정리하겠다."

강당 전방 스크린에 비추어진 것은 피해자 네 명의 얼굴 사진이었다.

"메구로구에서 살해당한 코인 브라더즈 사장 타카세 카즈히코에게 원한을 가졌을 가능성이 높은 건 키타시바 슌. 코인 브라더즈는 알고 있는 바와 같이 1천 5백억 엔을 도난당했다고 주장하고 있다. 다만 수사2과가 수사하던 중 자금 흐름에 수상쩍은 부분을 발견했고 거기에 키타시바의 이름이 떠올랐다. 지금은 취조 중인 상황이며 키타시바는 자세한 내용은 말하지 않지만 타카세가 자신을 함정에 빠뜨렸다고 몇 번이나 말하고 있다는 듯하다. 상당히 원망하고 있는 기색이라 2과 녀석들은 키타시바가 타카세를 죽인 것 아닐까 의심하고 있고 1과도 그 가능성은 매우 높다고 보고 있다."

스크린에 비추어진 타카세의 얼굴은 담대함 그 자체다. 굵은 눈썹과 호두조차 깨물어 부술 것 같은 턱.

한편 키타시바는 바짝 마른 우엉 같았다. 까무잡잡한 피부에 마른 체형. 신경질적으로 보이는 가느다란 눈.

코인 브라더즈에서 보관 중이라고 했던 1천 5백억 엔의 행방에 관해서는 갖가지 억측이 난무하고 있었다. 그중 하나가 타카세의 자작극이며 돈은 애초부터 보관되어 있지 않았고 타카세의 호주머니 속에 있을 것이라는 추측뿐이다. 키타시바가 이 사기에 가담하고 있었고 어떠한 내부 다툼이 있었던 끝에 타카세를 죽였다는 추론은 성립한다. 하지만 결정적인 증거는 없는 상태였다.

"다음으로 시나가와구에서 살해당한 변호사 나카자토 신고 말인데……."

한번 헛기침을 한 관리관은 노트북 키보드를 탁 두드렸다.

스크린에 비추어진 것은 나카자토 신고의 상반신 사진이다. 갸름한 얼굴로 여자한테서 정말 인기가 많을 듯한 외모였다. 사진은 진지한 표정이었지만 희미하게 웃고 있는 것처럼 보이기도 했다.

"공격적인 변호로 적도 많은 모양이다. 관계자한테서 이야기를 들었는데 평판이 매우 좋지 않다. 나카자토를 원망하는 인물은 트럭을 채울 만큼 많이 있지만 특히 원망하는 사람은 오키아유 켄스케일 거다."

화면에 오키아유 켄스케의 얼굴이 비쳤다.

머리를 짧게 깎은 오키아유는 용맹한 이목구비를 지니고 있다. 햇볕에 탄 피부와 탄탄한 몸. 스포츠를 즐기는 사람일 것이다.

"나카자토는 살해당하기 전에 쿠루메 아츠노리라는 남자를 변호해서 무죄를 따냈다. 답변이 너무나도 끔찍했기 때문에 강간 피해자라 여겨지던 후타바 레이카의 약혼자인 오키아유는 방청석에서 재판정 안으로 뛰어들어와 때리려고 덤벼들었다는 모양이다. 그리고 무죄 판결 뒤 피해자라 여겨지던 후타바 레이카는 자살했고 오키아유가 그에 원한을 품어 살인에 이르렀다고 생각할 수 있다."

이야기를 들으며 손에 있는 자료를 넘겼다. 재판 내용이 간결하게 기재되어 있었는데 나카자토의 비인도적인 발언이나 태도에 비위가 상했다.

취조에서 오키아유는 범행을 계속 부인했던 모양이다. 알리바이가 없어 가장 범인에 가깝긴 했지만 범인이라고 단정할 수 없는 상황이었다.

"다음으로 시부야구에서 살해당한 프리 저널리스트 아오야기 유스케. 이 남자도 적이 많다. 직업 특성상 어쩔 수 없겠지만 집요하게 대상을 물고 늘어져 몇 명이나 되는 사람의 인생을 엉망으로 만들었다. 현재로서는 용의자를 단정하지는 못한 듯하다. 이 사건도 다른 것과 마찬가지로 뇌의 편도체가 절제된 상태였다. 외과 수술을 한 적이 있는 사람의 손에 의한 것이라 추정하고 있지만 범인상은 추정하지 못하고 있다. 또한 신주쿠구 자택에서 살해당한 회사원 토츠카 아키노리도 편도체를 절제당했다. 토츠카는 장례 회사에서 사업 본부장을 맡고 있었다. 토츠카에 관해서는 남에게 원한을 샀다는 보고는 없다."

토츠카의 상반신 사진을 봤다. 34세. 장례 회사의 규모로 보아 사업 본부장이라는 건 지나친 직함인 것 같은 느낌도 들지만 창업자의 아들이라면 그럴 수 있다.

"지금으로서는 네 명을 죽였다고 생각되는 공통된 용의자는 떠오르지 않는다." 관리관은 입을 일그러뜨렸다.

"다만 네 건의 살인 사건은 전부 편도체를 절제당했다. 개두 방식은 전부 같고 사용된 독극물도 같다. 동일 인물에 의한 짓은 틀림없겠지만 떠오른 용의자들과의 관련성은 발견되지 않았다. 용의자에 무게를 두면 각 사건은 개별적인 것이 된다. 하지만 사건의 간격이 짧아서 우연이라고 생각하는 건 지나치게 낙관적이다. 무엇보다 모두 두개골이 열려 편도체를 절제당했다. 개두 처치 상황으로 보아 뇌신경외과 의사거나 혹은 그쪽 지식이 있는 사람이 관여했을 것이다. 병원 관계자를 샅샅이 조사해서 알리바이가 없는 사람을 리스트에 올리고 있지만 성과는 없다. 어떻게 해서든 피해자 네 명을 잇는 인물을 발견해주게. 이상이다!"

수사를 재촉한 관리관의 얼굴에는 피로가 배어 나오고 있다. 그건 수사원도 마찬가지였다.

용의자는 여러 명 떠올라 있다. 하지만 각각을 잇는 연결

고리가 없다. 아무래도 영 석연치 않았다. 사건의 진상을 밝히고 있다는 실감이 전혀 나지 않는다. 사건 발생 간격이 짧기 때문에 어떻게 해도 동일범의 가능성을 배제할 수 없다. 이 살인들이 우연히 짧은 간격으로 발생했다고는 생각하기 어렵다. 네 명이나 되는 사람의 두개골이 열린 채로 발견된 것이다. 범인이 같은 인물이라고 생각하는 건 합리적이다.

다만 토츠카를 제외한 세 명에게 원한을 가지고 있는 사람이 각각 다른 인물이다. 토츠카가 어정쩡하게 붕 떠 있는 것도 이상하다.

강당에서 나가는 수사원들에 섞여 밖으로 나온 카토리는 조금 전 통화를 나눈 아이코를 떠올렸다. 무언가 이야기하고 싶은 것이 있는 듯했다. 수사를 시작하기 전에 들러 봐야 할까.

그런 생각을 하고 있는데 스마트폰 벨소리가 울렸다. 츠지마치다.

〈수사 회의는 끝났나.〉

입을 열자마자 그렇게 물어봤다. 여느 때처럼 감정이 담겨 있지 않은 목소리. 프로그래밍된 듯한 어조.

"끝났습니다."

〈어땠지.〉

"어땠냐고 물어보셔도……."

말문이 막혔다. 무슨 말을 듣고 싶은 건지 알 수 없었다.

"진전은 없습니다. 용의자는 몇 명 있습니다만 어느 것이고 결정적인 증거가 부족해서……."

〈용의자의 알리바이는?〉

"없습니다. 하지만 범행 현장과 용의자의 연결점을 찾지 못하고 있습니다."

〈로카르의 교환 원리다.〉

"예?"

〈다른 물체가 서로 접촉하면 한쪽에서 다른 쪽에 접촉한 흔적이 반드시 남겨지는 원리를 말하는 거다. 죄를 범한 인간은 많든 적든 간에 정상적인 판단력을 잃는다. 만약 용의자 중에 범인이 있다면 반드시 무언가 남겼을 터다.〉

카토리는 짧게 신음했다.

확실히 츠지마치의 말대로라고 생각했다. 범인이 아무리 주의하여 증거를 지우고자 해도 간과한 부분이 반드시 존재한다. 살인이라는 비상 사태 상황에서는 더더욱 그렇다. 증거를 일절 남기지 않는 건 지극히 어려운 일이다.

〈내 집에 올 수 있겠나.〉

스마트폰 너머로 츠지마치의 목소리가 귀에 전해졌다.

"지금 말입니까?"

2초 정도의 침묵.

〈저녁 7시다.〉

일방적인 말투에 카토리는 불만을 느꼈지만 따르기로 했

다. 츠지마치는 일류 형사로 주위에서 인정받고 있다. 도무지 형사답지 않은 형사라 평가되는 츠지마치는 공안 부서 쪽 사람 같이 가까이 다가가기 어려운 분위기를 두르고 있어서 단독으로 행동하는 일이 많다. 팀워크나 규율을 중시하는 경찰 조직에서는 이질적 존재이다. 하지만 반감을 지닌 자는 거의 없다. 확실하게 범인을 잡아 오기 때문이다.

의문은 있다.

설령 일을 잘한다고 하더라도 경찰 조직은 개인플레이를 허용할 만한 조직이 아니다. 다만 츠지마치의 경우 위쪽 사람이 그걸 용인하는 면이 있는 듯했다. 수사1과 과장, 관리관, 참사관, 그 이상의 존재한테서.

츠지마치는 같은 경찰관이면서도 깊이 관여해서는 안 되는 분위기를 지니고 있고 아무도 그 부분을 언급하지 않는다.

손목시계를 보니 3시가 지나 있었다.

츠지마치와의 약속은 7시. 그전에 아이코와 만나기로 했다.

카토리가 전화를 걸자 아이코는 빨리 와서 이야기를 들어줬으면 한다고 절실한 목소리로 말했다.

전화를 끊은 카토리는 묘한 두근거림을 느꼈다. 여성의 집에 초대됐기 때문일까.

양손으로 뺨을 가볍게 두드린 카토리는 경찰서를 나왔다.

비가 내리고 있었지만 약한 안개비라서 우산은 필요 없다.

잰걸음으로 역으로 향하면서도 왠지 모르게 여성의 집에 들어가는 건 꺼려진다는 생각이 들었다. 아이코에 관해서는 츠지마치한테서 정보상이라는 것 정도밖에 듣지 못했고 그 이외의 것은 거의 몰랐다.

정보상. 형사한테 정보원은 귀중한 존재였다. 츠지마치와 아이코의 관계는 도저히 형사와 정보상이라는 느낌은 들지 않았다. 그렇다고 해서 육체관계가 있는 것처럼 보이지도 않는다. 묘하게 균형을 유지하고 있는 듯한 느낌이 들었다.

시부야역에서 전철을 타고 이이다바시역에서 내렸다.

알려준 주소의 아파트로 갔다. 조금 오래된 느낌의 아파트였지만 카구라자카라는 입지를 생각하면 집세는 상당히 비쌀 것이다.

1층 현관 앞에서 미리 아이코가 알려준 호수를 눌렀다. 곧바로 연결되었고 자동문이 열렸다.

조명이 밝게 비추고 있는 입구를 가로질러 엘리베이터에 탔다.

심장이 빨라진 것을 알아차리고 카토리는 쓴웃음을 지었다. 사귀던 여자친구와 헤어진 게 3년 전. 업무가 바빠서 만나지 못해 자신에게 정나미가 떨어졌다고 했다. 그 이후로 한동안 여자와 사귀지 않았다.

3층에서 내려 305호 앞에 도착했다.

때를 맞춘 것처럼 문이 열리고 아이코가 모습을 드러냈다. 검은 탱크톱과 핫팬츠를 입고 있다. 눈 둘 곳이 곤란해진 카토리는 순간적으로 시선을 돌렸다.

"갑자기 연락해서 죄송해요."

"아니요! 괜찮습니다."

목소리가 살짝 뒤집히고 말았다.

아이코가 들어오라고 말했고 집으로 들어갔다.

방 배치는 주방 하나와 투룸이었다. 혼자서 살기에는 충분한 넓이다. 가구는 거의 없다. 침대와 작은 테이블 냉장고. 최소한의 가구만 있는 듯하다. 어딘지 모르게 츠지마치의 삭막한 방과 비슷했다.

"커피 괜찮으세요?"

카토리는 고개를 끄덕였다.

"부탁합니다."

"거기에 앉으시면 됩니다."

희미한 미소를 띤 아이코는 테이블 앞에 있는 의자를 가리켰다.

그녀가 말한 의자에 앉았지만 진정이 되질 않았고 깨닫고 보니 몸을 떨고 있었다. 카토리는 마음속으로 스스로를 훈계했다. 뭘 의식하고 있는 거야.

부엌에서 물을 끓이고 여과지를 준비 중인 아이코의 뒷모습이 시야에 들어왔다. 늘씬하게 뻗은 다리. 탄탄한 몸. 날씬

하지만 단순히 마르기만 한 게 아니라 운동으로 철저히 관리하는 듯한 건강함이 있었다.

물이 끓어 커피 드리퍼에 부었다. 커피 향기가 감돌기 시작했다.

"블랙으로 괜찮으신가요."

"네, 넵. 부탁합니다."

몸을 돌린 아이코는 이쪽으로 와서 맞은편 의자에 앉았다. 하얀 머그컵 하나를 들고 와 그걸 카토리 앞에 놓았다.

"드세요."

카토리는 잘 마시겠습니다 라고 말한 뒤 한 모금 마셨다.

아이코는 그 모습을 그저 가만히 보고 있었다. 깊게 파인 탱크톱 때문에 시선을 한 곳에 둘 수 없었다.

"뭐, 뭔가 이야기하고 싶은 것이 있다고 하셨죠."

카토리는 머그컵을 응시하면서 물었다.

"그래요."

중얼거리는 듯한 작은 목소리. 그에 반응하여 시선을 들자 아이코와 눈이 마주쳤다. 불타오르는 듯한 강한 의지가 담긴 눈동자.

"이건 카토리 씨니까 말하는 건데요." 아이코는 그렇게 못을 박고는 뒷말을 이었다.

"실은 저 정보상이 아니에요."

갑작스러운 말에 한순간 사고가 정지했다. 정보상이 아니라는 건 무슨 말인가. 어째서 지금 그걸 털어놓는 것일까.

"……그렇, 습니까."

카토리는 곤혹스러웠다. 정보상이 아니라는 말을 듣고 놀랐지만 납득하는 부분도 있었다.

"정보상이 아니라고 하면……."

"저는 프리랜서 기자예요. 가끔 사진을 찍기도 하지만요."

"……프리랜서 기자가 어째서 츠지마치 씨와 같이 수사를 하고 있는 겁니까."

소박한 의문이었다.

정보상이라면 형사인 츠지마치의 수사에 협력 중이라는 것도 수긍이 되지만 프리랜서 기자라면 이야기는 달라진다. 대체 어떤 관계가 있는 것인가.

아이코는 입술에 손을 대고는 말하기 어려운 듯이 눈을 내리깔고 있었지만 이내 결의를 굳힌 것처럼 고개를 들었다.

"계속 츠지마치 씨를 쫓고 있었어요."

"……쫓아?" 미간이 찌푸려졌다. 바람직한 이야기는 아니다.

"그건 어째서입니까."

카토리의 물음에 아이코는 아름다운 모양을 한 아랫입술을 살짝 깨물었다.

"그 사람이 살인범이기 때문이에요."

선명한 목소리가 귀에 전해진다. 하지만 말의 의미를 잘 이해할 수 없었다.

카토리는 상반신을 앞으로 숙였다.

"……지금 뭐라고 말했습니까."

"저는 신분을 속이고 츠지마치 씨에게 접근했어요. 그는 살인범이에요."

말하고 있는 내용을 이해해도 여전히 가벼운 거부 반응이 일어나고 있었다.

도저히 믿기지 않는다.

"살인범이라는 건……."

말끝이 작아졌다. 너무나도 뜻밖이라 어떻게 물어봐야 좋을지 알 수 없었다.

고개를 숙인 상태인 아이코는 시선을 테이블로 향하고 있다.

"츠지마치 씨는 사람을 죽였어요."

"……어째서 그런 걸 알고 있습니까."

"그건 말할 수 없어요. 하지만 이번 연쇄 살인 사건의 범인도 아마 츠지마치 씨라고 생각해요."

심장이 거칠게 뛰었다.

농담하는 건가 싶어서 아이코의 얼굴을 확인했으나 농담하는 느낌으로는 보이지 않았다.

"……증거는 있습니까."

동요를 억누르려 했지만 목소리가 떨리고 말았다.

"있어요."

고개를 끄덕인 아이코는 일어나서 침대 옆에 놓인 작은 장롱 서랍에서 무언가를 가지고 왔다.

눈앞에 가져온 건 네 장의 사진이었다.

"이건 피해자가 몸에 지니고 있던 것이에요."

선명하다고는 할 수 없는 사진이었으나 무엇이 찍혀 있는지는 판단할 수 있을 정도였다.

"에르메스 팔찌는 프리 저널리스트인 아오야기 유스케 것이고 파텍 필립 시계는 코인 브라더즈 사장이었던 타카세 카즈히코의 것, 해리 윈스턴 반지는 변호사 나카자토 신고의 것이에요. 그리고 이 불가리 넥타이핀은 토츠카 아키노리 것이죠."

아이코는 하나하나 손가락으로 가리키며 말했다.

설명을 들을 필요까지도 없었다.

피해자의 소지품이 없어진 것을 특별 수사본부는 이미 파악하고 있다. 사라진 물건이 모두 고가품이었기에 수사3과의 인원을 할애하여 전당포 등을 돌아보게 했다.

"……어째서 이런 것을."

"츠지마치 씨의 눈을 피해 몰래 방 안을 찾다가 발견한 거예요. 전부 피해자가 지니고 있던 것이라고 확인했어요. 혈흔도 묻어 있었고요."

아이코가 말하는 것처럼 확실히 혈흔 같은 얼룩이 보였다.

카토리는 입안이 메마른 것을 느끼고 커피를 한 모금 마셨다.

"즉, 이것들이 츠지마치 씨의 집에 있었다는 말입니까."

아이코는 고개를 끄덕였다.

"하지만 가지고 나오는 건 무서워서 사진만 찍었어요……."

면목없어 하는 듯한 목소리.

"무슨 말씀을…… 이것만으로도 충분히 도움이 됩니다."

이리저리 생각을 거듭하며 눈앞에 놓인 사진을 바라봤다.

이것이 츠지마치의 방에 있었다는 말은 신빙성이 있는 이야기처럼 느껴졌다.

어째서 이것들을 츠지마치가 가지고 있는 것일까. 곧바로 살인범이라고 단정할 수는 없지만 적어도 츠지마치를 용의자로서 수사할 가치는 있다.

"저기……." 아이코는 쭈뼛쭈뼛하는 기색으로 목소리를 냈다.

"어딘가에서 읽었는데요. 살인범 중에는 죽인 상대가 몸에 지니고 있던 것을 전리품으로 가지고 돌아가는 사람이 있는 거죠?"

아이코의 말에 카토리는 어색한 동작으로 고개를 끄덕였다.

전리품은 페티시즘적인 요소가 보이지 않을 경우 범행 당시의 광경을 떠올리기 위한 도구로 사용되는 경우가 많다. 눈앞의 전리품은 모두 전자의 요소는 보이지 않는다.

“언제 이걸 찍어 왔습니까?”

“그저께예요.”

“어째서 이런 짓을…….”

“저는 일개 프리랜서 기자지만 진실을 명백히 밝히고 싶다고 생각해서 펜을 잡고 있어요. 츠지마치 씨를 쫓고 있는 것도 거기에 있는 어둠을 파헤치고 싶었기 때문이에요. 과거에도 츠지마치 씨가 관여했다고 생각되는 살인 사건이 있어서 거기서부터 눈여겨보고 있었어요.”

그렇게 말하는 아이코의 얼굴은 정의감이 넘치고 있다.

“그렇습니까…….”

카토리는 중얼거리면서 몸이 뜨거워졌다.

다양한 감정이 머릿속을 빙글빙글 맴돈다.

설마 동료 중에 범인이 있으리라고는 생각지 않았다. 빨리 대처하지 않으면 돌이킬 수 없게 된다.

——아니.

일방적으로 단정해서는 안 된다고 스스로를 훈계했다.

지금 이야기는 어디까지나 아이코의 주장이다.

의심하고 싶지는 않지만 진실이 판별될 때까지 이 이야기는 보류해 둬야만 할 것이다.

“저 무서워요.”

그렇게 말한 아이코는 갑자기 카토리의 손을 잡았다.

카토리의 몸이 경직됐다.

"만약 제가 사진을 찍었다는 사실이 츠지마치 씨한테 알려졌다간……."

그 이상은 말로 할 수 없는지 아이코는 입을 다물었다. 눈이 젖어 있다.

카토리는 침을 삼켰다.

"조금만 시간을 주십시오."

가까스로 그렇게 말했다.

아이코는 고개를 한 번 끄덕이고 나서 일어나 마치 그것이 당연한 행위라는 것만 같이 카토리에게 몸을 가까이 댔다.

땀으로 촉촉한 팔이 카토리의 목에 휘감긴다.

유혹에 저항할 수 없었다.

약속한 7시에 늦지 않도록 아이코의 집을 나온 카토리는 몸에서 풍기는 샴푸 향기에 죄의식을 느끼며 신주쿠에 있는 츠지마치의 아파트에 왔다.

경찰관의 월급으로는 도저히 살 수 없을 그 집은 삭막한 인상이었다. 방을 구성하기 위한 최소한의 가구. 영화 세트 같다고 생각했다.

"불러내서 미안하군."

"아뇨 괜찮습니다."

카토리는 고개를 가로저었다. 평정심을 유지하려는 노력이 필요했다.

"용의자는 좁혀졌나."

"아직입니다." 입안이 메말라 말하기 힘들다.

"피해자한테 원한을 품고 있다고 생각되는 인물이 몇 명 떠올라서 사정 청취는 하고 있지만 아직 완전히 좁히지는 못했습니다."

특별 수사본부는 동일범일 가능성이 높다는 견해를 유지하고 있다. 사건을 개개로 나누어서도 계속 수사하고 있지만 결정적인 것은 발견되지 않았다.

카토리는 마음을 진정시키기 위해 깊게 숨을 들이쉬었다.

"……그리고 피해자가 몸에 지니고 있던 물건이 몇 개 사라졌다는 것 같습니다."

긴장 때문에 말이 잘 나오지 않는다. 혀가 입안에 달라붙는다.

그래도 정신을 집중시켜 어떻게 반응하는지 주목했다.

츠지마치는 카토리의 눈을 물끄러미 들여다봤다. 마치 마음 깊숙이 꿰뚫어 보고 있는 것만 같은 불편한 기분이 느껴졌다.

"무엇이 사라졌지."

여느 때와 같은 목소리. 딱히 동요하는 기색은 보이지 않는다.

"……그건……."

대답하려고 했을 때 전자음이 울려서 카토리는 몸을 떨었다.

"미안하다."

츠지마치는 스마트폰을 손에 들고 방에서 나갔다.

현관문이 닫히는 소리가 희미하게 들려왔다.

아무래도 집에서 나간 모양이다.

카토리의 몸은 자연스럽게 움직였다. 이 기회를 놓쳐서는 안 된다. 증거가 될 물건을 찾아내야만 한다.

집 구조는 방 하나에 거실과 다이닝 키친이 있다. 거실과 다이닝 키친은 합쳐서 10평 정도는 될 것이다. 그리고 동쪽에 방으로 이어지는 문이 있었다.

귀를 기울이고 최대한 경계하면서 문손잡이에 손을 대고 안으로 들어갔다.

커튼이 활짝 걷힌 방은 창문에서 들어오는 밖의 빛에 의해 밝았다.

침대만 있는 간소한 방이었다. 정말로 여기서 먹고 자는 것일까 하는 생각이 들 정도로 생활의 냄새가 없다.

허리를 굽혀 나이트 테이블 안을 뒤졌다. 아무것도 들어 있지 않았다.

옷장을 확인했다. 정장이 네 벌 있었는데 모두 검은 정장이었다. 서랍장 맨 위의 서랍을 열었다.

숨을 삼켰다.

아이코가 보여준 사진에 찍혀 있던 것이 그대로 있었다. 그 밖에도 A4 사이즈 봉투가 들어 있었다. 증거품에 맨손이 닿지 않도록 손수건을 이용하여 신중하게 꺼내어 내용물을 확인했다. 대량의 사진이 들어 있었다.

눈을 의심했다.

시체 사진이다. 급히 다른 것도 확인하자 아오야기 유스케의 시체를 찍은 것임을 알 수 있었다. 검시 때의 사진이 아니다. 죽이고 있는 도중의 것이다.

"무슨 일이지?"

갑자기 뒤에서 말을 건네는 목소리에 몸이 경직됐다.

"찾는 물건이 그건가."

냉정한 목소리가 들려 뒤돌아보자 무표정한 츠지마치가 문 앞에 서 있었다.

"저, 저기…… 이 팔찌는 어디서……."

츠지마치는 카토리의 손을 보고 눈을 가늘게 떴다.

"누군가가 잊고 간 물건이겠지."

표정 하나 바꾸지 않고 말했다.

"……잊고 간 물건?"

목이 경련을 일으키는 바람에 목소리를 잘 낼 수 없다.

"질문이 하나 있다." 츠지마치는 한순간도 시선을 돌리지 않았다.

"피해자가 몸에 지니고 있던 것이 사라졌다고 조금 전에 말했지. 어째서 그런 걸 지금에 와서 나한테 말했나."

담담하게 질문했다.

카토리는 몸을 떨었다. 경종이 울려 퍼졌고 여기서 탈출해야만 한다고 강하게 생각했다. 몸싸움을 한다면 승산은 있을까. 츠지마치와의 키 차이를 생각하면 상대의 공격 범위가 더 넓다. 상대가 펼치는 일격을 피할 수 있다면 승산은 있다.

어느샌가 이마에 식은땀이 맺히고 이가 부딪혀 딱딱 소리가 났다.

"……당신이 연쇄 살인 사건의 범인이라는 정보 제공이 있었습니다."

"누구한테서지."

"……그건 말할 수 없습니다."

"이런 상황에서 갸륵하기도 하군."

어처구니없다는 듯한 표정을 지은 츠지마치는 한 걸음 다가왔다.

자연히 카토리는 뒤로 물러났지만 곧바로 벽에 부딪혀 몸을 움직일 수 없게 되었다.

"카야마 아이코로군."

그 말에 카토리는 몸서리쳤다.

"하지만 어째서……."

혼잣말처럼 중얼거린 츠지마치는 이내 씨익 웃었다. 정교한 인형의 미소처럼 인위적으로 만들어진 표정이었다.

"……역시 그런 건가."

납득한 듯이 고개를 끄덕였다.

"그렇군. 재미있는 발상이다."

츠지마치는 하얀 이를 내보였다. 그 표정에서는 적개심을 뚜렷하게 읽어낼 수 있었다.

"우선 너는 이 게임에서 퇴장해 줘야겠다."

그 말이 채 끝나기 전에 결의를 굳힌 카토리는 츠지마치에게 달려들었다.

어떻게든 이 장소에서 도망쳐 진실을 알려야만 한다.

제6장

형사

1

킬링 클럽에 코쿠쇼 아키라가 범인이라고 보고했다. 하지만 대답은 돌아오지 않았다.

침묵.

그건 츠지마치가 다다른 해답이 잘못되었음을 나타내고 있었다.

코쿠쇼 아키라가 범인이 아니라고 한다면 타카세나 나카자토가 범인인가. 그건 말도 안 된다고 츠지마치는 생각했다. 타카세와 나카자토한테 두개골을 여는 기술은 없다.

개두 기술을 지닌 제삼자를 개입시켰을 가능성을 생각했다. 사이코패스인 타카세와 나카자토가 일부러 그런 짓을 할 것인가.

살해당한 아요야기, 타카세, 나카자토. 이 세 사람에게 원한이 있는 인물은 많이 있지만 그중에서 타카세와 나카자토한테는 특히 강한 원한을 품은 인물이 있다.

코인 브라더즈의 사장이었던 타카세한테 원한을 품은 사람은 키타시바. 키타시바는 코인 브라더즈의 경리 책임자로 타카세한테 속아 함정에 빠졌다고 주장했다. 다만 타카세가 어떻게 자기를 속였는지는 일절 말하지 않고 있다.

변호사인 나카자토한테 원한을 품은 사람은 오키아유. 재판에서 약혼자가 모욕당하고 피고인의 무죄 판결이 내려진 뒤 약혼자는 자살. 거기에 오키아유는 깊은 원한을 품고 있다.

이 두 사람은 범행을 부인하고 있으나 알리바이는 없다. 반대로 죽였다는 증거도 없다.

로카르의 교환 원리. 접촉한 사실은 반드시 존재한다.

다만 냉정한 상태에서 세심한 주의를 기울이면 이 원리를 빠져나갈 수 있다. 적어도 범인 자신한테 다다르게 되는 증거를 남기지 않는 건 가능할 것이다.

하지만 그런 것이 정말로 가능한지는 의문이었다.

어떻게 해서 증거를 인멸한 것일까.

키타시바나 오키아유는 불가능하다. 그들은 평범한 인간이다.

이번 범행에는 용의주도함이 엿보인다. 마치 살인 컨설턴트라도 있는 것만 같다.

――두 사람과 접촉한 공통의 인물이 있는 것인가?

황당무계하다고도 생각되는 번뜩임이었지만 무시할 수 없는 힘을 지니고 있었다.

킬링 클럽이 제시한 용의자는 세 명이다. 그 때문에 츠지마치는 세 명에게만 초점을 좁혀 수사했다. 다만 이 중에 반드시 범인이 있다는 건 아닐지도 모른다. 용의자는 어디까지나 용의자다.

거기까지 고민하다가 갑자기 어느 한 부분에 생각이 미쳤다.

이번 건에서 킬링 클럽이 제공한 것이 하나 더 있었다.

인터폰 소리가 울렸다.

시곗바늘은 7시를 가리키고 있었다.

도어 폰 화면을 보자 불안한 분위기의 카토리가 서 있었다.

2

자동차 진동에 몸을 맡긴 츠지마치는 차 내비게이션 화면을 확인하고 핸들을 손가락으로 두드렸다. 강한 햇빛 때문에 눈을 지키기 위해 선글라스를 쓰고 있다. 수면 부족이었지만 졸립진 않았다. 다만 눈이 몹시 침침했다.

가장 먼저 간 곳은 군마현 마에바시시였다. 한 번도 와 본 적 없는 곳이다.

신흥 주택지 특유의 단독 주택 밀집지를 지나 산 쪽으로 향했다. 중턱을 지났을 무렵 집락이 보이기 시작했다. 오래된 집들이 점점이 흩어져 있다.

그중에서 목적지인 목조 민가를 발견했다.

정면에 차를 세우고 내려 집 전체를 바라봤다.

녹이 슨 함석으로 된 지붕. 목재는 썩어 있었고 거미집이 붙어 있다. 베니어합판이 방치된 정원에는 마른 잎이나 나뭇가지가 어지럽게 흩어져 있었다. 잡초는 제멋대로 마구 자라서 손질을 한 흔적도 없다. 얼핏 보면 폐가라 생각할 것 같은 외관이다. 도저히 사람이 살고 있을 것 같지 않은 상태였지만 처마 끝에 세탁물이 널려 있어 인기척을 느끼게 했다.

붉은 녹이 눈에 띄는 대문을 지나 마른 잎으로 뒤덮인 징검돌을 따라 걸었다. 집 왼쪽에 개집이 있었지만 개를 기르고 있지 않아 보였다.

현관 앞에 도착해 기둥에서 떨어질락 말락 하는 초인종을 눌렀다. 하지만 호출이 되었다는 느낌이 없다.

몇 번 더 눌러봤지만 역시 망가진 모양이다. 눈으로 배선을 더듬었다. 중간에 단선되어 있었다.

현관문이 잠겨 있지 않은 것을 확인한 뒤 문을 열고 안으로 들어가 왼쪽을 향해 걷기 시작했다.

안뜰도 몹시 황폐해져 있었다. 파란 플라스틱 바구니가 나뒹굴고 있다. 굳은 진흙이 붙어 있고 파리가 앉아 있었다.

감나무 근처에 여성 한 명이 앉아 있었다. 눈을 가늘게 떴다. 노파로 보일 정도로 야위어 있지만 아마도 아직 50대 후반 정도일 것이다. 후드 티 위에 얇은 점퍼를 걸치고 있다. 품이 넉넉해 약간 큰 느낌인 청바지는 군데군데가 얼룩으로 더러워져 있었다.

"실례합니다."

츠지마치가 목소리를 내자 여성은 천천히 고개를 움직였다. 움직임이 둔하다. 마음이 딴 곳에 가 있다기보다도 정신 자체를 놓아 버린 상태에 가까웠다. 약물 의존증 환자처럼 보였다.

"누구?"

어린애 같은 꾸밈 없는 목소리.

텅 빈 구멍이 이쪽을 바라보고 있다. 눈은 웃고 있는데 눈동자에 감정의 색깔이 없다. 멀리서 볼 때는 몰랐지만 알람 시계를 소중한 듯이 양손으로 들고 있었다.

"츠지마치라고 합니다. 카야마 치에 씨지요."

"맞아."

치에는 고개를 끄덕였다. 목을 잘 가누지 못하는 갓난아기 같은 움직임이었다.

"여쭙고 싶은 것이 있습니다."

"뭘까?"

"딸인 아이코 씨 말입니다."

그 말을 들어도 여전히 텅 빈 구멍에 빛은 깃들지 않았다.

"……아이코?"

치에는 이해하지 못한 것 같았지만 이내 몇 번인가 고개를 끄덕였다.

"아아 아이 짱 말이네. 아이 짱이 어떻게 됐어?"

"지금 어디에 있는지 알고 있습니까."

정상적인 판단을 할 수 있는지 어떤지 확인하기 위한 질문을 던졌지만 치에는 고개를 갸웃거리기만 할 뿐이었다.

"그러면 어떤 딸이었는지 알려주십시오."

맥락이 없는 갑작스러운 질문에도 치에는 놀라는 낌새를 보이지 않았다. 또한 츠지마치를 의심하고 있는 것 같지도 않다.

"아이 짱은 말이야." 치에는 즐거운 듯이 웃었다.

"사려가 깊고 착한 애였어. 착실한 성격이라서 말이야. 얌전한 애 같지만 그 애는 남을 잘 관찰하는 애라서 뭐든지 알고 있었어."

"활발한 성격은 아니었군요."

뺨에 손을 댄 치에는 하늘을 올려다봤다.

"으음~. 밝지는 않았었지. 그래도 어두운 것도 아니었어. 평범하려나. 무척 머리가 좋았었어. 학생 때는 동급생의 몇 배나 머리가 좋았어. 선생님한테도 똑똑하다며 칭찬받았지…… 만약 지금도 있었다면, 그러네 어떤 애로 자랐을까."

치에는 고개를 갸웃하며 허공에 시선을 보냈다.

모든 것을 과거의 일처럼 이야기하는 치에한테 위화감을 느끼며 츠지마치는 입을 열었다.

"실은 아이코 씨 주변에서 수상한 일이 계속 발생하고 있습니다."

말을 골라 질문했다. 말하는 방법에 따라서 오락성이 약해지고 만다. 재미를 추구하는 것이 츠지마치한테 부과된 의무 중 하나였다.

치에는 순수한 미소를 띠었다.

"옛날부터야." 치에는 미소를 띤 채로 건조한 입술 각질을 손으로 벗겼다.

"그 애 주위에서는 이상한 일이 잔뜩 일어나."

"이상한 일이요?"

"그래. 다양한 사람이 사라져 가는 거야."

츠지마치는 눈을 가늘게 떴다.

"사라져 간다는 건 무슨 의미입니까."

그 질문에 치에는 입꼬리를 올려 미소 지었다. 입술 각질을 무리하게 벗긴 탓인지 거기서 피가 배어 나오고 있다.

하늘을 올려다보던 치에는 츠지마치의 눈을 마주 쳐다봤다.

"모르겠어. 그냥 사라져 가는 거야. 그 애 주위에서는 이상한 일이 일어나. 순경들도 무척 신기해했어."

"사라진 사람은 발견되었습니까."

"물론이야." 모두가 아는 일이라는 것처럼 치에는 말했다.

"사고야. 다리에서 떨어지거나 자살도 있었어. 식칼로 목을 그은 모양이야. 참혹하네."

"몇 명 죽었습니까."

츠지마치의 말에 치에는 고개를 갸웃했다.

"으음~. 모르겠어. 그렇지만 내 남편도 죽었어."

태연한 어조였다.

"남편분은 사고사였습니까."

"아니야. 등유를 뒤집어쓰고 불타버렸어. 이 집 침실에서." 다 썩어 문드러진 집을 가리켰다.

"내가 평소 하던 산책을 하러 나갔을 때 말이야."

"산책?"

"그래. 산책." 거듭 확인하는 것처럼 치에는 말했다.

"때때로 산책하러 나가라고 남편이 말했었어. 거의 매일 밤이 깊었을 때였지. 그래서 나는 남편 말대로 산책하러 나갔을 때였어."

남편 말대로 라는 부분을 강조하는 말투였다.

"산책하는 사이 집에는 남편분과 아이코 씨뿐이었습니까?"

"가끔 남편 친구도 몇 명."

"뭘 하고 있었습니까."

"겨울은 추웠어."

츠지마치의 질문을 무시한 치에는 난처한 듯이 어깨를 으쓱였다.

"그래도 어쩔 수 없었어. 그 사람 덕분에 식사도 할 수 있고 잠을 잘 장소도 있었던 거니까. 나 혼자서는 살아갈 수가 없었는걸. 난 사회에서 살아갈 힘이 없는 사람이니까."

그 말은 마치 자기 자신이 그렇게 믿어 의심치 않는 듯한 강한 어조였다.

"당신이 산책하고 있는 사이에 남편분은 자살한 것이로군요."

중심을 왼쪽 다리에 실으면서 물었다.

치에는 눈을 감았다.

"……이상하지. 고민을 안고 있을 그런 사람이 아니었는데 말이야. 정말로 이상해."

"아이코 씨의 상태는 어땠습니까."

"딱히 평소랑 다를 게 없었어. 눈앞에서 아버지가 자살했는데도 눈물 하나 흘리지 않았어. 그러고 나서 남편의 친구가 점점 죽어 나갔어. 그 장례식에서 아이 쨩은 소리 내지 않고 웃고 있었어. 예의 없는 행동이라며 혼냈지만 어떻게 해도 멈추질 않았지. 그렇게나 귀여워해 줬었는데 어째서일까."

한순간 증오의 감정을 드러낸 듯한 기분이 들었지만 날씨 때문일지도 모른다. 이 집에 오고 나서 이상하게 구름이 많아졌고 머리 위의 태양이 나타났다 가려졌다 하고 있었다.

"그 후의 아이코 씨는요?"

"어땠으려나. 고등학교를 졸업하고 나서 어딘가로 가 버렸어. 갑자기. 인사도 없이. 기껏 키워 줬는데 선물도 남겨 두지 않고. 버릇없다고 생각하지 않아?"

"행방을 찾으려고는 하지 않았습니까."

"그런 짓 안 해." 즉답한 치에는 진지한 시선으로 츠지마치를 쳐다봤다.

"그 애가 있으면 사람이 사라지니까. 나 역시 사라졌을지도 몰라…… 그렇잖아?"

미소를 띤 치에는 손에 들고 있는 알람 시계를 보고는 놀란 듯한 목소리를 냈고 약을 먹을 시간이라고 말했다.

"이걸 먹으면 마음이 안정돼."

일어서서는 주머니에서 알약을 꺼냈다. 포장지에 적힌 글자를 봤다. 비타민제에 유산균제. 그중에서 신경 안정제가 보였다.

그것들을 한 알씩 입에 넣고 정원 구석에 있는 수도꼭지를 돌렸다. 그리고 호스에서 나오는 물을 마셨다.

손등으로 입가를 닦은 치에는 수도꼭지를 잠그고 그대로 집 안으로 사라지고 말았다.

말을 걸었지만 더이상 반응이 없다.

마치 이곳에 사람이 있다는 걸 완전히 잊어버린 것만 같았다.

감정이 없다. 일단 미소를 띠고 있기는 하지만 경련하는 얼굴 근육의 모습이 우연히 미소가 된 것일 뿐인 듯한 느낌이다.

자신을 지키기 위한 방어 수단으로 감정을 버린 것인가 그게 아니면 다양한 사건을 경험한 결과 감정이 닳아 마모되고만 것인가.

츠지마치는 몸을 돌려 자동차로 돌아갔다.

운전석에 앉아 가슴 주머니에서 수첩을 꺼냈다. 다음은 여기서부터 자동차로 10분 정도 거리인 곳이다.

3

목적지인 집은 국도에서 갈라지는 길을 타고 간 곳에 있었다. 훌륭한 일본 가옥이다. 지어진 지 40년은 지난 것처럼 보이지만 손질이 잘 되어 있었다. 지붕 전체에 빽빽이 깔린 기와가 햇빛을 반사하고 있다.

문패에는 나베시마라고 굵은 글자로 적혀 있었다.

어마어마하다고 느낄 정도로 커다란 대문을 빠져나가 현관으로 향했다. 그러자 때마침 사람이 나왔다.

노년 남성은 눈을 휘둥그레 뜨며 놀랐다.

"일전에 전화를 드린 츠지마치입니다. 나베시마 씨입니까?"

츠지마치가 경찰 수첩을 보여주자 남자는 경계심을 보이면서 자신이 나베시마라고 이름을 댔다.

나베시마는 츠지마치를 집 안에 들이고 손님방에서 기다리게 했다. 골풀 냄새가 강하다. 다다미를 갓 교체한 것 같다.

1분도 지나지 않아 양손에 앨범을 든 나베시마가 돌아왔다. 앨범 표지에는 '군마현립 마에바시츄오 고등학교'라고 적혀 있었다.

"전화로도 말씀드렸습니다만 카야마 아이코 씨에 관해 여쭙고 싶어 찾아뵈었습니다."

질문을 하면서 방석 위에 앉은 나베시마를 봤다.

화학 교사답게 조금 신경질적으로 보이는 이목구비를 가지고 있다. 썩은 우엉 같은 몸은 건강하다고는 말하기 힘들었고 안색도 좋지 않았다. 움푹 팬 눈을 보아하니 무언가 지병을 앓고 있는 것 같다.

나베시마는 아이코가 고등학교 2학년일 때의 담임 교사다. 이미 정년퇴직하여 경제적으로 문제는 없고 유유자적하게 생활하고 있는 것처럼 보인다.

츠지마치는 아이코의 학창 시절을 아는 사람을 찾아다니고 있었고 이곳에 다다랐다.

"이야기를 하기 전에." 나베시마는 헛기침을 한 후 말을 이었다.

"어째서 경찰이 카야마 양을 조사하고 있는 것이지요."

당연한 의문이다.

"실은 그녀 주위에서 수상한 일이 일어나고 있습니다. 수사 관계상 그 이상은 말씀드릴 수 없습니다만 과거의 아이코 씨를 조사해 볼 필요가 생겨서요."

츠지마치는 수첩을 꺼내며 말했다.

설명이라고도 할 수 없는 내용이었지만 나베시마는 납득한 기색이었다.

"그렇습니까. 카야마 양 말이지요……."

과거를 회상하는 것처럼 머나먼 곳을 보고 있던 나베시마는 천천히 졸업 앨범을 넘기기 시작했고 한가운데쯤 되는 페이지에서 멈췄다.

"이 아이가 맞는지요."

40명 정도의 얼굴 사진이 늘어선 가운데에서 하나를 손가락으로 가리켰다. 카야마 아이코라는 이름. 앳된 모습이 남아 있는 소녀. 어두운 인상을 받는 건 이쪽을 똑바로 마주 쳐다보고 있는 눈동자의 색깔 때문이다. 바닥이 보이지 않는 어둠이 눈동자에 깃들어 있다.

"틀림없습니다. 당시 그녀의 주위에서 이상한 일은 없었습니까?"

"……벌써 10년 이상 된 일이라서요."

나베시마는 고개를 오른쪽으로 기울여 머리를 긁적였다. 기억나지 않는다기보다도 입에 담고 싶지 않은 듯한 느낌이었다. 츠지마치의 질문에 무언가 확신 같은 부분을 가지고 있을 것이다.

"짐작 가는 데가 있으신 거로군요."

그 물음에 나베시마는 신음했고 망설이고 있는 듯했다. 하지만 집으로 들여보내 준 것을 보면 이야기할 생각은 있다는 건 분명하다. 요컨대 입 밖에 내기를 꺼리는 듯한 퍼포먼스를 함으로써 자신은 의욕적으로 이야기하는 게 아니라고 말하고 싶은 것이다. 일시적인 위안 정도의 책임 면피라고 할 수 있다.

"솔직하게 이야기해 주십시오. 이건 수사를 위한 것이기에 누구의 발언인지 공개될 일은 절대 없습니다."

그 말이 잘 먹혀들었는지 나베시마는 재차 신음한 뒤 그제야 이야기하기 시작했다.

"카야마 양은 말이죠 얌전한 학생이었습니다. 기본적으로는 집단 속에서 눈에 띄지 않는 존재였어요. 하지만 사진을 봐도 알 수 있는 것처럼 예쁘장한 외모를 지니고 있었습니다. 마돈나 같은 존재는 아니었지만 은밀하게 인기가 있었던 모양이에요."

"교우 관계는?"

"……어떨는지요. 저는 교사라는 입장이었고 학생의 상황을 전부 파악하고 있는 건 아니었으니까 말입니다."

변명하는 것처럼 말한 나베시마는 자리가 불편한 듯 몸을 움직였다. 알면서 숨기고 있는 것처럼 느껴진다. 뒤가 켕기는 점이 있는 것일까.

"그래서 여기서부터는 어디까지나 소문입니다만……."

나베시마는 말하는 것을 일단 멈추고 말하기 껄끄러운 듯이 입술을 일그러뜨린 채 침묵했다. 츠지마치는 재촉하지 않고 기다렸다.

바쁘게 시선을 움직이고 있던 나베시마는 얇은 입술을 혀로 핥았다. 그리고는 크게 숨을 내쉬었다.

"카야마 양이 남학생한테서 인기가 있었던 건 분명하지만 본교의 마돈나는 따로 있었습니다."

다른 페이지의 사진을 가리켰다. 체육 대회 때의 집합 사진인 듯하다. 얼굴이 다소 갸름했지만 인상이 어른스러운 소녀였다. 긴 생머리에 옻 같은 색깔을 지니고 있었다. 부자인 부모 밑에서 자유롭게 살고 있는 듯한 여유로움이 얼굴에 드러나 있었다.

"모모이 카오리 양이라고 인기가 많은 학생이었습니다. 반의 중심이라고 할지 여하튼 언제나 화제가 되는 학생이었죠. 모모이 양과 카야마 양은 특별히 사이가 좋았던 건 아니었습니다. 항상 사람들에게 둘러싸여 있는 모모이 양에 비해 카야마 양은 수수한 편이었고 애초에 그룹이 달랐습니다. 둘이 2학년일 때 담임을 맡았습니다만 이야기를 나누는 모습은 거의 본 적이 없습니다. 하지만 3학년이 되고 조금 지나서 두 사람은 갑자기 사이가 좋아졌습니다. 그리고 그걸 전후하여 어떤 소문이……."

또다시 말을 머뭇거린다.

"어떤 소문입니까?"

"……처음에는 확실한 증거가 없는 이야기였습니다."

나베시마는 스스로에게 변명하는 듯한 어조로 말하며 눈을 내리깔았다.

"둘은 같은 반이었습니다. 그리고 그 반의 담임이 사카가미 선생이었던 겁니다."

사카가미. 사카가미 신.

츠지마치는 머릿속에 있는 파일에서 정보를 끄집어냈다.

아이코를 조사할 때 경찰관이라는 권한을 사용하여 정보를 수집하고 기억해 두고 있었다.

"사카가미 선생은 그때 30대의 젊은 선생으로 외모도 좋아서 뭐라고 해야 할지 잘빠진 인물이었습니다."

적당한 표현을 찾지 못하겠는지 더듬거리며 말했다.

"사카가미 선생은 독신이었고 무슨 일에도 열심히 임하는 타입이었기에 학생들의 신뢰도 두터웠던 것 같습니다. 인기가 너무 좋아서 학생과 교제하고 있다는 이야기는 수도 없이 귀에 들어왔었죠. 하지만 어느 이야기건 현실성이 없어서 학교 측은 대응하지 않았습니다. 그래도 모모이 양과 카야마 양의 건에 한해서는 선생 몇 명끼리 내밀하게 조사했었습니다."

종잡을 수 없는 설명에 츠지마치는 짜증이 났다. 하지만 표정에는 일절 드러내지 않았다.

"그러니까 사카가미 선생이라는 사람은 두 학생과 교제하고 있었다는 말입니까."

눈을 약간 크게 뜨며 놀란 나베시마가 고개를 끄덕였다.

"그것 자체는 상당히 신빙성이 있는 이야기였습니다. 본인은 부정했지만 당시에 저도 탐정처럼 미행을 억지로 하게 되어서 몇 번인가 밀회를 목격했습니다. 뭐 남녀 관계를 의심할 증거를 잡은 건 아닙니다만."

"사카가미 선생은 동시에 두 사람과 사귀고 있었다는 것입니까?"

"말씀하신 대로일 거라고 생각합니다." 팔짱을 낀 나베시마는 떫은 표정을 지었다.

"사카가미 선생은 두 학생과 밀회를 나누고 있었습니다. 하지만 결과적으로 사카가미 선생은 모모이 양을 선택했지요."

"선택했다 라는 건 사카가미 선생은 모모이 양과 결혼했다는 말입니까."

"아니요. 정사입니다. 학교에서 그리 멀지 않은 장소에 타키자와 부동명왕 폭포라는 곳이 있는데 모모이 양은 그곳에서 뛰어내려 죽었습니다. 사카가미 선생은 폭포 바로 앞에 있는 타키자와 부동명왕 본당 근처에서 시체로 발견되었습니다. 그건 정말이지 한동안 동네가 떠들썩했지요. 죽은 사람을 모독하기는 꺼려집니다만 사카가미 선생의 행위가 만천하에 드러나고 나서 매스컴이나 학부모한테서 상당한 공격을 받아 학교 전체가 벌집을 들쑤신 것처럼 시끄러웠습니다."

당시의 일을 떠올려 씁쓸함이 치밀어 올랐는지 나베시마는 눈살을 찌푸렸다.

"두 사람은 자살했다는 말입니까."

"예. 최종적으로는 그런 것으로 결론이 났습니다. 하지만 모모이 양의 아버님이 이곳 일대의 명사여서 딸이 자살할 리가 없다고 주장해서 살인 사건으로도 수사되었습니다."

"확실히 동반 자살이라면 같이 뛰어내리는 게 일반적이지요."

츠지마치는 턱에 손을 댔다. 두 사람이 다른 장소에서 다른 방법으로 죽었다. 불가사의한 상황이다.

"밤중에 둘이서 그 장소에 간 이유는 아마도 남들의 눈을 피해 만나고 싶었기 때문일 겁니다. 시골이니까 사카가미 선생의 집에 학생이 드나드는 광경을 다른 사람한테 보이기라도 하면 곧바로 소문이 퍼지고 마니까 말이죠. 부동명왕 폭포 입구 근처에 사카가미 선생의 차가 남겨져 있었으니까 자동차로 간 걸 겁니다."

"수상한 인물은 발견되었습니까?"

"발견되지 않았…… 아, 아니요 딱 한 사람."

나베시마는 그렇게 말하고는 앨범의 카야마 아이코를 가리켰다.

"사카가미 선생의 차 안에서 카야마 양의 모발이 발견되었습니다. 경찰의 사정 청취로 카야마 양과 사카가미 선생이 교제하고 있었던 사실이 밝혀졌지만 머리카락은 다른 날에 동승했을 때 떨어진 것이라고 결론 내려졌습니다. 카야마 양이 묘한 말을 해서 그 후 한동안 사정을 청취한 수사원이 행동을 감시했다는 모양입니다."

"묘한 말 이라 함은?"

"'남의 것을 훔치는 건 역시 좋지 않죠.'"

나베시마는 감정을 억누르는 듯한 소리를 낸 뒤 깊은 한숨을 내쉬었다.

"……카야마 양이 사정 청취를 받고 있을 때 경찰한테 그렇게 말했다는 것 같습니다. 하지만 결국 카야마 양은 무관하다는 결론이 나와 수사는 중단되었다고 들었습니다. 경찰이 수사하고 있는 동안 여러 소문이 있었는데 어떤 게 진실이었는지……."

"그 경찰이 오오야마 아키라라는 형사입니까."

그 이름을 들은 나베시마는 놀란 것처럼 눈을 휘둥그레 떴다.

"……확실히 그런 이름이었습니다. 당시 빈번하게 탐문을 받았었지요."

"알겠습니다. 그리고 마지막으로 여쭙고 싶습니다만."

거기서 한번 말을 끊고 나베시마를 똑바로 바라봤다. 그 눈동자에 두려움이 깃들어 있었다.

"사카가미 선생의 사인은 무엇이었습니까."

"……독극물 중독이었습니다."

"그 독극물의 출처는?"

한순간 고민하는 듯한 표정을 보인 나베시마는 당황한 것처럼 입을 열었다.

"고등학교 과학실에서 보관 중이던 독극물이 도난당한 상태였습니다. 캐비닛 자물쇠도 부서져 있었습니다."

"그 장소에는 학생이 쉽게 들어갈 수 있습니까?"

"……쉽게는 아닙니다만 어렵지도 않습니다."

나베시마가 이마에 땀이 맺힌 채 대답했다.

츠지마치의 뇌 시냅스가 활성화되었다.

"고등학교 과학실에 있는 것이라면 소량으로 사람을 죽일 정도의 독극물은 아닐 겁니다. 즉, 무언가를 조합했을 가능성이 높습니다. 아이코 양의 화학 성적은 어땠습니까."

"……거기까지는 기억나지 않습니다."

애매한 대답이다. 츠지마치는 계속해서 말을 이었다.

"누군가가 유도했다. 그렇게 생각하는 게 타당할지도 모릅니다. 공범이었는지 아니면 누군가가 독극물 제조 방법을 가르쳐 준 것인지. 예를 들어 화학 교사라면 그러한 개인 수업은 가능하겠지요."

"무슨……."

나베시마는 반론하고 싶어 하는 듯이 입을 열었으나 목소리가 나오진 않았다.

"감사합니다."

츠지마치는 일어서서 감사를 표하고는 나베시마의 집을 나왔다.

사카가미는 독극물로 살해당했다.

그리고 이번에 살해당한 네 사람도 독극물을 마신 뒤 살해당했다.

손에 잡힐 듯한 느낌이 든다.

4

자동차로 한 시간 정도 달려 쿠사츠 온천 근처에 있는 민가 앞에 차를 세웠다. 북유럽풍 주택은 벽면이 하얗게 칠해져 있다. 자작나무가 어울릴 것 같은 집과 정년퇴직한 형사의 이미지가 어울리지 않았다.

인터폰을 누르고 잠시 기다리자 한텐*을 입은 남자가 나타났다. 짚신을 끌다시피 하며 다가왔다. 이곳에 오기 전에 사진으로 확인한 오오야마 아키라였다.

"……누구지."

"경시청 수사1과의 츠지마치입니다. 일전에 전화를 드렸던."

경찰 수첩을 내보였다.

오오야마는 수첩엔 눈길도 주지 않고 츠지마치를 물끄러미

* 약간 짧은 기장을 지닌 일본 전통 옷의 일종으로, 겉옷 위에 걸쳐 입는 옷.

노려보고 있었다. 조각칼로 판 듯한 주름이 얼굴에 새겨져 있어 엄한 표정을 짓고 있는 것처럼 보인다. 등 근육도 꼿꼿하게 뻗어 있어 기력이 정정한 그 모습에선 나이가 느껴지지 않았다.

"안으로 들어와라."

무뚝뚝하게 말한 오오야마는 몸을 돌려 등을 보였다. 츠지마치는 그 뒤를 따랐다.

집 안은 깔끔하게 정돈되어 있었다. 외관과 통일한 것처럼 북유럽풍 가구나 집기들로 갖추어져 있다.

거실로 안내받아 마주 보고 테이블 앞에 앉았다.

"집사람은 지금 없다. 하지만 금방 돌아온다."

거칠게 내뱉듯이 말했다. 빨리 가라는 뜻일 것이다.

"용건이 끝나면 곧바로 돌아가겠습니다."

"서론은 됐다. 일부러 본청 수사1과가 여기까지 뭘 물어보러 온 거지."

퉁명스러운 어조로 물어봤다.

츠지마치는 신중하게 말을 고르기로 했다. 기분이 언짢아지는 순간 돌아가라고 호통을 칠 것 같다.

"카야마 아이코 건입니다. 우선 사카가미 신과 모모이 카오리의 동반 자살에 관해 알려주셨으면 해서 왔습니다."

"이유는."

"경시청 관내에서 살인 사건이 발생했습니다. 연일 뉴스에서 보도되고 있는 연쇄 살인 사건입니다. 이 건에 카야마 아이코가 연관되었을 가능성이 있습니다."

눈썹이 움찔거리며 떨렸다.

팔짱을 낀 오오야마는 몸 안에 쌓여 있는 먼지 덩어리를 토해내는 것처럼 깊은 한숨을 내쉬었다.

"그건 교사와 학생의 동반 자살이다. 너희는 다른 현의 치정 사건에까지 끼어드는군. 게다가 상당히 오래전 이야기이지 않나. 어째서 연쇄 살인 사건과 관련이 있다고 생각한 거지."

"그건 말씀드릴 수 없습니다."

"말할 수 없다면 이쪽도 이야기해 줄 수 없겠군. 기브 앤 테이크라는 말을 알고 있겠지."

성가신 남자라고 생각했지만 성실해 보이는 표정을 지었다.

"이대로라면 계속 피해자가 늘어날 것입니다. 이번에 가르쳐주시지 않으면 위쪽 사람이 방문하게 될지도 모릅니다. 그 경우 숨기는 것이 없는지 확인하기 위해 연일 방문하게 되고 사모님께도 폐가 될 거라고 생각합니다."

명백한 협박이다. 같은 경찰이라면 경찰의 집요함도 일부러 괴롭힘에 가까운 수사를 하는 것도 이해하고 있을 것이다.

아니나 다를까 츠지마치의 말은 먹혀든 모양이다.

"……뭘 듣고 싶은 거지."

오오야마는 불쾌한 표정을 띠었다.

다소 협박조 같은 말투가 효과적이었던 듯하다.

"당시 자살이 아니라 타살 가능성이 지적되었습니다. 그리고 용의자로 마에바시츄오 고등학교 3학년인 카야마 아이코가 떠올랐습니다. 맞습니까?"

반응이 없다.

츠지마치는 계속했다.

"카야마 아이코와 모모이는 교사인 사카가미와 교제하고 있었습니다. 하지만 사카가미는 모모이라는 여학생과 동반 자살했습니다. 즉, 사카가미는 카야마 아이코가 아니라 모모이를 선택했다고 생각하는 게 타당하지 않나 싶습니다. 다만 정말로 동반 자살이었는지."

오오야마의 콧잔등에 주름이 졌다.

"……그 학교의 교사들도 둘의 교제는 파악하고 있었다. 교사와 학생이야. 펄쩍 뛰며 기뻐할 만한 이야기는 아니지. 학교는 사건을 은폐하려고 했었어."

짜증을 감추려고 하지 않는 오오야마를 관찰하며 입을 열었다.

"동반 자살 사건으로 처리될 뻔한 것을 모모이의 아버지가 타살로 수사를 계속하도록 요청했다. 이것도 맞습니까?"

오오야마는 날카로운 시선으로 츠지마치를 쳐다봤다.

"……수사를 계속한 이유는 그것뿐만이 아니다. 목격자가 있었다."

"목격자요?"

고개를 끄덕인 오오야마는 시선을 테이블 상판에 고정한 채 말했다.

"사카가미와 모모이가 죽은 날의 일이다. 도로 갓길에 주차된 차 안에 사카가미를 포함한 세 사람이 있던 것을 목격한 녀석이 있었다. 사망 추정 시각 두 시간 전이지."

"얼굴은 봤습니까."

"자동차 내부 전등을 켜고 있었다는 것 같은데 뒷좌석에 앉은 사람의 얼굴은 보이지 않았다는 모양이다. 운전석에 사카가미 조수석에 모모이가 있었다는 것만은 알 수 있었다고 하더군."

"뒷좌석에 앉아 있던 인물은 특정이 되었습니까?"

오오야마는 고개를 가로저었다.

"찾지 못했다. 살인이라는 의심이 완전히 사라진 건 아니지만 보름 후에는 동반 자살이라는 걸로 매듭이 지어졌지."

"수상한 인물을 봤다는 목격자가 있었는데도 말입니까."

의아했다. 지금까지 들은 상황으로 판단하자면 살인 사건의 선을 완전히 지우는 건 경솔한 짓이다.

"잘못 봤다는 걸로 처리됐다."

"잘못 봤다? 근거도 없이 목격자의 증언을 뭉개버린 겁니까?"

츠지마치의 물음에 오오야마는 뒷머리를 긁적였다.

"……유서가 나왔으니까 말이지."

"유서요?"

"그래. 사카가미의 방 서랍 안에서 나왔다. 안쪽 깊은 곳에 있어서 집 안을 수색한 수사원이 못 보고 놓친 거다."

설명을 들으며 츠지마치는 수상쩍게 생각했다. 자살하는 사람이 유서를 남길 경우 알기 쉬운 장소에 두는 게 일반적이다. 유서란 어디까지나 남들이 읽게끔 하기 위해 쓰는 것이라서 숨기는 건 이상한 일이다.

"사카모토의 방을 조사했던 게 젊은 수사원이었으니까 말이지. 단순히 놓친 거다."

츠지마치의 생각을 알아차렸는지 오오야마는 낮고 흐릿한 목소리로 말했다.

납득할 수가 없다.

"유서는 누가 발견했습니까."

"……나다. 사건의 단서가 없는지 찾기 위해 사카모토의 집에 갔을 때 발견했다."

"그렇습니까. 덧붙여서 유서의 필적 감정은 했습니까?"

그 질문에 오오야마는 불쾌감을 드러냈다.

"어째서 그런 걸 묻지. 우리가 한 수사를 의심하고 있는 거냐."

분노가 배어 나오는 힘찬 눈동자. 거기에 희미하지만 존재하는 동요.

"필적 감정 여부는 형사로서 평범한 질문입니다. 무언가 뒤가 켕기는 것이라도 있습니까."

"……그런 게 있을 리 없지 않나."

본심을 숨기기 위해 사용된 것 같은 부자연스러운 분노다.

구시대의 형사군 하고 생각했다.

"이와 관련해서 카야마 아이코가 수사 선상에 떠올랐던 모양입니다만 오오야마 씨는 그녀와 개인적인 관계는 없었습니까?"

한순간 경악한 표정을 띤 오오야마는 난처해졌는지 씁쓸한 얼굴로 침묵했다. 곤경에 처한 사람한테 공통으로 나타나는 시큼한 땀 냄새가 코를 찔렀다.

츠지마치는 대략적인 흐름을 파악할 수 있었다.

아마도 유서는 사카모토와 모모이의 사후에 작성된 것이다. 뒷좌석에 앉아 있던 인물은 아이코가 틀림없을 것이다. 아이코는 타살의 선을 버리지 않는 경찰에게 유서라는 재료를 제공하여 종지부를 찍었다. 다만 자기가 직접 사카모토 집에 유서를 놓아두는 건 위험하다. 거기서 오오야마를 이용한 게 아닐까. 아이코가 사카모토 집에 들어가는 걸 누군가 목격하면 위험하다. 그래서 여러 사람 중 특별히 오오야마가 당한 것이다. 형사라면 사카모토 집에 출입해도 수상하지는 않다.

그러면 아이코는 어떻게 해서 오오야마한테 협력을 요청했는가.

협력이 아니라는 직감이 있었다. 아마도 협박이다.

미성년 소녀가 성인 남성을 협박하는 수단은 몇 가지가 있다. 오오야마를 범죄에 가담시켰다는 건 비약된 발상이지만 아마도 아이코는 오오야마의 약점을 쥐고 유서의 존재를 오오야마한테 이야기한 것 아닐까. 그리고 오오야마가 도와주지 않을 수 없는 상황으로 몰아넣어 사카모토의 집에서 발견한 것처럼 계획했을 것이다.

부탁 방식은 얼마든지 있다.

예를 들어 사카가미한테서 유서를 건네받았지만 무서워서 밝히지 못했다고 말하면 된다. 뒤가 켕기는 부분이 있는 오오야마는 협력할 것이 분명하다.

눈앞의 남자도 아이코한테 사로잡힌 한 사람이다.

이건 증거 없는 추측이지만 제법 그럴싸하다는 느낌은 있었다.

"다른 이야기가 되겠습니다만 한 가지 더 알려 주셨으면 하는 것이 있습니다."

화제를 바꾸자 오오야마는 안도한 듯한 표정을 띠었다.

"오오야마 씨는 카야마 아이코 부친의 사건도 조사했었지요. 자세히 들려주십시오."

"……어째서 그런 걸 알고 싶어 하지."

"그녀 주위에서 이상한 일이 일어나고 있습니다. 부친의 사건은 그걸 해결하는 실마리가 될지도 모릅니다."

오오야마는 무뚝뚝한 얼굴로 말없이 생각에 잠겨 있다. 이따금 확인하는 듯한 시선으로 쳐다보는 건 츠지마치가 한 말의 신빙성을 가늠하지 못하고 있기 때문일 것이다.

"알고 있는 한으로 괜찮습니다. 조금 전 카야마 아이코의 모친과 만났습니다만 이야기를 들을 수 있을 만한 상황이 아니었기 때문에."

츠지마치의 말을 들은 오오야마는 몇 번인가 침을 삼킨 뒤 입을 열었다.

"모친은 정신적으로 병들어 버렸으니까 말이지." 딱하다는 듯한 표정을 지었다.

"어디까지 알고 있는지 모르겠지만 사카모토와 모모이가 동반 자살하고 1년 뒤에 카야마 아이코의 부친이 분신자살했다. 하지만 그건 타살이 아닐까 하는 이야기도 있었지."

"수상한 점이 있었다는 겁니까."

"아니 타살을 뒷받침할 만한 건 발견되지 않았다. 부친은 등유를 전신에 끼얹고 성냥으로 불을 붙여 불타 죽었다. 시체에서 알코올이 검출되었으니까 다량의 술을 마시고 죽었다는 것으로 판단했고 자살했을 때 가까이 있었던 카야마 아이코도 그렇게 증언했다."

분신자살에 관한 자료를 사전에 본 한으로는 부친의 자살을 아이코가 옆에서 보고 있었다고 한다. 제지할 틈도 없이 죽었다는 듯하다. 그때 모친은 밖에서 산책을 하고 있었다.

밤 깊은 시각에 영하의 온도 속에서 혼자 돌아다니며 시간을 때우고 있었다. 집 안에서 벌어지고 있는 일로부터 눈을 돌리고 귀를 막기 위해.

"이웃 주민들 사이에서는 부친이 딸인 카야마 아이코한테 성적 폭력을 가했었다는 이야기가 있었다. 때때로 카야마 아이코에게 기묘한 차림을 시킨 채 같이 산책하는 부친을 목격했다더군. 개 목걸이나 목줄은 없었지만 애완동물 같았다고 하는 증언도 있었다."

"경찰에 신고는 하지 않았던 겁니까."

"신고된 건 없었다. 만약 신고했다면 무언가 대처가 가능했을 텐데 말이지. 그리고 그 집 주위에서는 자주 동물이 죽었다는 모양이다. 고양이나 개가 케밥처럼 살이 깎여 나가 있었다…… 뭐 누가 한 짓인지는 모르지만 말이야."

오오야마는 변명하며 발뺌하는 듯한 어조로 말하고는 시계를 봤다.

인제 그만 가라는 신호일 것이다.

"그 밖에 뭔가 눈치챈 점은 없었습니까."

빠른 어조로 물어본 츠지마치는 앉은 채로 의사를 뒤로 물려 이 질문이 끝나면 돌아가겠다는 뜻을 나타냈다.

오오야마는 체셔 고양이 같은 대담한 미소를 띠었다.

"카야마 아이코는 죽이지 않았다고 경찰은 판단했다. 그리고 불쌍한 여자애라고 평가받았다. 다만 주위 사람들은 카야마 아이코를 표현할 때 같은 단어를 입에 담는 경우가 많았지."

——사이코패스.

낮은 목소리로 그렇게 말한 오오야마는 조심하라고 라며 쓸데없는 조언을 했다.

츠지마치는 자리에서 일어나 오오야마한테 감사 인사를 했다.

성적 폭행과 동물 학대.

인격을 짓밟기 위한 필요한 요소 전부가 갖추어진 건 아니지만 이 두 가지가 있으면 '위험지대'(이너 시티)에 있는 사이코패스의 밑바탕을 만드는 것으로는 충분하다.

5

다음 목적지로 가기 위해 칸에츠 고속 도로에 진입했다. 날씨가 흐려져 선글라스를 벗었다. 막히진 않았지만 자동차 교통량은 많다.

핸들을 쥐며 이리저리 생각을 거듭했다.

킬링 클럽이 제시한 세 용의자를 쫓으라고 명령받았다. 하지만 그 세 사람이 전원 죽어서 츠지마치는 이 게임은 끝난 건가 싶었다. 코쿠쇼가 범인이라는 결론도 냈다. 그러나 킬링 클럽은 침묵하며 츠지마치에게 지시를 내리지 않았다. 그건

답이 잘못되었으니 계속하라는 의미다. 아직 더 즐겁게 만들라는 말이다.

이 사건은 끝나지 않았다. 그렇게 생각한 츠지마치는 원점으로 되돌아가 사건을 재검토하기로 했다. 그리고 근거는 불충분하긴 했지만 완전히 새로운 용의자가 떠올라 이렇게 보강 수사를 하고 있는 것이다.

사건과 용의자를 연결하여 추측한다. 거의 정답이라는 확신이 있긴 했으나 이해할 수 없는 부분이 있었다.

피해자는 편도체가 절제당한 상태였다. 개두 방법은 능숙한 솜씨였다고 한다. 처음에는 뇌신경외과 의사인 코쿠쇼 아키라가 범인이라고 짐작했지만 그건 잘못된 추측이었다.

새로이 떠오른 용의자는 의사조차 아니다.

이 점을 보강하기 위해 철저하게 신변 조사를 하고 하나의 가설에 다다랐다.

이제부터 그걸 확인하러 가는 참이다.

약 네 시간 동안 차를 몰아 카나가와현으로 향했다. 카나가와현 카와사키구 야코우에 도착한 건 저녁 7시가 지났을 즈음이었다.

공장이 밀집한 지역에 장례식장이 몇 군데 모여 있었다. '세리머니 홀 겟코우'는 그중에서도 큰 장례식장이었다.

정면 현관의 자동문을 지나 접수대의 여성에게 이름을 말했다. 잠시 후 키가 큰 남자가 나타났다. 탄탄한 몸을 지닌 남자는 반쯤 넌더리가 난 듯한 표정을 띠고 있다. 간단한 인사를 나눈 뒤 1층 응접실로 안내받았다.

도라지꽃이 그려진 찻잔이 금방 나왔고 남자와 명함을 교환했다.

안자이 유우지. 주식회사 히카리노츠키 직원. 직함은 전무이사라고 되어 있었다. 방문이 늦어진 것을 사과하자 임원에게 정시 퇴근이라는 개념은 없으니까 말입니다 라며 질렸다는 듯한 미소를 띠었다.

"신주쿠에 있는 자택에서 살해당한 토츠카 아키노리 씨에 관해 여쭙고 싶습니다만."

그 질문에 안자이는 이맛살을 찌푸리고는 엄지로 눈썹을 긁적였다.

"이미 몇 번인가 경찰한테 이야기했는데 아직도 뭔가 듣고 싶은 것이 있습니까?"

검은 정장을 입은 안자이는 비난하는 듯한 투로 말한 뒤 줄무늬 넥타이에 단 넥타이핀을 손가락으로 만지작거렸다.

나이는 50살 정도일까. 지친 표정을 짓고 있는데도 젊게 느껴지는 건 풍성한 모발 때문일 것이다.

"경찰이라는 건 바보처럼 같은 것을 몇 번이나 확인할 필요가 있지요." 츠지마치는 담담하게 말을 이었다.

"토츠카 아키노리 씨는 이 회사의 사업 본부장을 맡고 있었지요."

"그렇습니다."

작은 저항을 포기한 안자이는 한숨을 섞으며 대답했다.

"이곳을 운영하는 회사의 종업원 수는 약 100명이죠? 34세라는 나이치고는 출세한 것처럼 느껴집니다. 역시 사장의 아들이라는 게 적잖은 연관이 있는 것입니까?"

"아니요. 실력입니다."

칼 같이 단언했다. 특별히 좋게 말하려고 하는 것도 아닌 것 같다. 거짓말은 아닌 듯 하다.

"그러면 사장의 아들이었던 그에게는 어느 정도의 권한이 있었습니까? 또한 이 회사에서 사업 본부장이라는 건 어느 정도의 지위이지요?"

"……일부러 찾아오신 건 아키노리의 출세에 관해 듣고 싶었기 때문입니까?"

"아닙니다."

"그러면 어째서 회사에 관한 것을 묻는 것이지요?"

"정보 수집의 일환입니다."

그 대답에 안자이는 불쾌감을 드러냈다.

"아키노리는 연쇄 살인 사건의 범인한테 살해당했다고 뉴스에서 보도했습니다. 당신은 우리 회사 사람이 범인이라고 생각하는 겁니까."

"그렇지 않습니다." 츠지마치는 어깨를 으쓱였다.

"다만 이 회사에서의 그의 위치를 확인하고 싶었습니다."

"……어째서지요."

"현시점에서 사내에서 사건으로 발전할 만한 마찰이 있었을 가능성은 부정할 수 없습니다. 이건 가능성을 없애는 질문이라고 생각해 주십시오. 현재로서 경찰은 이 회사에 용의자가 있다고는 생각지 않습니다."

그 대답에 다소 안도했는지 표정을 누그러뜨린 안자이는 소파 등받이에 등을 붙였다. 그리고 입 주위를 손바닥으로 닦았다.

"솔직하게 이야기하자면 아키노리는 확실히 우대받고 있기도 했습니다. 뭐 차기 사장이라는 입장이었으니까 말이지요. 하지만 실력도 있어서 사원한테서 불평이나 불만은 나오지 않았습니다."

차기 사장에 대한 불만을 대놓고 이야기하는 사원은 없겠지 하고 생각하며 츠지마치는 입을 열었다.

"예를 들어 토츠카 아키노리 씨는 이 장례식장 내부의 어디든지 자유롭게 오갈 수 있습니까?"

"……어디든지라 함은?"

"말 그대로의 의미입니다. 시설 내의 모든 장소에 출입 가능했습니까?"

"묘한 것을 물어보시는군요." 안자이는 한쪽 눈썹을 치켜올렸다.

"물론입니다. 출입 금지 구역은 없습니다."

"그러면 영안실에 들어가는 것도 가능하겠군요."

안자이의 표정이 갑작스럽게 험해졌다.

"……영안실 말입니까?"

"예. 토츠카 아키노리 씨는 미국으로 유학을 가 시신위생처리사 자격을 취득하였지요. 자신이 직접 엠바밍을 한 적은 있습니까?"

"……제법 자세히 알고 계시는군요."

안자이는 눈이 휘둥그레지며 놀라서는 애매한 대꾸를 했다.

엠바밍이란 시신을 방부 처리하는 것이지만 원형이 무너진 유해를 복원하는 작업을 가리키기도 한다. 그런 작업에 종사하는 사람을 시신위생처리사라고 부르며 미국 등에서는 활발하게 이루어지고 있다.

"확실히 아키노리는 시신위생처리사 자격을 가지고 있었으니 이 시설에서 엠바밍을 하거나 종업원에게 가르치기도 했었습니다. 매장이 주로 이루어지는 미국과 비교하면 일본은 대부분 화장이기에 의뢰는 그렇게 많지 않았지만 말입니다."

어조에 변화는 없었던 안자이였으나 낯빛이 어두워져 있었다.

츠지마치는 변화를 놓치지 않도록 주의 깊게 관찰했다.

"가령 토츠카 아키노리 씨가 누군가를 영안실에 데리고 들어간 적은 없었습니까."

안자이는 명백히 동요하고 있었다.

핵심에 닿았다고 츠지마치는 생각했다.

"토츠카 아키노리 씨는 외부인을 영안실에 들이고 있었다. 그것도 자주."

"……."

안자이는 침묵했다.

수사 보고서에는 적혀 있지 않았던 사실. 이 사실이 공개되면 회사의 평판이 떨어질 것으로 생각하고 덮어뒀을 것이다.

"회사는 그 사실을 파악하고 있었던 거로군요. 게다가 알면서도 묵인하고 있었다."

"……."

"누구와 함께 영안실에 있었습니까? 묵비권을 계속 행사하겠다면 영장을 받아 와서 강제 수사를 할 수 있습니다."

"그, 그건……." 안자이는 당황했다.

"……모릅니다. 감시 카메라에도 얼굴은 찍혀 있지 않았습니다."

동요는 두려움으로 변화되어 있었다.

츠지마치는 목소리를 누그러뜨리도록 애썼다.

"영안실에 감시 카메라는?"

안자이는 힘없이 고개를 가로저었다.

역시 추측은 정확할 것 같다. 가느다란 한 가닥 실을 잡아 끌어당긴다.

개두 수술이라는 것에 지나치게 빠져 있었다. 어떻게 해도 전문적인 능력이 필요하다고 생각하여 거기서 선입견을 품고 말았다. 절개된 두개골의 단면. 프로 수준의 집도 능력을 가지고 있다고 보고서에 적혀 있었지만 어설픈 면도 있다는 한 문장이 거기에 덧붙여져 있었다. 츠지마치는 뇌신경외과 의사인 코쿠쇼가 범인이고 일부러 어설프게 집도하여 수사를 교란시키고 있었던 것이라고 생각했다.

하지만 거기에 어느 정도의 의미가 있는 것일까. 애초에 그러한 위장을 할 필요는 없을 정도로 범행 현장에는 범인으로 이어지는 증거가 없었다.

거기서 츠지마치는 가설을 세웠다.

범인은 두개골을 절개하는 데 익숙한 일반인. 실제로 뇌를 노출시키는 정도라면 연습으로 충분히 능숙하게 할 수 있게 된다고 했다.

연습을 거듭할 수 있는 환경이었을 것이다. 거기서 그제야 살해된 토츠카가 중요한 위치에 있다는 걸 알아차렸다. 장례식장이라면 시체는 잔뜩 운반되어 들어온다.

토츠카가 시체위생처리 자격을 가지고 있다는 건 얼마 전에 올라온 수사본부 보고서로 알았다. 시체위생처리는 주로 방부·살균 소독·수복·화장을 하여 시신을 깔끔한 상태로 만든다.

츠지마치는 처음에 이 기술을 중요시하지 않았다. 하지만 이제야 겨우 괜찮은 가설이 만들어졌다. 과거에 이 장례식장

영안실에서 이루어지고 있었던 일. 토츠카는 망가뜨린 것을 고치는 역할이었다.

그리고 망가뜨리는 역할은──.

츠지마치는 내심 득의에 찬 미소를 지었다.

연쇄 살인 사건을 일으킨 범인은 아이코가 틀림없다.

아이코가 토츠카와 함께 영안실에 출입한 장본인이었다면 아귀가 맞는다. 절대적인 근거는 없지만 토츠카와 사귀고 있었던 인물이 아이코라면 이번에 일어난 일련의 살인 사건이 설명된다. 킬링 클럽 내부에 있는 인물이며 살해당한 게스트들이 사이코패스임을 알 수 있는 존재. 그리고 토츠카와의 연결 고리가 있는 존재.

애초에 아이코는 처음부터 의심하기에 충분한 발언을 하고 있었다. 아이코는 아오야기를 발견한 경위를 '아오야기는 나이가 많으니까 방에서 쓰러져 있을지도 모른다고 의심해서 집 안으로 들어갔다'라고 설명했다. 인터폰을 눌러 응답이 없다고 해서 60살인 아오야기가 방에서 쓰러져 있을 거라고 생각할까? 지나치게 비약적이고 부자연스럽다.

아이코는 최초 발견자가 되고 싶어서 이러한 거짓말을 한 것이다. 그때 의심하지 않았던 것을 부끄럽게 느꼈지만 이제야 겨우 전모가 보였다. 나머지는 돌진하는 것뿐이다.

다만 한 가지.

아이코가 이러한 살인을 저지르는 이유를 알 수 없었다.

최종장

나방

1

흔들리는 전철에 몸을 맡기며 아이코는 눈을 감고 있었다.

문득 요전까지 사귀고 있었던 토츠카 아키노리를 떠올렸다.

장례식 기사를 쓸 때 취재한 것이 계기가 되어 토츠카와 사귀게 되었다. 사귄 것은 공개하지 않고 주위에 아이코의 존재가 들키지 않도록 세심한 주의를 기울이고 있었다. 그렇게 한 명확한 이유는 없었지만 그러는 편이 좋을 것이라고 직감적으로 느낀 것이다.

토츠카와 사귄 건 마음이 맞았다든가 그런 게 아니라 그저 시체를 다루는 인간한테 흥미를 느꼈기 때문이다.

카와사키에 있는 장례식장에서는 무척 좋은 경험을 했다고 생각한다. 지금도 소독액 냄새가 콧구멍에 남아 있는 것 같다.

수술복 위에 방수 가운, 방수 앞치마를 입고 있는 토츠카의 얼굴은 마스크와 고글, 페이스 실드를 착용 중이어서 보이지 않았지만 눈을 가늘게 뜨고 있어서 웃고 있다는 걸 알 수 있었다. 아이코도 같은 차림을 하고 있다. 처치실 내의 온도는

20도, 습도는 40%. 서늘해서 기분 좋은 공간이었다.

“보고 있어도 그다지 재미있는 게 아닌데 말이지.”

토츠카는 그렇게 말하면서도 관찰하기 쉬운 위치를 알려주었다.

이 남자는 언제나 미소를 띠고 있었다. 그건 다른 사람이 안색을 살피는 걸 감추기 위한 가면 같았다.

엠바밍 테이블 위에 놓여 있는 건 20대 초반의 여성이었다. 교통사고로 죽은 시신에는 무수한 상처가 나 있다.

시신 근처에는 생전의 얼굴 사진이 있다. 이걸 참고로 하여 표정을 정돈해 나간다고 한다.

토츠카는 니트릴 고무장갑을 끼운 손으로 시신의 관절을 굽히고 입은 옷을 벗겨 나갔다. 느긋하고 부드러운 손놀림은 어딘가 관능적이었다.

신체의 세부까지 소독을 끝내고 쇄골 상부의 중심부를 작게 절개하여 거기서부터 동맥에 약액을 주사하여 정맥으로부터 혈액을 배출한다. 흉복부 안이나 내장에 남아 있는 혈액 및 체액을 흡인한 뒤 방부 및 악취 방지 처리를 하기 위한 약액을 넣는다. 그 모습을 보고 있던 아이코는 두 사람이 정사를 나누고 있는 듯한 착각을 느꼈다.

토츠카는 익숙한 모습으로 절개한 부분을 다 봉합한 뒤 곧바로 다음 작업으로 옮겨 갔다. 얼굴의 상처 자국은 왁스 가공된 가느다란 치실을 써서 표피 아래에 바늘을 통과시키다시피 하여 피하 조직끼리 실로 고정한다. 또한 밀랍 같은 끈적한 느낌이 있는 왁스로 상처나 구멍을 메우고 얼굴 전체를 마사지하며 표정을 만들어 나갔다.

약 네 시간 정도의 작업이었지만 아이코는 넋을 잃고 그 작업을 보고 있었다. 단순한 살덩어리가 된 시신을 이리저리 주무르고 억지로 의미를 강요하는 듯한 오만함과 산 자가 죽은 자에게 행하는 강압이 느껴졌다. 어느 것이고 일상에서는 볼 수 없는 것이었다.

모든 과정을 끝낸 토츠카는 아이코를 향해 돌아서서 감상을 물어봤다.

솔직하게 재미있었다고 말했다. 그리고 한 가지 제안을 했다.

머릿속 특히 감정을 관장하는 편도체를 이 눈으로 보고 싶었다.

아이코는 감정이라는 것이 신기해서 견딜 수 없었다. 타인에게 공감하는 능력은 가지고 있다. 아니 평범한 사람보다도 그게 강하다는 자각이 있었다. 감수성도 지나치게 강할 정도다. 너무나도 민감해서 불똥이 떨어졌을 때는 전력으로 털어버리고 만다. 솟아난 감정을 참을 수 없다. 희로애락. 사랑도. 그러한 감정을 억누를 수 있을 정도로 둔감하지 않았다.

평범한 사람과 다르다는 건 이해하고 있다. 그렇다고 해도 그 차이는 쉽게 고칠 수 있는 것이 아니다. 손가락 끝에 뜨거움을 느끼면 누구나가 곧바로 반응해서 손을 뒤로 뺄 것이다. 그걸 의지로 어떻게 할 수는 없다. 똑같은 것이다.

정상이라는 말을 듣는 기준과 어긋나 있음을 인식하고 있기 때문에 감정을 제어하는 편도체라는 부위를 이 눈으로 확인하고 싶었다.

토츠카와 사귀면서 장례 회사에 실려 오는 시신의 두개골을 여는 것이 아이코의 유희가 되었다. 차가워진 몸을 만지고 두개골을 열어 주름이 많은 뇌를 헤쳐 편도체를 확인한다. 감정이라는 건 사람에 따라 각양각색이다. 그러니 각각에 특징이 있는 걸까 하고 기대했지만 어느 것이고 서로 비슷비슷한 형태를 지니고 있었다.

아이코는 시신의 머리를 실컷 헤집어 나갔다. 그리고 토츠카는 엠바밍 기술을 이용하여 그 상처를 감췄다. 뇌가 엉망진창으로 뭉개져 있어도 아무도 신경 쓰지 않는다. 편도체가 없어진 것을 누구도 알 수 없다.

아이코는 수많은 시신의 머리를 열어 편도체를 확인했다. 그리고 그 수만큼 실망했다.

편도체는 남녀노소 비슷한 형태였다. 사람의 감정이라는 건 천차만별이 아닌 건가.

이윽고 한 가지 의문이 솟았다.

살아 있는 인간의 편도체라는 건 어떻게 되어 있을까. 그렇지, 비정상이라 불리는 사람과 평범한 사람의 편도체에 차이는 있을까. 확인하고 싶어서 견딜 수 없었다.

바라면 통한다.

킬링 클럽에 권유받았고 그리고 절호의 기회가 찾아왔다.

2

유라쿠쵸역 개찰구를 나온 아이코는 황궁 쪽을 향해 걸었다. 그리고 여느 때처럼 녹슨 철제문을 열쇠로 열고 안으로 들어갔다.

어둑어둑한 통로를 나아가자 곧바로 두 번째 문이 나타났다. 그곳을 정맥 인증으로 통과하고 계속 나아갔다.

킬링 클럽.

양지 세계에서는 절대 볼 수 없는 사교장이다. 그런데도 제법 보안이 무르네 하는 생각이 들었다. 아이코처럼 종업원이 되면 출입은 자유다. 킬링 클럽에 해가 되지 않는 인물이라 평가한 건지 포섭했다고 여겨졌는지는 알 수 없지만 일단 신뢰받고 있다는 증거다. 다만 소지품 검사조차 하지 않는 건 너무 부주의하다.

긴 계단을 내려가고 나서 앞으로 걸어갔다.

지그재그로 10분 정도 가다 보니 눈앞에 문이 나타났다. 그걸 열자 하얀 방이 나왔다.

눈썹이 없는 남자가 여느 때처럼 서 있었다. 새하얀 옷을 입고 있다. 이 공간이 하얀 건 어떤 의미가 있는 것일까. 비어있다는 의미일까. 존재하지 않는다는 의미일까.

단순한 취향이라는 생각으로 가닥이 잡혔다.

"여기서 이렇게 사람을 기다리고만 있는 거 심심하지 않아?"

아이코가 묻자 무표정한 남자는 입을 일그러뜨렸다. 웃고 있는 듯했다.

"의외로 즐기고 있다."

"그래."

쌀쌀맞은 목소리로 말했다. 남자는 말 없이 문을 열었다. 아이코는 그 문을 통과했다.

다시 복도. 그 끝에 있는 건 탈의실이다.

옷을 벗은 아이코는 샤워실로 가서 가장 앞쪽에 있는 개인 부스로 들어갔다.

샤워기를 손에 잡고 수도꼭지를 비틀었다.

흘러나오는 따뜻한 물을 맞으며 시선을 위로 향했다. 천장 부근의 전구를 봤다. 마치 전구에 엉겨 붙은 것처럼 나방이 장식되어 있다. 도자기 같은 질감의 나방과 전구가 접촉한 부분이 그을린 것처럼 까매져 있었다. 원래부터 그런 디자인인 건지 아니면 전구 열로 그을린 건지는 알 수 없었다. 어느 쪽이건 일반적이진 않다.

샤워를 끝낸 아이코는 탈의실로 돌아와 서빙 유니폼으로

갈아입었다.

다 갈아입은 아이코는 거울로 자기 모습을 확인한 뒤 혀를 내밀었다.

들어왔을 때와는 다른 문으로 나와 주방에서 치프에게 인사했다.

"출근했습니다."

컴퓨터 키보드를 두드리고 있는 치프에게 말을 걸자 치프는 무선 통신기를 귀에서 벗었다.

"오늘도 잘 부탁하지. 평소처럼 마실 것을 옮겨라."

지시는 그것뿐이었다. 치프의 시선은 재차 컴퓨터 화면으로 돌아갔다.

강아지 같은 동그란 눈동자를 가지고 있다. 그 눈동자가 근심을 띠고 있는 것처럼 보였는데 기분 탓일까.

아이코한테 주어진 일은 단순하며 단조롭다. 묵묵히 서빙 일을 해나간다. 알코올 주문이 들어왔다는 연락이 통신기 너머로 전해지고 그걸 가지고 갈 뿐이다. 이것만으로도 평범한 일을 하는 게 바보 같아질 정도의 월급을 받을 수 있다.

통신기에 연락이 들어오지 않으면 비교적 자유롭게 플로어 안을 볼 수 있었다. 정기적으로 청소를 하고 있는 것 같다. 어디든지 전부 깔끔했다. 하지만 기껏해야 인간이 하는 일이다. 청소가 안 된 장소가 몇 군데 있었다. 아무도 신경 쓰지 않는 공백.

거대한 지하 공간에서는 여전히 게스트들이 담소를 나누며 도박을 즐기고 있다. 킬링 클럽의 인간이 세 명이나 살해당한 사실을 다들 망각한 것 같았다.

이곳의 무엇이 즐거운 걸까. 정말이지 신기했다.

거대한 샹들리에 아래 살인보다도 막대한 돈을 버는 데 뛰어난 인간이 모이는 장소. 성공한 사이코패스들의 휴식 공간.

그들은 무엇을 갈구하며 이곳에 있는 것일까. 목적은 무엇일까.

성공한 사람끼리의 교류일까. 더욱 많은 돈을 벌기 위한 정보 교환의 장일까. 틀린 건 아니겠지만 그것만이 아닌 느낌이 들었다.

게스트의 표정을 봤다.

무언가를 고대하고 있는 듯한 그런 기대감을 읽어낼 수 있었다. 하지만 그것이 무엇인지는 알 수 없었다.

거대한 공간에서 유달리 눈길을 끄는 존재는 역시 호스티스였다. 휘황찬란한 의상과 장신구. 아름답게 갈고닦은 자기 몸을 과시하는 것처럼 몸을 치장하고 있다.

그리고 호스티스와 같은 정도로 존재감이 있는 건 게스트다. 정장이나 턱시도와 같은 옷을 입고 있는 그들은 자신감이 넘쳤다.

반대로 가장 존재감이 없는 게 검은 옷을 입은 남자들이었다.

킬링 클럽 안에서 눈을 번뜩이며 감시하고 있는 검은 옷들은 시야에 들어와 있지만 인상에 남지 않는다. 몸을 숨기는 기술이라도 익히고 있는 것일까. 아니면 주위와의 대비로 존재감이 흐려져 있는 것뿐일까.

일하는 짬짬이 츠지마치의 모습을 찾아봤지만 결국 찾을 수 없었다. 지금은 당번이 아닌 걸지도 모른다.

츠지마치한테 전화를 해도 받지 않았다. 집에 가도 부재중인 듯했다. 동향은 짐작되지 않는다. 한동안 만나지 못했다. 이미 가망이 없다고 생각하여 단념한 존재였지만 묘하게 몸이 욱신거린다.

대체 뭘 하고 있는 걸까.

다섯 시간 정도 일하고 근무를 끝냈다.

아이코는 탈의실에서 검은 옷으로 갈아입고 왔던 길을 되돌아갔다.

하얀 방에는 여전히 스킨헤드 남자가 있었다. 짧은 인사를 한 뒤 모퉁이가 많은 복도를 나아가 밖으로 나왔다.

이미 마지막 전철 운행이 끝나 있었다. 택시로 갈까 하고도 생각했지만 그전에 카토리한테 전화를 걸어 봤다. 하지만 호출음이 들려올 뿐 연결되지 않는다. 계속 이 상태였다.

츠지마치가 연쇄 살인 사건의 범인이라고 말해준 뒤부터 사흘 동안이나 연락 두절 상태이다.

중요한 장기말이다. 없어지면 곤란하다. 혀를 차고 나서 택시를 잡아 일단 집에 돌아가기로 했다. 슬슬 이 사건을 끝내야만 한다.

지금까지 얼어붙어 있었던 것만 같은 차가운 방으로 들어갔다. 불도 켜지 않고 냉장고 안에서 미네랄 워터를 꺼내 마신 뒤 미리 준비해 두었던 유서를 숄더백에 넣었다. 그리고 소형 전기 충격기와 나이프를 가죽 재킷에 숨겼다.

집을 나선 아이코는 머플러로 코부터 밑을 가리고 로드 바이크에 탔다. 밤의 거리를 질주한다. 길거리를 오가는 사람도 뜸했기에 20분 만에 츠지마치가 사는 아파트에 도착했다.

떨어진 장소에 로드 바이크를 세우고 1층 현관에서 호수를 눌렀다.

얼마간 호출음이 울렸지만 응답은 없다. 다시 한번 버튼을 누르자 그제야 연결됐다.

〈무슨 일이지.〉

언짢은 듯한 츠지마치의 목소리. 머플러로 얼굴 절반이 덮여 있다고는 해도 상대는 이쪽의 표정을 관찰하고 있을 것이다. 가급적 평소와 다르지 않게 행동하려고 의식했다.

"계속 연락했다고요. 어디 갔다 온 건가요."

〈……용건을 끝내고 왔다.〉

용건이란 뭘까. 짐작이 가지 않는다.

"잠깐 이야기하지 않겠어요?"

〈무슨 이야기냐.〉

"사건에 관한 새로운 사실을 알았어요."

〈어떤 사실이지.〉

"직접 이야기할게요."

대답이 좀처럼 돌아오지 않았다.

이윽고 목소리 대신 현관문이 열렸다.

아이코는 마른 입술을 혀로 적시고 나서 걷기 시작했다.

엘리베이터를 타고 최상층으로 향했다.

층수 램프를 바라보며 머릿속으로 자신의 동작을 몇 번이고 확인했다.

우선 방심시킨다. 그리고 가장 짧은 궤도로 상대의 움직임을 봉인한다. 개조한 전기 충격기로 저항할 힘을 없앤다. 그 뒤는 유서를 꺼내 놓고 자살로 보이도록 나이프 각도를 조절하여 경동맥을 벤다. 이걸로 끝이다.

최상층에 도착한 아이코는 곧바로 모퉁이 끝에 있는 방으로 향했다. 인터폰을 누르려고 손을 뻗자 느닷없이 문이 열렸다.

모습을 나타낸 츠지마치와 눈이 마주쳤다.

그 순간 아이코는 위험을 감지했다.

생각이 먼저라 행동이 늦어지고 말았다.

선제공격을 가하지 않은 것을 후회했다. 상대의 위험도를 얕잡아 평가하고 있었다.

"안으로 들어와라. 양손은 보이는 위치에."

권총 총구를 이쪽으로 겨누고 있는 츠지마치의 눈동자에는 아무런 감정도 비쳐 있지 않다. 이렇게 총이 겨누어진 경험은 없지만 드라마나 영화의 각인 효과가 있는 것인지 위험하다는 점은 충분히 이해됐다.

권총은 모조품으로는 보이지 않는다. 일본 경찰관한테 지급되는 물건이 아니었다.

아이코에게 총을 겨눈 츠지마치는 매우 침착한 것처럼 보였다.

양손을 든 아이코는 느릿한 동작으로 방 안으로 들어갔다. 등에 총구가 대어진 상태로 어둑어둑한 복도를 걸었다.

침실에 가서 오른팔에 수갑이 채워졌고 다른 한쪽을 붙박이장 폴대 부분에 채웠다. 좋은 장소를 골랐네 하고 감탄했다.

이로써 선 채로 움직일 수 없는 상태가 되었다.

츠지마치는 익숙한 작업이라도 하는 것만 같이 아이코가 어깨에 걸치고 있던 가방 내용물을 뒤지고 몸수색을 했다.

스마트폰, 개조된 전기 충격기, 소형 나이프 세 자루를 침대에 늘어놓았다.

호신용이라고는 도저히 발뺌할 수 없게 되었다.

"이건 뭐지."

봉투를 손에 든 츠지마치가 물었다.

"글쎄요."

아이코는 고개를 갸웃했고 츠지마치는 말없이 봉투 내용물을 확인했다.

"……내가 연쇄 살인 사건의 범인이라는 고백문인가. 친절하게도 유서까지 만들어 주셨군. 필적도 나와 비슷하게 만들었네. 어디서 내 필적을 훔쳤지."

킬링 클럽이 고른 세 명의 용의자 사진. 그 뒷면에 적혀 있던 용의자의 이름이나 경력. 그건 츠지마치가 손으로 쓴 것이었다.

대답할 이유가 없다.

아이코는 총구를 내린 츠지마치를 노려봤다.

"제법 무섭군."

침대에 앉아 즐거운 듯이 말했다. 하지만 얼굴은 웃고 있지 않다.

아이코는 당혹스러운 표정을 지었다. 물론 본심은 아니었다. 머릿속으로 필사적으로 도주 수단을 생각하고 있었다.

"자 그럼." 츠지마치는 담백한 느낌으로 말을 이었다.

"어떻게 해서 날 함정에 빠뜨리려 했는지 이야기해 주실까."

"무슨 말인가요."

"시치미 떼지 않아도 된다. 나를 연쇄 살인 사건의 범인으로 꾸며서 죽일 생각이었던 것이지? 아니 자살로 꾸미려 했나."

아이코는 탈주로를 찾아내기 위해 생각했다. 1초도 걸리지 않고 입을 열었다.

"……저는 부탁받은 거예요."

츠지마치는 불쾌한 듯이 눈살을 찌푸렸다.

"부탁받았다?"

"그래요."

"누가 그런 의뢰를 했지."

"……말할 수 없어요. 말했다간 제가 죽어요."

츠지마치는 아이코를 응시했다.

"어느 쪽이건 살아남을 수 없다는 건 이해하고 있겠지." 츠지마치는 혀를 차고는 계속해서 말했다.

"내 방에 멋대로 고가 선물을 놓아두고 간 것도 의뢰받아서 했다고 변명하는 건가."

"고가 선물이라니요?"

"내 방에 멋대로 두고 간 피해자의 소지품이다. 네 짓이지 않나."

"……뭔가요 그게."

물론 알고 있었지만 시치미를 뗐다.

"시치미 떼지 마라." 츠지마치는 날카로운 시선으로 쳐다봤다.

"카토리를 부추긴 것도 너로군."

"카토리 씨가 어떻게 됐나요?"

"녀석은 내가 연쇄 살인 사건의 범인이라고 의심하고 있었다. 네가 카토리한테 상담했다는 것 같더군."

아이코는 불안해 보이는 표정을 만들었다.

"저는 그런 짓은…… 카토리 씨는 지금 어디에 있나요."

"제거했다."

"어째서……."

"사정이 좋지 않았기 때문이다." 츠지마치는 표정 근육을 전혀 움직이지 않은 채 막힘없이 말했다.

"처음에 너는 킬링 클럽이 수사 동행자로 골라 준 인간이어서 눈여겨보지 않고 있었다. 하지만 어쩌면 네가 중요한 인물일지도 모른다고 생각해서 증거를 확보하고 있을 때 카토리가 이곳에 온 거다. 억지로 추궁했더니 날 의심하고 있다고 말하기 시작했다. 그래서 이유를 실토하게 했더니 네가 보냈다고 말하더군."

츠지마치는 잔잔한 수면처럼 냉정했다.

"네 과거를 철저하게 조사하고 나서 너의 발자취를 더듬기 위해 군마현의 마에바시에 갔다. 모친이나 전 교사, 전 경찰관의 이야기를 듣고 많은 것을 알게 됐지. 네 주위에서는 부자연스럽게 사람이 죽는다. 전부 네가 관여한 것이지?"

아이코는 입을 다문 채 상황을 살폈다. 츠지마치가 어떻게 나올지 예상할 수 없었다.

"수사를 통해 네가 범인이라는 확신을 가질 수 있었다. 하지만 단 하나 알 수 없는 것이 있었다. 죽인 인간의 두개골을 여는 방법이나 편도체를 꺼내는 방식이 숙달되어 있어서 그건 너 같은 일반인한테는 도저히 불가능한 기술이라고 생각했다. 개두 기술 하나만으로 나는 뇌신경외과 의사인 코쿠쇼 아키라를 의심했지만 네 과거를 조사하면서 재미있는 사실을 알아차렸다. 너도 개두 기술을 연마하고 있었지?"

"……저는 평범한 프리랜서 기자예요."

츠지마치는 왼쪽 입꼬리를 비틀어 올렸다.

"네가 사귀고 있던 장례 회사의 토츠카 아키노리다. 토츠카는 미국에서 시신위생처리사 자격을 취득했다. 그것과는 별개로 해부학 등의 수업도 수강하고 있었던 것 같더군."

'거기까지 조사한 건가.'하고 아이코는 감탄하면서 마음속으로 욕을 내뱉었다.

마치 알몸으로 벗겨져 망신당하고 있는 것만 같은 불쾌감을 느꼈다.

"만약을 위해 묻겠다만 네 명이 살해당했을 때의 알리바이는 있나."

아이코는 어깨를 으쓱였다.

"그렇게 예전 일 기억나지 않아요."

대답이 끝나는 타이밍을 재고 있었던 것만 같이 희미하게 진동 소리가 방에 울렸다. 츠지마치는 주머니에서 스마트폰을 꺼내 화면을 확인했다.

정확히 3초 동안 몸이 굳었다.

"……킬링 클럽에서 호출이다. 미안하지만 거기서 가만히 있어라. 냉장고 안의 물은 마음대로 마셔도 되고 화장실도 써라. 여기서 움직일 수가 있다면 말이지만."

수갑에 확실하게 묶여 있는지를 확인한 츠지마치가 그렇게 말했다.

"……저는 범인이 아니에요."

떠나가려 하는 츠지마치의 등을 향해 아이코는 호소하는 듯한 목소리를 냈다.

"이 상황에서 잘도……."

"정말이에요. 저는 범인이 아니에요."

눈으로 호소했다.

츠지마치는 이해할 수 없다는 듯이 얼굴을 찌푸렸다.

"……돌아오면 느긋하게 들어 줄 테니 안심해라. 이래 보여도 형사다. 실토하게 할 수단은 알고 있다."

츠지마치는 그렇게 말하고 나서 손수건을 꺼내 아이코의 입에 재갈을 물렸다.

"울부짖어도 구하러 올 사람은 없다. 이 아파트 최상층은 방이 두 개밖에 없고 떨어져 있어서 목소리는 들리지 않는다. 아래층은 중국인이 투자 목적으로 사서 아무도 살지 않는다. 발로 바닥을 굴러 소리를 내 봤자 헛수고니까 그만둬라."

손수건을 강하게 묶었는지 아이코는 얼굴을 일그러뜨렸다.

입술 끝이 찢어져 피 맛이 입안에 퍼졌다.

"사양할 필요는 없다. 마음껏 쉬도록."

그런 말을 남기고 방에서 나갔다.

아이코는 눈을 감고 신경을 예민하게 곤두세웠다. 발소리가 한동안 거실을 오가는 소리. 복도로 가서 그리고 현관문이 닫히는 소리. 희미하지만 바깥 복도에서의 발소리도 파악할 수 있었다.

경계심을 풀지 않고 기척을 살핀다. 5분 정도 몸을 움직이지 않고 귀를 기울였다.

츠지마치가 밖으로 나갔다는 확신을 품은 아이코는 입을 막고 있는 손수건을 있는 힘껏 깨물었다.

수갑이 채워진 쪽 팔을 있는 힘껏 휘둘렀다. 그 정도 저항으로는 벗겨지지 않는다는 걸 알고 있었지만 분노를 억누를 수 없었다.

한동안 날뛴 뒤 곧바로 냉정함을 되찾았다.

다음 행동으로 옮겼다.

손이 닿는 범위에 클립이 없는지를 찾아봤다. 하지만 클립은 물론이고 그걸 대신할 만한 것도 발견할 수 없었다.

탐색을 포기한 아이코는 현재 처한 상황을 재차 인식했다. 붙박이장 폴대는 튼튼하게 만들어져 있어서 여자의 완력으로는 부술 수 있을 것 같지도 않다. 츠지마치도 그렇게 생각했으니까 이곳을 선택했을 것이다.

확실히 팔심만으로는 무리다.

그러나 온몸을 이용하면 이야기는 달라진다.

붙박이장 안쪽 벽에 양발을 붙였다. 허공에 뜬 상태가 가관이라고 생각하면서 양발에 힘을 주어 폴대를 부수고자 시도했다. 하지만 무리한 자세 때문인지 힘이 제대로 들어가지 않았다.

조금 생각한 뒤 폴대를 이용하여 물구나무서기를 해서 붙박이장 천장에 발을 붙였다. 그리고 온 체중과 힘을 바닥 쪽으로 향했다.

이를 악물고 허벅지에 힘을 줬다. 입꼬리의 상처가 벌어졌다. 피 맛이 진해진다.

위와 아래가 뒤집힌 상태로 계속해서 힘을 주자 갑자기 폴대가 부서졌다. 아이코는 바닥에 내동댕이쳐졌다. 머리부터 떨어져 강한 고통에 시야가 흐려졌다.

"제기랄!"

재갈 역할을 하는 손수건을 풀고 악다구니를 내뱉었다.

일어서려다가 휘청거렸다. 머리의 통증이 심하다. 다행히 피는 나지 않는다.

망가진 폴대를 봤다. 아무래도 벽과 폴대를 연결하는 부품이 망가진 모양이다.

침대에 펼쳐진 자기 물건을 주머니에 넣은 뒤 거실에서 클립을 찾아봤다. 테이블 위에 놓인 봉투를 뒤집자 살인 사건 피해자인 네 명의 사진이 나왔다. 친절하게 클립으로 고정해 둔 상태다.

그 클립으로 수갑을 풀었다. 구조만 알고 있으면 10초 만에 풀 수 있다.

살이 찢어져 피가 스며 나오는 손목을 문지르고는 방을 나왔다.

잰걸음으로 아파트에서 나온 아이코는 로드 바이크를 타고 달렸다.

킬링 클럽에 가야만 한다. 그리고 성공적으로 츠지마치를 죽인다.

분노 때문에 정신을 놓은 게 아니다.

츠지마치는 위험하다. 그러니 한시라도 빨리 배제해야만 한다는 합리적인 판단이었다.

아파트에서 츠지마치가 돌아오기를 기다리다가 돌아온 타이밍에 죽이는 건 좋은 생각이 아니다. 츠지마치 혼자서 돌아온다는 보증도 없고 기다리는 사이에도 다양한 위험이 늘어날 것이다.

공격은 최대의 방어라고 하는데 바로 그 말대로다. 인간은 수비에 들어간 시점에서 쇠약해진다.

가능한 한 빨리 처리할 필요성이 있었다. 그걸 위해서는 기습 공격이 제일 효과적이다. 츠지마치도 아이코가 뒤쫓아오리라고는 생각지 않을 것이다.

킬링 클럽 안에서 죽일 수 있다 치고 어떻게 도망칠지가 과제였다. 다행히 그 장소에는 자유롭게 출입할 수 있으니 가능성 있다.

문제는 경비견의 존재다.

츠지마치를 죽인 게 들통났을 경우 곧바로 제압당하고 말 것이다. 가급적 조용히 죽이고 발각되기 전에 탈출해야만 한다.

과연 가능할 것인가. 아니 할 수 있다. 망설이지 않고 목적 달성에 집중한다. 그리고 완수한다. 지금까지 그렇게 해서 살아왔다.

역시 나이프가 제일 적절한 무기다. 소리를 내지 않고 죽일 수 있는 나이프는 무척 마음에 든다. 어릴 적부터 동물로 실컷 연습했기 때문에 실수는 하지 않는다.

어쨌든 빨리 행동해야만 한다.

지금밖에 없다. 인간은 순간밖에 살 수 없다.

약 20분 만에 킬링 클럽으로 통하는 철제문 앞에 도착했다.

입가의 피를 닦고 옷차림과 호흡을 가다듬었다.

첫 번째 문의 잠금장치를 열고 두 번째 문을 정맥 인증으로 통과했다.

긴 복도를 나아가 하얀 방에 이르렀다. 여느 때처럼 새하얀 정장을 입은 스킨헤드 남자가 있었다.

"오늘 출근이었던가?"

남자가 큰 눈으로 아이코를 보며 물었다.

"대타로 들어가게 됐어."

태연하게 말했다. 남자는 우뚝 선 채 색소가 옅은 눈동자로 아이코를 응시했다.

"얼굴에 뭐 묻었어?"

"입가에 피가 배어 나오고 있다."

지적을 받은 아이코는 엄지로 피를 닦았다.

"립밤 바르는 걸 깜박해서. 피부가 건조해서 입이 잘 터."

아이코의 대답에 남자는 미세하게 어깨를 으쓱였다. 납득했음을 나타내는 것인지는 잘 모르겠지만 적대적인 감정은 읽어낼 수 없었다.

이내 길을 양보하는 것처럼 몸을 비스듬히 돌렸다.

만약 제지당할 것 같다면 앞뒤 재지 않고 개조한 전기 충격기로 쓰러뜨릴 생각이었지만 무사히 지나갈 수 있을 것 같다.

하얀 방을 나와 탈의실에 들어갔다. 몸에 걸치고 있던 것을 전부 벗고 서빙 유니폼을 입었다. 시간이 아까웠기에 샤워는 하지 않았다.

탈의실에서 주방으로 가니 아무도 없었다.

스마트폰을 주머니에 넣고 서빙 유니폼 밑에 나이프를 감췄다. 슬랙스 안쪽 뒷부분에 칼날이 밖으로 나오도록 집어넣었다. 인사를 하면 슬랙스가 찢어질지도 모르지만 꺼내기는 쉽다.

아무도 없는 주방 안을 나아갔다. 냄새는 나고 있어서 조금 전까지 요리를 하고 있었던 건 분명하다. 냄비에서는 김이 올라오고 철판 위에서 고기가 타는 소리가 나고 있다.

마치 홀연히 사람만이 사라진 메리 셀레스트호 선내로 헤매어 들어오고 만 것만 같았다.

평소와는 상황이 다르다.

아이코 안에서 경종이 울렸다. 최대한 경계하며 킬링 클럽으로 이어지는 문에 다가갔다. 다리가 멈췄다.

킬링 클럽 문 옆에 걸려 있는 유채화 액자가 시야에 들어왔다. 거기에는 오래된 종이가 들어 있었다. 전부 영어로 적혀 있다.

——나는 나방한테 말을 걸고 있었다. 얼마 전 저녁에 있었던 일이다.

영어를 눈으로 좇았다. 눈을 뗄 수 없었다.

어째서 지금까지 알아차리지 못했던 걸까.

전부를 다 읽은 아이코는 몸 안이 끓어오르는 감각을 느꼈다. 고양감이다.

거칠게 호흡하며 신경을 예민하게 곤두세우고 문을 응시했다.

문 너머의 상황을 짐작하는 건 불가능하다. 하지만 누군가가 있는 분위기였다.

도망친다는 선택지가 없는 건 아니었으나 그걸로 문제가 해결되지 않는다는 건 알고 있다. 최악의 경우에는 스마트폰을 사용한다. 액자에 들어 있던 말에 공감하는 건 아니지만 사나운 불꽃 속으로 뛰어드는 것도 나쁘지 않다.

결의를 굳히고 문을 열었다. 그리고 거의 동시에 플로어에 발을 들여놓았다.

평소에는 눈을 가늘게 뜨지 않으면 쳐다볼 수 없을 만큼 휘황찬란한 공간이 펼쳐져 있다. 하지만 지금은 아주 다르게 어둑어둑했다.

무대의 암전을 기억하며 유일하게 밝은 장소에 시선을 향했다.

눈이 마주쳤다.

"……어?"

무심코 목소리가 새어 나왔다.

거기에 있던 건 자신이었다.

아이코 자신이 아이코를 보고 있다. 한순간 혼란에 빠지고 상황을 파악했다.

거대한 스크린에 아이코가 비치고 있었다. 어째서 이런 일이 일어나고 있는지 이해하지 못하여 재차 머리가 혼란스러워졌다.

박수 소리가 들려왔다. 우렛소리 같은 박수였다. 킬링 클럽의 조명이 켜졌고 눈부신 빛에 얼굴을 찌푸렸다.

칭찬의 목소리가 한층 커졌다.

모든 이가 일어나 박수갈채를 보낸다.

"훌륭해."

환성 속에서 유난히 들리는 목소리가 귀에 닿아 뒤돌아보니 그곳에는 깜짝 놀랄 만큼 아름다운 파란 드레스를 입은 치사가 있었다. 호스티스를 하고 있을 때와는 명백히 분위기가 다르다.

"상상 이상이야."

치사가 박수를 치며 가까이 다가온다.

아이코는 나이프를 꺼내 쥐고 자세를 취했다. 뇌가 마비된 듯한 느낌이다. 이 상황은 위험하다.

"경계하지 않아도 돼." 치사는 쿡쿡 웃었다.

"무척 좋은 그림이 찍혔는걸. 나름의 경의는 표하도록 할게."

치사가 가볍게 머리를 숙였다.

머릿속의 혼란은 계속되고 있지만 아이코는 어떻게 행동해야만 할지를 생각했다. 자기한테 가장 유리해지는 방법을 모색했다.

치사는 이쪽을 향해 다가온다.

앞으로 세 걸음 두 걸음 한 걸음.

나이프를 꽂을 수 있는 아슬아슬한 거리 바로 앞에서 멈춰 섰다.

게스트들의 환호성이 끊겼다.

"덮칠 생각은 없으니까 흉흉한 물건은 집어넣어."

속삭이는 듯한 목소리.

아이코는 주위의 움직임에 경계하며 치사를 봤다.

"……이건 대체 어떻게 된 거야."

"너한테는 우리의 엔터테인먼트 사업에 협력하게끔 한 거야. 뭐 설명하는 것보다도 보는 편이 빠르겠네."

그렇게 말한 치사는 뒤를 돌아봤다.

킬링 클럽 전체가 어두어둑해지고 스크린이 까매졌다. 그리고 다시 영상이 재생된다.

거기에 찍혀 있던 건 아이코와 치사가 케이크를 먹는 장면이었다.

〈저기 괜찮은 일이 있는데.〉

〈괜찮은 일이라니?〉

〈꼭 비밀로 해야 해. 그리고 이걸 듣고 나면 반드시 내 말에 따라야 해.〉

〈실은 말이지. 치요다구에 괜찮은 클럽이 있는데.〉

〈치요다구?〉

〈그래.〉

〈클럽이라면 춤추는 거?〉

〈아니래도.〉

대화가 계속 이어진다. 영상은 편집되어 있는지 다양한 각도에서 찍혀 있었다. 마치 드라마나 영화를 보고 있는 것만 같다.

기시감. 아니 과거에 틀림없이 경험한 장면이 찍혀 있었다.

촬영되고 있었다니 전혀 눈치채지 못했다. 땀이 등을 타고 흐른다.

영상이 전환된다.

프리 저널리스트인 아오야기 유스케한테 맥주를 쏟아 버렸을 때의 영상이다.

지나치게 선명할 정도로 그때의 광경이 영상으로 남아 있었다.

치사가 가볍게 손을 들자 영상이 멈췄다.

"……이건 대체 뭐야."

엄청난 경계심 때문인지 생각했던 것보다도 낮은 목소리가 나오고 말았다. 어째서 몰래 촬영되고 있었는가. 그 의도는 무엇인가.

"그러니까 오락이야."

"오락이라니 뭔데."

그 물음에 치사는 고개를 갸웃했다. 어디서부터 이야기해야 할지 생각하고 있는 기색이기도 했고 어떻게 이야기하면 재미있을지를 생각하고 있는 것 같기도 했다.

"나는 아이코를 서빙 아르바이트로 추천했지. 하지만 사실은 다른 걸 기대하고 있었어."

“그게 이 영상이라는 거야?”

치사는 애매한 표정을 지었다.

“결과적으로 이렇게 되었지만 어떤 오락을 제공해 줄지는 알 수 없었어. 다만 아이코라면 무언가를 해줄 거라고 생각하고 있었어.”

“뭐야 그게.”

콧방귀 같은 소리를 냈다. 무계획이라는 건가.

깔보는 시선에도 치사는 미소를 잃지 않았다.

“킬링 클럽은 아이코 같은 사람을 이따금 채용해. 오락 제공자로서 말이야. 그래서 이쪽이 기대한 대로 오락을 제공해 주면 좋고. 만약 기대가 어긋나서 평범한 사람이었다고 해도 서빙 담당으로 계속 쓰면 된다는 생각이야. 아이코가 게스트들한테 제공한 오락에 나는 무척 만족하고 있어.”

“……무슨 말을 하는 건지 모르겠네.”

그 말에 치사는 가볍게 실망한 기색을 띠었다.

“이해력이 부족한 사람이었네. 아이코는 하나의 이야기를 연기했다는 말이야. 주연은 너. 무대는 이곳.”

손가락으로 바닥을 가르키며.

“……어째서 내가 주연으로 선택된 거야?”

그 질문에 치사는 기뻐서 견딜 수 없다는 듯한 느낌으로 웃었다.

“아이코도 사이코패스이기 때문이야. 게다가 정신의 계기판 바늘이 눈금 밖으로 벗어난 쪽의 사이코패스. 몸이 근질근질해서 불 속에 뛰어들고 싶다며 실제로 몸을 던지는 사이코패스.” 들떠 오른 목소리다.

“사이코패스는 걷는 모습을 보는 것만으로도 먹잇감이 될 사람을 알 수 있어. 어딘가의 학자가 실험해서 그걸 증명했다는 것 같은데 우리한테는 너무 당연한 거라서 오히려 구분이 안 되는 감각을 알 수 없을 정도야. 그리고 그 능력으로 동류인 사이코패스를 찾아낼 수도 있어. 킬링 클럽은 그 능력으로 게스트를 수집하고 있는 거야.”

나는 사이코패스인가. 다른 사람한테서 그런 험담을 들은 경험은 있지만 스스로 그렇게 생각한 적은 없었다.

치사는 부드러운 시선으로 아이코를 쳐다봤다.

“세상에는 사이코패스와 그렇지 않은 인간이 있어. 그리고 사이코패스도 둘로 분류돼. 아니 셋일까.”

“……성공한 사이코패스이거나 정신의 계기판 바늘이 눈금 밖으로 벗어난 사이코패스. 나머지는 하잘것없는 사이코패스.”

아이코는 츠지마치한테서 들은 내용을 말했다.

성공한 사이코패스. 모든 사이코패스 중에서 1% 비율로 존재하고 세상을 움직이는 인간. 킬링 클럽의 게스트.

치사는 고개를 끄덕였다.

“이곳의 게스트가 될 수 없는 사이코패스는 주변 인간을 이용할 뿐인 잔챙이부터 잔인한 살인마까지 다양하지만 대체로 성공한 인간이라고는 말하기 어려워. 하지만 성가시게도 이곳의 게스트가 된 성공한 인간의 내면에도 살인 충동이 숨어 있지. 그래서 돈을 버는 것이나 섹스, 도박으로 기분을 달래는 거야. 킬링 클럽의 역할은 성공한 인간이 길을 벗어나지 않도록 하는 것. 바보 같은 녀석들이 넘쳐나며 멍청한 낯짝을 드러내 놓고 다니는 세상과는 다르게 이곳은 진짜배기들이 대화를 나누는 장소이자 따분함을 달래는 자리지. 그리고 아이코 같은 존재도 따분함을 달랠 재료 중 하나라는 거지."

"……유희에 이용당했다고 해석하면 돼?"

"나쁘게 말하면 말이야."

치사는 윙크했다.

신기하게도 불쾌한 기분은 들지 않았다.

"피트니스 센터에서 만났을 때 나는 아이코가 사이코패스라는 걸 알고서 접근했어. 사전 준비는 게을리하지 않았지. 킬링 클럽의 힘을 이용해서 내력을 전부 조사하고 네가 과거에 사람을 죽였다는 걸 파악했어. 그래서 너한테 접촉해서 킬링 클럽에 권유함으로써 무언가 재미있는 걸 할 수 없을지 생각한 거야. 난 호스티스만 하고 있는 게 아니거든."

만족스러운 듯한 미소.

아이코는 아랫입술을 살짝 깨물었다. 너무 뜬금없어서 앞으로의 전개를 알 수가 없다. 지금은 어쨌든 조용히 지켜봐야만 할 것 같다.

"오해하지 말아 줬으면 하는데 나는 널 깔보고 있지 않아. 오히려 존경하고 있어. 확실히 네가 죽인 아버지랑 그 친구, 교사, 동급생을 처리한 방식은 칭찬할 만한 게 못 돼. 하지만 너는 눈에 거슬리는 불똥을 털어낸 것뿐이잖아. 당시에는 그 방법이 치졸했어. 하지만 이번 살인에 관해서는 훌륭한 수준이야."

그렇게 말한 치사는 손을 들었다.

다시 스크린 영상이 바뀌었다.

그곳에는 아오야기 유스케의 시체가 찍혀 있었다.

"이게 시작이 되는 살인. 너는 아오야기 유스케를 죽임으로써 츠지마치와 접점을 가지는 것을 기대했어. 츠지마치가 우연히 당번이고 사건이 생기면 움직이는 입장에 있다는 걸 알게 된 너는 고작 그것뿐인 이유로 사람을 죽였지. 사건을 만들었어. 솔직히 맛이 갔다고 할 수 있겠네. 하지만 그게 가장 합리적인 선택이라면 그건 너에게는 올바른 판단이 돼." 치사는 계속해서 말했다.

"유명한 사이코패스 테스트가 있어. 어떤 남자가 모친의 장례식에서 면식이 없는 여자와 만났어. 남자는 여자한테 반해서 자신의 운명적인 사람이라고 확신하고 금세 사랑에 빠져 버리고 말아. 어떻게 해서든 그 여자를 갖고 싶었지. 하지만 운 나쁘게도 연락처를 묻지 못했어. 장례식이 끝난 뒤에는 찾을 방도가 없는 상황이야. 며칠 뒤 남자는 자기 남동생을 죽이고 말지. 대체 어째서일까. 답은 말이지 동생이 죽으면 다시 여자가 나타날지도 모르니까."

말을 끝낸 치사는 한 박자 쉬더니 다시 말하기 시작했다.

"솔직히 사이코패스를 바보 취급하는 테스트야. 하지만 그게 가장 합리적이고 유효하며 가장 빠른 수단이라면 실행할 가능성은 있어. 너는 츠지마치를 만나고 싶어서 아오야기를 죽였지. 물론 그것 말고도 이유가 있을지도 모르지만 거기까지는 조사할 수 없었어."

거의 정답이다. 아이코는 마음속으로 박수를 보냈다.

츠지마치한테 접근하고 싶었다. 아오야기를 죽이고 수상한 인물을 목격했다고 거짓말을 한 건 그게 큰 요인이었다. 하지만 그것뿐만은 아니다. 살아 있는 인간의, 그것도 평범한 인간과는 다른 사이코패스의 머릿속을 들여다보고 싶다는 지적 호기심도 있었다. 살아 있는 상태의 편도체를 보고 싶었다. 그 마음은 나날이 커져 갔다. 이젠 더 이상 참을 수 없다. 그렇게 생각한 참이었다.

요컨대 타이밍이 좋았다. 그래서 아이코는 아오야기를 죽이기로 했다.

다만 움직이지 못하도록 구속하는 데는 남자의 힘이 필요하다. 위법한 절차로 입수한 겔세뮴 엘레강스는 어디까지나 저항을 약하게 만들기 위한 것이었다.

그래서 아오야기를 죽였을 때는 토츠카를 이용했다. 토츠카는 마음이 약했지만 살인 충동을 지니고 있었다. 시신에 매료되어 있었다. 아이코는 그런 토츠카와 함께 아오야기를 습격하고 개두 수술을 한 것이다. 살아 있는 인간의 개두 수술은 잊지 못할 추억이 되었다. 활동하고 있는 뇌. 혈액이 순환하여 살아 있음을 주장하고 있다. 아이코는 거기에 손을 집어넣어 아직 활동을 계속하고 있는 편도체를 절제했다. 역시 시체와는 다르다.

사이코패스의 편도체는 더욱 재미있었다.

강한 스트레스가 가해지면 보통은 1.5cm 크기인 편도체가 3cm 정도로 부풀어 오른다고 문헌에서 읽은 적이 있다. 하지만 아오야기의 편도체는 5cm를 족히 넘었다.

살아 있는 상태, 의식이 있는 상태로 두개골이 잘려 나가고 내용물이 마구 헤집어진 것이다. 좀처럼 경험할 수 없는 스트레스일 것이다. 그 때문에 5cm까지 부풀어 오른 것인가 아니면 역시 사이코패스라는 건 감정을 과하게 느끼고 마는 것인가.

흥미로운 관찰 후의 위장 공작도 완벽했다.

아오야기의 집이나 그 주변의 방범 카메라 사각은 파악하고 있었다. 아오야기와 약속한 시각의 10시간 전. 아이코는 울타리를 타고 넘어 부지 안에 침입하고 카메라의 사각지대로 걸어 현관에 도착했다. 그리고 인터폰을 누르지 않고 문을 두드렸다. 인터폰이 망가졌다고 말하면서.

순조롭게 집으로 들어가게 된 아이코는 뒤에 숨어 있던 토츠카와 함께 아오야기를 습격했다. 아오야기가 죽지 않을 정도의 손상을 입히고 나서 치사량에 미치지 않는 젤세뮴 엘레강스 건조 분말을 먹이고 움직이지 못하도록 구속하여 작업에 들어간 것이다.

치사는 입을 열었다.

"아오야기가 살해당했다는 말을 들은 나는 네 짓이라고 생각했어. 이건 단순한 직감이야. 그러니까 네 본성을 파헤치기 위해 킬링 클럽 중에서 세 명의 게스트를 골랐지. 그리고 연기자로 츠지마치를 놓아둬서 무대를 갖췄어. 이 점에 관해서는 맨 처음에 츠지마치가 힌트를 줬는데 말이야."

"힌트?"

"그래."

——세 사람을 선정한 건 킬링 클럽의 결정이다. 나는 그걸 확인하는 액터로 선택됐다.

치사는 츠지마치의 말소리를 흉내 냈다.

확실히 그런 말을 했었던 느낌이 든다. 즉, 그때 츠지마치가 한 말은 행위자로서의 액터가 아니라 연기자라는 의미였던 건가. 무대 위에 오르는 광대라고 맨 처음에 선언되어 있었다는 것인가.

치사는 즐거운 듯이 웃었다.

"뭐 힌트라기보다도 말장난이니까 그 시점에서 눈치챌 거라고는 생각하지 않았어. 그런 자신을 책망하지는 마. 그리고 네가 세 남자를 어떻게 할지는 운에 맡긴 승부였지만 먹잇감으로 잘 인식해 줬어."

"상당히 무계획적이네." 아이코는 깔보듯이 말했다.

"애초에 게스트를 그런 식으로 써도 돼?"

"여기에 있는 전원이 양해한 일이야. 무료함을 달랠 수 있다면 뭐든 좋아. 물론 게스트도 잠자코 당하는 건 아니야. 불똥이 떨어지면 온 힘을 다해서 털어내지. 전에도 비슷한 행사를 했는데 그 서빙 아르바이트는 게스트한테 반격당해서 도리어 자기가 죽고 말았어. 너는 살해당하지 않고 잘 해냈어. 이번에는 결과적으로 게스트 세 명은 살해당했어. 즉, 그들은 킬링 클럽에는 어울리지 않았다는 거야. 이곳에 있는 건 포식자뿐. 먹잇감인 고기는 필요 없어."

치사가 손을 들었다.

화면이 바뀌고 타카세 카즈히코가 살해당하는 장면이 비친다. 나이프로 찌르고 있는 코인 브라더즈 키타시바 슌의 모습이 있었다. 타카세 때문에 인생이 망가진 인간. 협력자가 있으면 기꺼이 복수를 도울 인재. 복수자와 손을 잡은 아이코는 자신을 숨겼다. 얼굴도 제대로 보여주지 않았다. 물론 전화나 메일로 대화를 주고받지 않고 직접 이야기했다. 즉, 복수자가 체포당해도 아이코한테 다다를 수 없는 상태로 만들었다.

"네가 문제를 일으킬 것을 예측하고 킬링 클럽은 게스트 세 명을 감시했어. 물론 살해 장면도 찍었지."

"……어째서 이런 영상이."

솔직한 의문이었다. 상황이 파악될 정도로 선명하다. 어떻게 본인들한테 들키지 않고 찍을 수 있었을까.

치사는 쾌감에 몸을 배배 꼬는 것처럼 움직였다.

"일본에는 500만 대 이상의 방범 카메라가 있어서 말이야. 국민은 어딜 가든 감시당하고 있어. 운영 책임자의 관리하에 국민의 권리를 부당히 침해하지 않도록 신중을 기하고 있다고 강조하는 방범 카메라지만 킬링 클럽이 사용하고 싶다고 말하면 쓸 수 있는 거야. 이번에 네 영상을 찍기 위해 수많은 방범 카메라 영상을 이어 붙였어. 살해 장면에 관해서는 사전에 게스트 세 명의 방에 카메라를 설치해 뒀지. 도저히 촬영이 어려운 장소는 소리만 녹음했어. 츠지마치한테는 소형 카메라 외에 마이크를 항상 휴대하게 했었고 말이야. 물론 그것뿐만이 아니야. 킬링 클럽에는 온갖 분야에서 성공한 사람이 게스트로 들어와. 그러니까 이러한 영상을 찍는 것도 가능해. 이번에는 경시청 외사과에 있는 게스트한테 조력을 받았어. 그들은 일본에 온 외국인을 대상으로 간첩 활동을 막고 있어서 소위 말하는 몰래 촬영하는 것이 전문이야. 물론 이곳에는 우수한 프로듀서도 있고 기술자도 모여 있어. 모두가 성공한 사람이고 이번 심심풀이에 어울려 준 동료들이지."

타카세 카즈히코, 나카자토 신고, 코쿠쇼 아키라 세 사람이 용의자로 제시된 시점에서 촬영 체제가 갖추어져 있었다는 것인가.

"너는 츠지마치랑 같이 수사를 시작하고 동시에 살해 계획을 세워 나갔어." 치사는 아이코의 눈을 들여다봤다.

"어째서 세 사람을 살해한 거야?"

한순간 뜸을 들인 뒤 아이코는 입을 열었다. 여기서는 본심을 토로하는 게 좋을 것이다.

"사이코패스라는 인종의 뇌 속을 보고 싶었으니까."

"꺼낸 편도체는?"

"집에 가지고 가서 관찰한 뒤 손으로 잘게 찢어서 화장실에서 흘려보냈어."

"토츠카 아키노리는? 그 사람은 사이코패스가 아니지?"

"살아 있는 사이코패스의 뇌를 보고 살아 있는 평범한 사람의 뇌를 보지 않으면 차이를 알 수 없으니까."

"……의외로 학자 기질이네."

치사는 입꼬리를 올려 미소 지었다. 활이 삐걱거리는 듯한 소리가 들린 것 같았다.

"그래도 정말로 그것뿐이야?"

핵심을 요구하는 시선으로 쳐다봤다.

아이코는 어깨를 으쓱였다. 실토하고 싶다는 충동에 휩싸여 그 충동에 따르기로 했다.

"재미있을 것 같으니까."

"재미있을 것 같아서! 무척 무척 훌륭한 대답이야."

치사는 만족스러워 보이는 표정으로 고개를 끄덕였다.

"너와 츠지마치 둘에게는 공평할 수 있게 노력했다고 생각해. 나는 츠지마치한테 아이코의 정보를 일절 주지 않았어. 츠지마치한테는 아이코와 같이 아오야기를 죽인 범인을 찾아줬으면 한다는 것과 용의자 세 명의 사진을 건넸을 뿐이야. 그러는 게 재미있는 영상이 찍힐 것 같았으니까. 츠지마치는 형사로서 우수하니까 좋은 선까지 갔어. 하지만 아이코가 범인임을 알아차리는 게 늦은 데다 목숨까지 노려졌지. 그다지 칭찬해줄 수 있을 만한 수준은 아니지만 아이코한테 죽지 않았으니까 낙제는 면했어."

어느샌가 치사 옆에 츠지마치가 있었다. 그 얼굴에는 아무런 감정도 떠올라 있지 않았다.

"츠지마치의 행동은 전부 영상으로 남겨 뒀어. 아니 온갖 것이 남아 있지."

치사가 손을 들었다.

영상이 재생되기 시작했다.

변호사인 나카자토 신고가 오키아유 켄스케한테 습격당하는 장면.

화면이 바뀐다.

건널목에서 전철에 치이는 의사 코쿠쇼 아키라.

화면이 전환된다.

토츠카 아키노리가 아이코한테 죽는 장면.

모든 영상에 아이코의 모습이 찍혀 있었다.

"여기서 재생되고 있는 건 전부 현실이야. 지루한 픽션이 아니라 영상 속에서 사람이 실제로 죽고 괴로워하고 있어. 그야말로 리얼리티 쇼라고 할 수 있지. 이만한 오락은 좀처럼 없어. 킬링 클럽에서 이 영상들을 몇 번 나눠서 상영했어. 게스트들의 출자액은 상당해. 역대 1위에 육박할 정도. 뭐 당사자인 연기자들이 없는 시간을 가늠해야만 하니까 상영 시간 조정에는 꽤 고심했지만 그에 걸맞은 리턴은 얻을 수 있었지…… 덧붙여서 코쿠쇼 아키라는 정말 사고가 맞아?"

그 물음에 아이코는 어깨를 으쓱였다.

"그 녀석 주위에 이용할 수 있는 인간이 없나 찾고 있을 때 우연히 죽었어."

"그래. 만약 사고가 아니라면 더 재미있는 걸 볼 수 있었을지도 모르는데 유감이네."

치사는 순수하게 기뻐하고 있었지만 이내 입을 삐죽였다.

"너한테 불만이 없는 건 아니야. 그래도 하나 묻고 싶은데 어째서 토츠카 아키노리만은 자기 혼자서 죽인 거야?"

"그거야." 아이코는 거칠게 내뱉듯이 말했다.

"이용할 인간이 없었으니까 그런 게 당연하잖아. 토츠카는 죄의식에 괴로워하느라 폭발할 것 같았어. 경찰에 자수하러 가기라도 하면 나까지 말려드니까 서둘러 죽일 필요가 있었지. 토츠카는 괴로워서 죽고 싶어 했어. 아니 살해당하고 싶어 했어. 그래서 나 혼자서 할 수 있다고 판단한 거야. 만일을 위해 독극물을 이용하기는 했지만. 뭐, 살아 있는 평범한 사람의 편도체도 봤고 일석이조였지."

이야기를 듣고 있던 치사는 입을 삐죽 내밀었다.

"그 점만은 좋게 봐줄 수가 없네. 방범 카메라에 토츠카의 집에 드나드는 네 영상이 남아 있었어. 뭐 얼굴이 찍히지 않았지만 말이야. 난 너한테서 가능성을 발견했어. 그러니까 너한테 유리해지도록 가짜 목격자를 만들어서 수사에 혼선을 줬으니까 말이야. 나한테 감사하도록 해."

가짜 목격자라.

그런 건가 하고 납득했다.

아이코가 죽였음에도 불구하고 전혀 다른 범인상이 만들어져 있는 것을 적잖이 수상쩍게 느끼고 있었다.

"그리고 세 사람을 죽인 범행 현장 말인데 증거 인멸이 꼼꼼히 되어있어서 감탄했지만 완벽하지는 않았어. 그래서는 일본 경찰을 속일 수 없어. 그러니까 킬링 클럽이 확실하게 청소한 거야. 재미있는 영상이 찍히기 전에 경찰에 붙잡히면 오락이 엉망이 되니까."

치사는 은혜라도 베푸는 것처럼 생색을 내며 말했다.

그런 거였나 하고 아이코는 납득했다. 범행 현장에 증거를 남기지 않도록 세심한 주의를 기울였지만 절대적인 자신감이 있었던 건 아니었다. 신발 자국을 지우고 지문이 남지 않도록 조심하고 온몸의 털을 깎고 머리카락은 떨어지지 않도록 고정했다. 옷은 5년 전에 양판점에서 산 옷이었기에 섬유가 떨어져도 추적당할 걱정은 없다고 생각했다. 그래도 예측하지 못한 사태가 일어날 것은 의식하고 있었다.

경찰이 범행 현장에서 미세한 증거를 발견하지 못했던 건 킬링 클럽이 은밀하게 움직이고 있었기 때문인가.

"확실히 너는 마무리가 어설펐어. 그래도 그것 말고는 훌륭해." 치사는 기도하는 것처럼 양손을 모았다.

"사람의 살의를 잘 이용한 건 칭찬할 만한 가치가 있어. 너는 살해 현장에 같이 있으면서도 냉정한 시선으로 증거를 인멸했지. 하지만 그것뿐만이 아니라 전리품을 빼앗아서 제삼자를 범인으로 꾸며 내는 재료로 썼어. 멋진 기지야. 츠지마치는 그걸 꿰뚫어 보지 못했어." 치사는 값을 매기는 듯한 시선으로 쳐다봤다.

"어째서 츠지마치를 범인으로 꾸미고자 생각한 거야?"

그 물음을 받은 아이코는 츠지마치를 봤다.

"……코쿠쇼 아키라를 범인이라고 단정한 순간 시시한 남자라고 생각한 것뿐이야. 완전히 흥미가 사라졌어. 그래서 지금까지의 살인을 전부 떠넘기고 죽여서 자살처럼 꾸미려고 했어."

"그건 널 방심시키려는 방편이었다."

얼굴을 일그러뜨린 츠지마치는 변명 같은 말을 중얼거렸다. 치사는 그걸 무시하고 친근감이 담긴 표정으로 아이코를 향해 말했다.

"너는 성장했어. 자기가 살인을 저지르는 방법뿐만이 아니라 남을 이용하는 방법도 익히기 시작했지. 이건 성공하는 사이코패스의 중요한 자질이야."

호흡을 가다듬는 것처럼 치사는 가슴에 손을 대고 어깨를 위아래로 들썩거렸다.

"사이코패스는 이 세계에서 위협으로 여겨져 왔어. 이 세계의 대다수 일반인은 사이코패스를 멀리하든가 배제해 왔지. 사이코패스를 이용하는 권력자도 있었던 것 같지만 말이야."

"……이용?"

"그래. 그 좋은 예가 9세기부터 11세기에 걸친 고대 스칸디나비아인의 '광전사(베르세르크)'라고 하지. 바이킹의 전사인 베르세르크는 분노로 이성을 망각한 상태가 되어 싸웠다는 듯해. 매우 잔인한 방법을 써서 적을 격파하지만 곤란하게도 기세를 주체하지 못해 아군도 죽이고 말아. 그래서 위험한 엘리트인 베르세르크는 매우 강력하며 위험한 장기말이었다는 이야기……. 여담이 지나쳤네." 치사는 헛기침을 했다.

"어쨌든 지금 살아남은 사이코패스는 최강의 생물은 아니야. 겉모습은 지극히 평범한 인간. 압도적인 인원수를 차지하는 일반인한테 공격당하면 잠시도 버틸 수 없는 작은 존재. 하지만 우리는 이렇게 살아남아서 세상을 지배하고 있어. 이유를 알겠어? 그건 말이야. 우리가 일반인을 속이고 있기 때문이야."

치사는 입가에 손을 대고 즐거운 웃음소리를 낸다.

"네가 한 짓이랑 같아. 살의를 지닌 인간을 이용해서 목적을 달성시키는 거지. 이렇게 말하면 일반인은 어처구니없는 말이라고 생각해. 자기는 조종당하지 않는다. 확고한 가치관으로 움직이고 있고 하물며 조종당해서 살인을 저지르다니 말도 안 된다. 속지 않는다. 자기 머리로 모든 걸 이해하고 있다.

지이이이이인짜로! 멍청이지. 일반인은 자기가 속고 있다는 것도 모르거니와 자기 가치관이 유도된 것이고 사실은 우리 의도에 침범당한 상태라는 걸 깨닫지도 못해. 우리 사이코패스가 살아갈 수 있는 건 일반인의 대다수를 산하에 두고 유사한 다수자 집단을 형성하고 있기 때문이야."

말을 끝낸 치사는 딱 한 번 손뼉을 쳤다. 공간이 밝아졌다.

"성공한 사이코패스는 결코 사이코패스라는 것을 발각당하지 않아. 하지만 네가 죽음으로 몰아넣은 세 사람은 그 점에서 부족했어. 결함이었어. 어디에나 있는 평범한 인간이라고 완전히 믿게 만드는 능력이 뒤떨어져 있었어. 그러니까 체로 걸러 본 거야. 이곳의 게스트에 걸맞은 인재인지 어떤지를 말이야."

그런 의도도 있었던 건가 하고 아이코는 납득했다.

동시에 떠오른 의문.

"난 이제부터 어떻게 되는데." 아이코는 물었다.

"경찰에 넘길 거야? 아니면 이 자리에서 죽일 건가?"

치사는 가학적인 미소를 띠었다.

"후자야. 너는 츠지마치와의 승부에서 이기지 못했어. 이곳에 패자는 필요 없어."

판결문을 낭독하는 판사 같은 위엄 있는 목소리 같다고 아이코는 생각했다.

이 상황에서는 도망치는 건 불가능하다.

즉, 남겨진 길은 하나밖에 없다.

"그 판단은 시기상조라고 생각하는데." 아이코는 스마트폰을 꺼내 머리 높이까지 들었다.

"이 공간에 작은 폭탄을 네 개 설치해 뒀어. 이곳을 파괴하기에는 충분한 양이지. 통화 버튼을 누르면 폭발하도록 설정도 완료했지. 밀폐 공간에서 폭발이 일어나면 압력으로 인해 대참사가 일어날걸."

2015년 11월의 파리 동시 테러에서도 사용된 과산화아세톤(TATP). 영미권에서는 사탄의 어머니라 불리며 시판되는 약으로 제조 가능한 물건이다.

치사는 눈을 살짝 크게 떴을 뿐이었다.

"그런 거짓말에 내가 걸려들 거라고 생각해?" 조소하는 듯한 목소리.

"이곳의 보안은 허술하지 않아."

"진짜라는 걸 깨달았을 때는 이미 산산조각이 나 있을지도 모르겠네. 폭탄을 만드는 건 간단해. 그리고 킬링 클럽 안에는 청소의 손길이 미치지 않는 공백 구역이 있었어. 거기에 폭탄을 설치했지."

아이코는 입가에 미소를 띠었다.

서로를 노려본다.

치사의 눈에 힘은 깃들어 있지 않다. 바닥을 알 수 없는 공허한 눈이 물끄러미 이쪽을 보고 있었다.

이윽고 그 눈동자가 기쁨으로 눈부시게 빛났다.

"……내 패배네." 말과는 반대로 치사는 만족스러워 보이는 표정을 짓고 있었다.

"네 승리야. 이런 리턴이 적은 내기를 받아들일 정도로 난 바보가 아닌걸. 허세도 성공하는 사람의 요소 중 하나지."

치사는 즐거운 듯이 얼굴을 일그러뜨렸다.

아이코는 경계심을 풀지는 않았으나 이 자리를 모면했다고 느꼈다.

그리고 어째서인지 킬링 클럽 문 옆에 장식된 액자를 떠올리고 거기에 적혀 있던 글자를 머릿속으로 재생했다.

나는 나방한테 말을 걸었다. 얼마 전 저녁에 있었던 일이다. 그는 전구에 들어가 자신과 자기 몸을 불태우려 하고 있었다. 나 참 너희들은 어째서 이런 무모한 짓을 하는 거지? 라고 나는 물었다.

그게 관습이야. 우리 나방한테는 말이지.

저게 전구가 아니라 양초의 불꽃이었다면 지금쯤 너는 볼썽사납게 타고 남은 찌꺼기가 되어있을 거라고. 생각이라는 게 없는 건가.

있고말고 라고 그는 말했다.

하지만 때때로 생각하기가 싫어져. 형식대로 사는데 질려서 아름다움을 동경하고 흥분에 몸을 애태우지. 불꽃은 아름다워. 알고는 있어. 너무 가까이 다가가면 목숨을 잃는다는 것을. 하지만 그래서 뭐 어쨌다는 거지. 한순간 행복을 느끼고 아름다움과 함께 불타 사라진다. 그편이 훨씬 나아. 근근이 삶을 이어나가다가 완전히 질려서 자신의 일생을 꾸깃꾸깃 뭉쳐 내던져 버리는 것보다는. 인생 따위 그런 거야. 그러니까 찰나의 한순간이라도 아름다움과 하나가 되어 사라지는 쪽이 목숨을 질질 끌며 살아가는 것보다는 나아. 마음 편하게 살다가 마음 편하게 죽는다. 그것이 우리가 살아가는 방식이지. 인간과 비슷해. 옛날 옛적에 너무 고상해지는 바람에 삶을 즐길 수 없게 되기 전의 인간과 말이야.

내가 반론하기 전에 그는 달관하여 몸을 던졌다. 시가 라이터 위에.

나 자신의 소망은 그와 다르게 행복은 절반. 수명은 두 배.

그렇지만 나한테도 애타게 원하는 것은 있다.

그가 그 몸을 남김없이 불태우고 싶다고 바란 것과 같은 정도로.

돈 마키스(Don Marquis)

『아치와 메히타벨(Archy and Mehitabel)』

좋은 시라고 생각한 아이코는 문득 의문을 느꼈다.

"돈 마키스가 누구야?"

시 마지막에 적힌 이름을 입에 담았다.

의외라는 듯이 눈을 동그랗게 뜬 치사는 빨간 혀로 입술을 핥았다.

"미국의 작가야. 유머 작가로 『아치와 메히타벨』이라는 작품을 썼어. 킬링 클럽 문 옆에 장식된 액자를 본 거지?"

아이코가 고개를 끄덕이자 치사는 눈을 가늘게 뜨며 미소 지었다.

"성공한 사람의 내면에는 자기 몸을 파멸시켜서라도 아름다움이라는 불꽃에 몸을 던지고 싶다는 마음이 항상 있어.

그걸 실현하면서 제정신을 유지하고 있는 너는 이곳에 걸맞아."

치사의 이야기를 들으며 메히타벨 이라는 단어를 들은 적이 있다고 느꼈다.

"메히타벨이라는 건 뭔데?"

그 물음에 치사는 가까이 다가와 아이코의 뺨을 만졌다. 아이코는 그걸 받아들였다.

"원작에서는 고양이인데 여기서는 나방으로 되어 있어. 킬링 클럽에서는 메히타벨은 고양이보다도 나방 쪽이 적절하다는 거지. 무척이나 영리한 나방. 조금 잔혹하다고 생각하지만 뭐 어쩔 수 없는 거지."

그 대답에 기억이 일깨워졌다.

"……메히타벨."

분명 츠지마치가 전에 입에 담았던 말이다. 킬링 클럽의 책임자 이름.

"치사가 그렇게 불리는 인물이야?"

"나방은 나 혼자가 아니야. 메히타벨이라 불리는 존재는 한 명이 아니야. 다만『아치와 메히타벨』이라는 제목에 있는 아치는 한 명밖에 없어. 돈 마키스는 아치를 '바퀴벌레이자 시인'이라고 말했지. 아치야말로 이곳의 절대자야."

"그건 누구야?"

"비밀. 그래도 이 세계를 만든 인간이며 자의적으로 움직이고 있는 인간." 뺨에서 손을 뗀 치사는 장난스럽게 웃었다.

이해하기 힘든 대답. 이 이상 물어봤자 헛수고일 것이다. 질문을 바꿨다.

"이 공간은 뭐야?"

"전쟁 때 만들어진 곳이야." 치사는 천장을 올려다봤다.

"한때는 온갖 공격으로부터 보호받아야만 하는 인간들이 도망치는 방공호였어. 하지만 지금은 킬링 클럽이 쓰고 있고 우리가 보호받아야만 하는 존재가 되었지."

치사는 호리호리한 손을 뻗고는 미소를 띠었다.

"나도 너와 동류야. 킬링 클럽은 너를 받아들였어. 우리랑 같이 무료함을 달래자. 막대한 돈을 버는 게 특기인 성공한 인간과 살인을 완벽하게 해내는 우리가 이곳을 즐거운 공간으로 만드는 거야."

호스티스 몇 명이 눈에 들어왔다. 그녀들도 치사와 동종의 분위기를 띠고 있었다. 지금까지 잘 숨기고 있었네 하고 감탄했다.

시선을 내려 치사의 손을 봤다. 한순간 그 손이 피로 얼룩져 보였다.

확실히 심심풀이는 될 것 같다. 킬링 클럽의 인재는 자신을 지겹게 만들지 않을 것 같다.

바깥 세계는 그렇게 재미있지 않다. 그러니 즐거운 일을 만들어 그걸로 지루함을 달래야만 한다.

허비 클렉클리가 한 말에도 그런 내용이 있다.

'사이코패스가 항의해야만 하는 상대는 작은 집단도 특정한 조직도 이데올로기도 아닌 인생 그 자체라고 생각한다. 인생에는 이렇다 할 깊은 의미도 한없이 계속되는 자극도 없으며 있는 건 그저 한순간의 별 대단치 않은 즐거움 넌더리가 날 정도로 되풀이되는 사소한 짜증, 그리고 지루함……. 많은 10대 젊은이, 성인(聖人), 역사를 만드는 정치가, 그 밖의 저명한 지도자나 천재와 마찬가지로 마음이 울렁거리고 있다. 현 상황을 어떻게든 하고 싶다고 생각하고 있다.'

문득 위화감이 아이코의 가슴 부근에 느껴졌다.

이 연쇄 살인 사건의 범인은 나?

확실히 다른 사람을 유도하여 협력자로 만들어 죽였으니 내가 범인이다. 빈사 상태인 인간의 머릿속을 후벼팠으니 역시 살인범일 것이다.

다만 어딘가 다른 듯한 느낌이 들었다.

아이코의 행동 자체가 누군가에게 유도당하고 있었던 것 아닐까 하는 감각 말이다. 유도한 건 누구인가.

이곳의 절대자인 '아치'인가.

범인은 우리를 자유롭게 움직일 수 있는 녀석이다. 나나 치사를 비롯한 다른 이들을 움직여 뜻대로 만들었다. 다른 사람한테 살인을 떠맡기는 것이나 마찬가지다. 화가 난다. 이 공간의 어딘가에 녀석이 있는 것일까. 아니 있을 터다. 그렇게 직감했다.

주위를 둘러봤지만 그게 누구인지 알 수 없다. 안전한 장소에 있을 게 분명하다. 짜증이 난다.

녀석의 뜻대로 되고 싶지 않다며 본능이 소리를 지른다.

녀석의 말대로 움직이는 건 시시하다.

그런 시시한 상태에 놓이게 된다면――.

――차라리 즐겨 버리자.

그 결론에 만족한 아이코는 미소를 띠고 스마트폰 통화 버튼을 눌렀다.

에필로그

츠지마치는 천천히 걸으며 주위의 낌새를 살피고 있었다.

거대한 샹들리에 밑에서 화려한 사람들이 술을 마시고 담소를 나눈다.

사이코패스라 불리는 인간 중 가장 유능한 인간들. 세상에 지루함을 느끼고 심심풀이로 돈을 벌며 기분을 달래기 위해 남을 정복하는 인종.

그렇게 함으로써 살인 충동을 억누르는 선택받은 사람들.

사람을 죽이기보다 막대한 돈을 번다.

아니 사람을 죽이지 않기 위해 막대한 돈을 벌고 있다고 표현하는 편이 적절할지도 모른다.

그들은 킬링 클럽에 소속됨으로써 몇 안 되는 동료를 발견하여 간신히 억제하고 있다.

츠지마치는 자신도 이쪽 인간에 가깝다는 자각은 있지만 게스트들만큼 세련되지 않았고 100명 이상을 죽이고 식인한 앨버트 피시 쪽도 아니다.

오합지졸인 나머지 98% 중에서 그나마 나은 편인 타입이다. 실제로 츠지마치는 사람을 죽인 적은 없다. 도중에 방해가 된 형사 카토리도 감금했을 뿐이다. 풀려난 후 경찰 상층부 사람한테 구슬려진 카토리는 지금도 신주쿠 경찰서에서 일하고 있었다.

츠지마치와 마찬가지로 킬링 클럽에서 일하는 사람은 정도의 차이는 있어도 사이코패스라는 큰 틀에 속해 있는 사람들이었다.

눈부신 공간. 모든 것이 빛나고 있다. 거기에 어울리지 않는 게스트들의 어두운 눈. 타이밍이 좋지 않으면 불 속에 뛰어들고 싶다는 충동을 지닌 어두운 색깔.

"상태는 어때?"

목소리에 뒤돌아봤다.

어느샌가 옆에 치사가 서 있었다. 파란 드레스를 입고 장신구를 반짝이고 있다. 머리카락 끝 한 올 한 올까지 신경을 쓰고 있다는 사실을 엿볼 수 있다.

"……네가 날 멋대로 여흥의 수단으로 쓴 이후로 상태가 좋다."

살인 사건 수사 리얼리티 쇼는 호평이었던 듯하다. 게스트들은 계속 츠지마치한테 말을 걸고 있다. 칭찬하는 목소리가 반. 나머지는 비웃고 매도하는 목소리다.

아이코를 떠올렸다.

상당한 인재였다. 아이코가 범인이라는 확신을 가지고 나서 수사하고 습격당할 때까지의 시간은 즐거운 한때였다. 그리고 킬링 클럽을 파멸시키려 했다. 지금까지 새로 들어온 서빙은 다양한 여흥에 이용되었지만 그렇게까지 대담한 반격을 펼치는 인간은 아이코 한 명뿐이었다.

결국 킬링 클럽은 모든 것을 꿰뚫어 보고 있었고 이 장소가 불바다가 되는 일은 없었다. 만약 불바다가 되었더라면 어떤 광경이 펼쳐졌을까.

기대에 몸서리쳤다.

차후 그 광경을 볼 수가 있다면 재미있겠군 하고 생각했다. 게스트들이 불꽃에 휩싸이는 모습은 흥미롭다.

“킬링 클럽은 없어지지 않아.”

치사가 츠지마치의 마음속에 있는 딴마음을 바라보는 듯한 시선으로 쳐다봤다. 그녀의 생각은 알 수 없다. 알 수 있는 건 평범하지 않다는 것뿐이다.

먼 쪽에서 함성이 들려온다. 그 방향을 쳐다보니 남자들이 어린애처럼 떠들고 있었다.

“저기.”

치사는 머릿속에 직접 숨을 불어넣는 듯한 달콤한 목소리를 냈다.

“알고 있을 거라 생각하지만 서빙에 또 한 명 결원이 생겼어. 누구 재미있을 것 같은 사람 없어?”

주요 참고 문헌

『사이코패스 숨겨진 능력』 케빈 더튼 저 (NHK 출판)

『사이코패스에게서 배우는 성공 법칙』 케빈 더튼, 앤디 맥냅 저 (타케쇼보)

『뇌신경외과 의사가 되고 나서 보이기 시작한 것』

프랭크 버토식 주니어 저 (소우시샤)

『타인을 지배하고 싶어 하는 사람들』 조지 사이먼 저 (소우시샤)

『진단명 사이코패스── 가까운 곳에 숨어 있는 이상인격자들』 로버트 D. 헤어 저 (하야카와쇼보)

『양심을 지니지 않는 사람들』 마사 스타우트 저 (소우시샤)

『새로운 장송 기술 엠바밍』 공익사장제연구소 저 (현대서림)

『엠바머』 하시즈메 켄이치로 저 (쇼덴샤)

『술식별 결정판 뇌신경외과 수술과 케어 퍼펙트 가이드』

코이즈미 히로야스 • 스즈키 미치야스 감수 (메디카 출판)

『뇌신경외과 속보 2015년 7월호(제25권 7호)』 (메디카 출판)

『뇌의 '암'에 도전하는 세 가지 신기술』 카네코 사다오 저 (폴리시워크)

『뇌신경외과 이야기』 진보 미노루 (치쿠마쇼보)

※돈 마키스 『아치와 메히타벨』에 관해, 코바야시 유카리 씨의 일본어 번역판을 인용하였습니다.

이 외에 많은 서적, 인터넷 홈페이지를 참고하였습니다.

참고 자료의 주지(主旨)와 본서의 내용은 완전히 별개입니다.

감사 인사

/

본서를 집필하면서 의사인 난노 시게노리 씨로부터

정성 어린 지적, 수많은 협력을 받았습니다.

여기에 진심으로 감사의 뜻을 표합니다.

킬링 클럽

초판 1쇄 | 2022년 09월 14일

지은이 이시카와 도모타케 | **옮긴이** 주승현
펴낸이 서인석 | **펴낸곳** 제우미디어 | **출판등록** 제 3-429호
등록일자 1992년 8월 17일 | **주소** 서울시 마포구 독막로 76-1 한주빌딩 5층
전화 02-3142-6845 | **팩스** 02-3142-0075 | **홈페이지** www.jeumedia.com

ISBN 979-11-6718-189-3
*파본은 구입하신 서점에서 교환해 드립니다.

제우미디어 트위터 twitter.com/jeumedia
제우미디어 페이스북 facebook.com/jeumedia

만든 사람들
출판사업부 총괄 손대현 | **편집장** 신한길
책임편집 민유경 | **기획** 신은주, 지승재, 장재경
영업 김금남 | **제작** 김용훈
디자인 총괄 디자인그룹 헌드레드
표지 일러스트 나중호